HEYNE
BÜCHER

SCHAMLOS SINNLICH

»Liebe und Lust«

Zwölf erotische Fantasien

Originalausgabe

Herausgegeben von
Christine Proske

WILHELM HEYNE VERLAG
MÜNCHEN

HEYNE ALLGEMEINE REIHE
Nr. 01/9425

Printed in Germany 1995
Umschlagillustration: ZEFA/Sander, Düsseldorf
Innenzeichnungen: Petra Kraus, München
Umschlaggestaltung: Atelier Ingrid Schütz, München
Gesamtherstellung: Ebner Ulm

ISBN: 3-453-08251-6

Inhalt

Die mit einem Stern versehenen Titelformulierungen stammen von der Herausgeberin

DIANA RAZNOVICH

Der Skandal

Jetzt, da der Skandal geplatzt ist und wie eine Sturmböe in klebrige Dunstschwaden fährt und sie aufwirbelt...

Jetzt, da das anklagende Auge der Partei argwöhnisch auf mein Bettuch starrt und meine Badewanne nach Spuren des Lasters und der Verderbtheit absucht...

Jetzt weiß ich, daß für mich der Moment gekommen ist, zu sprechen.

Jetzt werde ich sprechen, aber ich werde nichts erklären. Ich habe der Welt nichts zu erklären, dafür gibt es überhaupt keinen Grund. Die Magie und die Lust brauchen, genauso wie die Poesie, keine Erklärungen.

Sie bilden für uns Bewohner dieses Planeten die letzte rettende Bastion. Sie geben uns die letzte Möglichkeit, einen Blick auf den Horizont zu erhaschen, zu spüren, daß dessen Glanz und lichter Hauch etwas mit uns zu tun hat, uns ruft.

Ich fange wohl am besten mit meinem Namen an. Das kostet mich, so wie die Dinge liegen, keine große Überwindung. Die Häufigkeit, mit der er schon durch alle Schmierblätter und Illustrierten gezogen wurde, macht es mir einfach. Für den Fall aber, daß ihr immer noch an meiner Identität zweifelt: Ich bin Naschtenka Korolenko.

Ich schreibe hier, um die Instanz der Öffentlichkeit für mich neu zu definieren. Ich will mir die Möglichkeit geben, mich aus dem stinkenden Morast der Diffamierung zu befreien. Und nicht zuletzt will ich, daß auch meine

Version der Geschichte bekannt wird. Die Version meines Mannes hat schließlich schon genügend Gehör gefunden. Ich schreibe über eine niedergerissene Mauer. Ich schreibe über den Ziegelstaub einer Mauer, die wie ein Schwertstreich Europa in zwei geteilt hat. Ich schreibe mit dem Blut derer, die gefallen sind auf der Suche nach Freiheit, der Freiheit ihrer Körper und ihrer Seelen.

Meine Geschichte ist schön. Das weiß ich, das fühle ich. Sie ist so schön wie der Fall der Berliner Mauer.

Sie ist viel schöner als jede Abhandlung, Analyse oder Interpretation. So schön, daß sie sich nur mit dem Liebesakt selbst vergleichen läßt oder, um die Sache beim richtigen Namen zu nennen, mit den Momenten der Leidenschaft, die die Leere der hohlen Mittelmäßigkeit meiner Ehetage bis zum Rande mit neuem Leben erfüllt haben.

Meine Geschichte ist untrennbar verwoben mit der Geschichte der Mauer. Und es ist meine Geschichte, die heute wie ein Donnerschlag das Haus der Kleingeister erschüttert, das Haus der Bürokraten, die zurückgeblieben sind ohne ihre romantische Aura, die ihnen bei schlichteren Gemütern noch eine gewisse Daseinsberechtigung verschafft hatte.

Unter den Jubel und die Freiheitsschreie mischt sich krachend und berstend der Ausbruch der Wollust und Leidenschaft einer Frau. Meine innere Fülle und Vielfalt sprüht in schillernden Funken bis zu den äußersten Grenzen der Lust und noch darüber hinaus.

Und deshalb – ihr erlaubt mir doch die Freiheit, die ich mir schon im Sturm genommen habe – ist meine Geschichte eine Sexgeschichte. Die jauchzenden Jubelgesänge aller meiner Orgasmen mit Peter vereinigen sich mit dem wilden Getöse Pink Floyds beim Fest des endgültigen Zusammenbruchs der Mauer.

KRAUS

Es gibt deutlich sichtbare Mauern. Mauern wie die, die gerade zusammengestürzt ist. Es gibt aber auch andere, subtilere Mauern: die starren Pläne und Konzepte, in die wir unsere Leben gepreßt hatten. Und auch diese Mauern fallen heute mit einem Skandal in sich zusammen.

Die ummauerte Welt selbst ist der Skandal!

Wer hätte wissen oder auch nur ahnen können, daß es das Schicksal Naschtenka Korolenkos sein würde, genau das der ganzen Welt zu zeigen?

Unruhe, Lärm, Aufruhr, Tumult... Was ist los mit euch?

Ihr macht euch mehr Sorgen über das, was sich zwischen meinen Beinen tut, als über den krachenden Zusammenbruch des Kommunismus in den letzten Tagen des zwanzigsten Jahrhunderts.

›Die USA bieten der Sowjetunion ihre Hilfe an für den Aufbau des Kapitalismus‹, das ist die Schlagzeile der heutigen Zeitung. Läßt euch das nicht erschauern? Läßt euch das nicht die Schwänze schwellen? Wölben sich euch da nicht die glänzenden Zungen? Das sollte euch doch die Sinne aufpeitschen und nicht die Leidenschaft der Gattin von Oberst Dragel für einen Jungen wie Peter, dessen freies und echtes Lächeln die schärfste Waffe ist, eure selbstgerechten Fressen in Stücke zu schlagen.

Was regt ihr euch auf über seine Zunge an meinen Kniekehlen, daß er mich dort leckt, bis die Haut dünn gescheuert ist?

Warum sind die Machwerke der Presse, die sich seit Monaten auf uns stürzt und uns unablässig fotografiert, ob wir nun vögeln, ein Eis zusammen essen oder uns unter der Dusche massieren, bis auf das letzte Exemplar ausverkauft?

Warum haben die berüchtigten Fotos, die ein namenloser Schmierfink von uns geschossen haben will, unter dem Titel ›Frühstück mit Analmarmelade‹ einen derart aberwitzigen Wert bekommen und sind dabei, sich bis in den Westen zu verbreiten?

Warum raubt euch meine Hemmungslosigkeit den Schlaf?

Könnte es sein, daß in jedem meiner Höhepunkte euer Absturz schon geschrieben stand?

Könnte es sein, daß die Frau von Genosse Dragel ein Vorbild werden könnte für die Scharen unbefriedigter Gattinnen von Tausenden von angesehenen Genossen? Vielleicht werden sie jetzt in die Diskotheken einfallen, wo all die schönen jungen Männer sind. Vielleicht werden sie es jetzt wagen, sich das zu nehmen, was sie von euch nicht kriegen können.

Höre ich auch nur einen, der mir antwortet?

Ich weiß, daß mir keiner antworten wird, und darum muß ich mich an das halten, was euch derart in Harnisch bringt – mich selbst.

Alle wissen, daß ich immer das gewesen bin, was man eine ›vorbildliche Gattin‹ nennt. Ein paar von euch werden wahrscheinlich wissen, daß ich zuvor eine ›vorbildliche Tochter‹, eine ›vorbildliche Genossin‹, eine ›vorbildliche Studentin‹ war.

Ich verabscheue das Wort ›vorbildlich‹!

Aber jetzt könnte ich mir gut vorstellen, ein ›vorbildliches Luder‹ zu sein. Vorbild für alle Frauen, mit denen ich in unserem Privilegiertenviertel all die endlosen, entsetzlich langweiligen Tage verbracht habe.

Ich weiß, daß keine Geschichte eine andere ersetzen kann. Ich weiß, daß das Leben mir unerwartet ein kostbares Geschenk gemacht hat, einen anbetungswürdigen Jungen, in dessen herrliche Schulter ich zärtlich beiße, während er mir mein Gemuschel liebkost, der auf meiner Perle spielt, als wäre sie ein Musikinstrument.

Und von dort unten, während Peter mich streichelt, steigt mein Halleluja empor, mein Seufzen, das so lange hatte warten müssen, ein fast vergessenes Prickeln und Knistern, steige ich selbst empor und reite auf heimlichen Pferden, treibe sie an und zügle sie wieder, um den köstlichen Ritt zu verlängern.

Peters Speichel setzt sich zusammen nach einer Formel göttlicher Alchimie. Das spüre ich, wenn ich mich nackt auf dem Tisch ausstrecke und mich von ihm von oben bis unten einschlabbern lasse, von Kopf bis Fuß, mit geschlossenen Augen, ohne mich zu rühren.

Jetzt seid ihr sicher ganz scharf darauf, zu erfahren, wie weit er mich bringt mit seiner Zunge, mit seinem heißen Atem, mit dem Knabbern und Raspeln seiner Zähne, mit seinem Mund, der an meinem Hals hinunterwandert, die Brustwarzen umkreist, an meinen Nippelchen saugt und zupft, mein pelziges Tierchen zerzaust, in meinen Haaren spielt, auf meinen Schenkeln trommelt, meiner Perle sich selbst zum Trank bietet...

Er bringt mich zum Glühen, er entfacht in meiner erwartungsvollen Möse ein Freudenfeuer.

Und jetzt erst kommt die Sache mit der Erdbeermarmelade. Peter dreht mich auf den Bauch und schmiert mir mit einem scharfen Messer die leckere Masse, rot und klebrig, über den ganzen Arsch. Meistens mischt er das Ganze noch mit Butter, damit es besser glitscht und flutscht.

Wieder und wieder füllt er mir satt die Backenritze mit der ambrosischen Creme. Wieder und wieder streicht er sie bis zum Steiß. Schließlich würzt er mit Meisterschaft das glänzende Fleisch, das sich ihm willig entgegenreckt, mit braunem Zucker, den er über die üppige Torte rieseln läßt.

Schauern und Zittern überläuft mich, wenn er dann endlich beginnt, mich genüßlich zu verspeisen, und ich verwandle mich in ein bukolisches Mahl.

Ich spüre ihn, höre sein gieriges Schmatzen, und schon durchfluten Wellen meinen Körper, steigen auf von den Knöcheln bis in mein tiefes, bebendes Tal. Sie steigen und schwellen, durchdringen meine Schenkel mit flackernder Hitze. Ich schiebe meine Hände zwischen die Arschbakken, reiße sie auseinander und flehe ihn an, mich zu nehmen. Aber kein Flehen, kein Wimmern läßt Peter die Ruhe verlieren. Langsam und schwelgend genießt er sein Festmahl.

Ganz anders ich. Ich verliere jede Kontrolle. Ich hebe den eingesabberten Hintern, versuche seinen Schwanz darin einzubetten. Ich winde mich verzweifelt und unverschämt unter seinen Eiern. Er muß mich dann mit aller Kraft festhalten, muß mich mit den Knien auf den Tisch nageln, um meiner Zügellosigkeit Herr zu werden.

Wie ein Kolben stößt seine Zunge in meine Löcher, wie ein Stampfer, mit dem man die Würste stopft. Seine Spukke vermischt sich mit meinen Säften der Lust, wenn er meine Musch mit Marmelade überzieht. Kreisend bohrt er in Nischen und Falten, lockt meinen glänzenden Schleim hervor, vermischt ihn zu himmlischem Nektar.

Dann nimmt er einen der vielen Holzlöffel, die wir zusammen gekauft haben – immer mit einem Auge auf die Größe meiner Öffnungen, die mit der Zeit immer elastischer wurden. Mit solch einem Löffel stößt er mich durch, von vorn, von hinten, löffelt, kratzt und schabt, bis ich sein Werk tief drin in mir spüre. Er dreht den Löffel um und um, und mit dem Schwung einer jeden Drehung lodert die Glut heller in mir, dehnt sich mein Fleisch vor Hitze aus, zucken und bäumen sich meine hochaufgereckten Beine, krallen sich meine Hände in seinen Rükken. In meinen Flanken bersten Explosionen, erschüttern mich Erdbeben, die sich noch steigern, wenn er plötzlich den Löffel herauszieht und selbst in mich dringt, damit sein bestes Stück auch teilhabe an der Wonne des unaufhörlichen Flusses von Marmelade zwischen der Rose meines Arsches und meiner verzückten Möse.

Wenn er dann mit vollen Wucht seinen Ständer in mich stößt, weiß ich, daß ich jetzt freie Bahn habe, daß ich meiner Geilheit ihren Lauf lassen kann. Ich will, daß er mich fickt, daß er mich in Grund und Boden rammelt. Ich hebe und senke meinen Hintern wie ich will, reiße mir die Spalte auf, öffne ihm ganz die Pforte, wo sein geiles Prachtstück raus und rein und raus und rein gleitet. Hin und wieder verhält er kurz, um sich mein Flehen nach Weitermachen anzuhören. Und schon ist er wieder da und nimmt mich her, wilder als zuvor. Er liebt es, wenn sich die Wände meines Hintereingangs verkrampfen, wenn sie ihn quetschen und wieder befreien, bis wir zusammen an einen Punkt kommen, von dem es kein Zurück mehr gibt. In einer Serie von Erschütterungen kommen wir gemeinsam, zittern in Orgasmen, die sich gegenseitig nähren und verstärken.

Wir kommen in einer blubbernden Blase aus Sperma und Delirium, in einem roten Tümpel, aus dem wir, wenn uns das erste Mal einer abgegangen ist, eine einzigartige Flüssigkeit gewinnen, eine sahnige, glänzende Soße, mit der wir uns die Lippen bemalen.

Den Rest sammelt er in einem Glas, in das er seinen Schwanz tunkt, um seinen Lümmel für mich süß zu machen. Und dann schiebt er ihn mir in den Mund.

Er befiehlt mir, mich auf den Rücken zu drehen und hält mir sein eingeschlammtes, marmeladeleuchtendes Gebaumel hin, damit ich mit ihm machen soll, was ich will.

Jetzt erst läßt er mich frei. Nun kann ich die Hände bewegen, und ich reibe ihm Schwanz und Loch mit Marmelade ein.

Ich sage ihm, er solle auf dem Tisch über mir auf alle viere gehen, so daß seine Eier perfekt in die Soßenschüssel passen und rot und schmierig werden.

Ich stecke den Kopf unter sein Gehänge und greife mir den Pimmel. Ich bade ihn in Butter und pökle ihn in unserer köstlichen Rezeptur.

Dann nehme ich ihn in den Mund und vergesse alles außer der Wonne, diesen Riesenbisquit zu verputzen. In aufsteigenden Kreisen lutsche ich dieses Bonbon, langsam, um jeden Mundvoll auszukosten, um die berauschende Macht unserer Privatkonfitüre zu genießen. Noch während ich schwelge und schlucke, durchrieseln mich kleine Orgasmen, die mich so glücklich machen, daß ich in Tränen ausbreche, und die mich nur noch begieriger machen auf mein kandiertes Meisterwerk.

Ist er dann schließlich saubergeleckt und nur noch von einem schimmernden, transparenten Film umgeben, steht er ihm grandios. Und dann spritzt Peter ab, zwischen meine Zähne. Begeistert schlucke ich, trinke ihn, während er mich in die Brustknospen zwickt, um mich spüren zu lassen, wer hier die Macht und das Sagen hat.

Und so nimmt er mich dann auch von hinten und drängt sich in meine Möse, um sich und mir einen neuen, langen Orgasmus zu bereiten. Meine Arschrose zuckt und puckert verzweifelt, während in meiner Musch Kontraktionen pochen, die sich bis hinauf in meine Kehle ausbreiten, um sich dort in Jubelgesänge und Gebete zu verwandeln, die nur den einen Inhalt kennen: Peter!

Ich kann mir nicht vorstellen, wie sich ein mieser kleiner Spanner hätte einschleichen können, um diese absolut private Szene erotischer Feinschmeckerei zu fotografieren.

Ich erkläre hier und heute – und zwar nachdem ich inzwischen rechtliche Schritte eingeleitet habe, – daß alles, was zu besagtem Frühstück veröffentlicht worden ist, einschließlich der Fotos meines beschmierten Hinterns, gefälscht ist.

Weder ist der abgebildete Arsch der meine, noch hat Peter ihn je mit heißer Schokolade übergossen, wie euch das förmlich dampfende doppelseitige Foto weismachen will.

Die Firma, die jetzt, wie sie sagt, eben jene Marmelade anpreist ›...für festliche Frühstücksgelage...‹, schmiert euch an!

Die Marmelade, die wir benutzt haben, und das gleiche gilt auch für die Butter, enthält keinerlei enthemmende oder aufputschende Substanzen und wurde auch nicht in Amsterdam in einem Spezialsupermarkt für erotisierende Lebensmittel gekauft. Es handelt sich vielmehr um eine ganz gewöhnliche Marke, wie sie in jedem Laden an der Ecke zu bekommen ist, und um Butter, wie sie auf jedem Familientisch liegt. Und das ist es ja eben, was den gewissen Reiz ausmacht. Gerade darin liegt der ganz besondere Zauber.

In Anbetracht der ganzen Maschinerie, die gegen uns aufgefahren wird, in Anbetracht der Heere von Schandmäulern und Bewunderern, habe ich mich entschlossen, meine Geschichte aufzuschreiben. Dieser Bericht ist endlich meine Wahrheit.

Ich kann euch schon jetzt sagen, daß ihr es mit eurer ganzen Einmischerei nicht geschafft habt, unseren kleinen Vögeleien an strategisch günstigen Orten Einhalt zu gebieten. Wir treiben es genau dort, wo ihr eure verstaubte Ernsthaftigkeit und öde Langeweile hütet, dort, wo noch nie ein Funken eindringen konnte.

Fast nichts macht uns geiler, als die Tempel kommunistischer Moral zu entweihen.

Um euch nur ein Beispiel zu nennen… Ihr konntet es nicht verhindern, daß gestern – ja, genau gestern – in einem der vielen anonymen Aufzüge im Palast der Justiz Peter mich bat, ihm einen runterzuholen. Und das, meine Herren, tat er unter den Augen von drei rechtschaffenen und sittsamen Justizbeamtinnen. Anfangs noch, als ich ihm den Zipfel aus der Hose holte und begann, ihn energisch zu bearbeiten, schauten sie betreten weg und ergingen sich in indignierten Kommentaren. Nicht lange darauf flehten sie uns an, ihnen zu nie gekannten Höhepunkten zu verhelfen, was wir natürlich gerne für sie erledigten. Zu diesem Zweck saß der Aufzug eine halbe Stunde lang zwischen dem neunundzwanzigsten und dreißigsten Stockwerk fest, während das anwesende Publikum das Lustgeheul der in Hitze kommenden Genossinnen in allen Fluren mit anhören konnte.

Einer von ihnen, Hannelore, überließ ich meinen Platz an Peters Ständer. Ich instruierte sie sorgfältig, wie sie ihn mit einer Hand reiben sollte, während sie ihm gleichzeitig mit der Zunge über die Eichel fuhr. Ihre andere Hand hatte sich um seinen Sack zu kümmern. Sie sollte ihm mit kleinen Schlägen die Hitze in die Eier treiben, sie schließlich packen und mit zärtlicher Frechheit und ungezogener Zärtlichkeit verwöhnen.

Ich half ihr, sich mit meiner Spucke die Hände glitschig zu machen, damit sie ihn besser kneten und walken konnte. Ich half ihr in den Rhythmus, den Peter am liebsten hat.

Dann beschloß ich, meinem Schatz Wonnen von allen Seiten zu verschaffen, und ließ mir daher von Helene, der jüngsten der drei, ihre Fingernägel zeigen. Ich wollte ihre Hände in Peters Arsch verschwinden sehen.

Die Nägel waren viel zu lang und hätten nur Schaden angerichtet. Ich zog also einen Nagelclip aus der Tasche und stutzte sie ihr. Dann holte ich Gleitcreme heraus, mit der ich ihr großzügig die Finger einsuppte. Ich half ihr auf die Knie und brachte sie in Position. Ich erklärte ihr, wie sie langsam, Stück für Stück, Fingerknöchel für Fingerknöchel, in ihn eindringen sollte. Ich wollte jede kleinste Reaktion seines Wonneloches sehen. Die Tatsache, daß sie nun so beschäftigt war, nutzte ich aus. Ich knöpfte ihr die brave, korrekte Bluse auf und holte ihre Titten an die Luft. Ich kniff, zupfte und zerrte sie an den Brustwarzen und ließ sie hilflos ausgeliefert vor Wollust wimmern.

Da Peter nun von vorne und von hinten reichlich beglückt wurde, blieben immer noch die dritte Juristin und ich, um ihm unsere Körper anzubieten und uns völlig seinen Wünschen zu unterwerfen.

Hingerissen lächelte er über dieses Angebot und sagte, er wolle sehen, wie die dritte mich mit über den Kopf gezogenen Rock zum Kommen bringe, während er mich dabei festhielte.

Er hob den leichten Stoff und verknotete den Rock über meinem Gesicht. Nur mein Mund blieb noch frei, damit er mich küssen oder beißen konnte, ganz nach Belieben.

Die letzte Beamtin riß mir mit einem Ruck den Slip herunter und händigte ihn Peter aus, unterwürfig, zu allem bereit, wie eine Sklavin.

Auf Peters Anordnung hin zog sie mir die Schuhe aus und leckte mir jeden Zeh einzeln. Dann wanderte ihre spitze Zunge höher und höher bis hinauf zu meiner triefenden Musch.

Peter spreizte mit den Fingern meine Schamlippen und überreichte dem Mädchen mein Gemuschel wie eine offene Frucht. Er führte ihr gekonnt die Zunge. Sie trommelte auf meiner Kirsche, bis sie sich dick und glänzend aufrichtete, wie er sie am liebsten sieht.

Vom Zusehen, wie geschickt sie in mir schlemmte, bekam er eine bewunderungswürdige Latte, die er Hannelores halbgeöffneten Lippen hinhielt. Gleichzeitig rief er Helene zu, nicht nachzulassen, ihre Faust fester und kräftiger in seinem heißen Ofenrohr zu bewegen. Er empfand das als ganz außerordentlich geile Schändung und geriet vor Wonne schier außer sich.

In meinem tiefen schleimigen Tal teilten sich unterdessen Peters Hand und Fräulein Glorias Mund die Arbeit. Ich spürte ihre harte Nase in meinem Pelz, fühlte, wie sie meinen Duft einsog. Ich spürte den scharfen Rand ihrer gefräßigen Zähne, mit denen sie mich heißhungrig bedrängte. Das Zusammenspiel ihrer festen spitzen Zunge, ihrer harten Zähne und ihrer weichen bebenden Lippen an meiner Möse brachte mich an den Rand des Wahnsinns und ließ mich heißer und heißer auf meinen Liebsten werden.

So waren wir schließlich alle ineinander verzapft. Unsere Energien entluden sich in gemeinsamen tierischen Stöhnen und Keuchen.

Reicht eure Fantasie aus für dieses Fest im altersschwachen Marmorpalast, vollbehangen mit Hämmern und Sicheln, der aus den Nähten zu platzen droht vor lauter Akten, die sich wiederum auf andere Akten beziehen und die eifrig über die Flure getragen werden, unter den Augen von Marx und Lenin auf Sockeln und Gemälden?

Könnt ihr euch diesen Aufzug in einem eurer Staatsgebäude vorstellen, ein Aufzug, in dem Titten schaukeln, in dem heiße Ärsche von winzigen Höschen kaum bedeckt werden, wo Finger in den richtigen Löchern stecken und Kitzler von musikalischen Zungenschlägen zum Zucken gebracht werden?

Ist dieser Aufzug nicht der beste Ort für so ein Vergnügen?

Warum klammert ihr euch an schmuddelige Verschläge, die Pornoshops genannt werden? Ställe, in denen nichts zu finden ist, was mit dem wirklichen Leben auch nur das Geringste zu tun hätte?

Die erste, die eine Reaktion zeigte, war Helene. Sie begann auf eine Art und Weise zu stöhnen, die wirklich nicht zu dieser überkorrekten Karrierefrau passen wollte. Sie spürte das Zucken in Peters Arsch und hatte keine Wahl mehr. Sie mußte sich mit der anderen freien Hand in die Hose fassen, wo sie es sich mit kreisendem Fingerdruck selbst besorgte. Sie kam wie eine Wilde, schlug mit dem Kopf gegen die Tür und konnte gar nicht mehr aufhören zu schreien.

»Ja, ja, ja, verdammt, ja, ja, ja, ja, ja, ja, ja, das ist das Beste, was mir seit Jahren passiert ist...!«

Hannelore wurde von diesem Ausbruch äußerster Lust ihrer Kollegin angesteckt. Sie bot mir nicht nur ihre Tittenknöpfchen, sondern versuchte, mir auch ihre offene, feuchte Musch hinzuhalten. Dafür mußte sie sich wie eine Tänzerin in der Taille biegen.

Meine Hände hatten in der Zwischenzeit Peters Prachthammer wieder übernommen, und ich beschäftigte mich mit besonderer Sorgfalt und Zärtlichkeit mit ihm.

Ich walkte ihn rhythmisch zwischen den Fingern, was ihn in einen schwindelerregenden Rausch versetzte. Er mußte sich schließlich auf meiner Hüfte abstützen, um nicht die Kontrolle zu verlieren.

Das deutliche Schwellen von Peters Latte in meinen Händen und die sauersüße Möse von Hannelore an meinem Mund erregten mich mehr und mehr, und ich konnte mir nicht vorstellen, zu welchen Gipfeln der Lust ich noch emporsteigen würde. Mein Gesicht glühte. Ich floß über in Glorias Mund, die mit größtem Genuß aus mir trank, ohne mich jedoch zum Ende zu bringen. Sie hatte keine Eile, ihr Glück zu verkürzen.

Es war schließlich Peter, der dies tat. Er beschloß, in mir zu kommen. Als ich mich zurückbog, um sein Sperma bis in den tiefsten Tiefen in mir zu spüren, als ich gleichzeitig Zungen spürte, Muschis schmeckte, durchfuhr mich die Erschütterung eines so gewaltigen Orgasmus, daß sich die Energie in alle unsere Körper übertrug, sich fortsetzte und potenzierte und wir wie ein Kammerquintett beim rauschenden Schlußakkord einen ekstatischen Höhepunkt feierten.

Das rasselnde Keuchen penetrierter Körper, gemeinsames Beben und Zittern, die Vibrationen dieses kunstvollen Räderwerks aus Körpern, Mündern und Händen brachte den Aufzug derartig zum Wackeln, als würde er von einem Erdbeben geschüttelt.

Die Tatsache, daß wir gemeinsam gekommen waren, vereinte uns so stark, daß wir uns wie Verliebte die nassen Schlitze streichelten, uns gegenseitig an den Fingern saugten, uns zärtlich die Gesichter beleckten, bis die Euphorie gestillt war, die uns alle ergriffen hatte.

Zu diesem Zeitpunkt muß wohl jemand gemerkt haben, daß einer der zwanzig Aufzüge im riesigen Palast der

Justiz seit über einer halben Stunde blockiert war, und löste Alarm aus. Wir zogen uns so schnell wie möglich an und halfen uns gegenseitig, so gut es ging, ein korrektes und präsentierbares Erscheinungsbild abzugeben. Als der Aufzug wieder fuhr, strahlte auf den Gesichtern der Justizbeamtinnen ein geheimnisvoll frivoles Lächeln, das in dieser Umgebung völlig aus dem Rahmen fiel und bei den Kollegen zu verschiedenartigsten Mutmaßungen führte.

Die drei Damen wollten sofort ein weiteres, längeres Treffen mit uns ausmachen, aber Peter und ich lassen uns nie auf solche Vorschläge ein. Was immer wir tun, es geschieht spontan und ohne jeden Plan. Wir haben bei unseren Aktionen nur das Ziel, in dieses halbverweste System der Bürokratie, das seit undenkbaren Zeiten die Menschen beherrscht, einen Schuß Leben und Jugend zu bringen.

Es sind immer individuelle Akte, die wir zum reinen Vergnügen begehen. Und obwohl sie vielleicht provozierend wirken, sind sie im Grunde doch unschuldig.

Mit Nachdruck streite ich ab, daß es sich um reinen Exhibitionismus handelt. Ich muß allerdings zugeben, daß ein gewisser Bekehrungseifer mitschwingt, und zwar für die allgemeine Erotisierung und gegen die scheinheiligen Pornographen, in deren Händen die Gesetzgebung liegt.

Wir treiben unsere Spielchen ganz bestimmt nicht, um Aufsehen zu erregen, oder, wie heute eine Illustrierte behauptet, die keine Gelegenheit ausläßt, uns in die Schlagzeilen zu bringen, um uns ›dumm und dämlich zu verdienen‹.

Das Geld kam sozusagen als kleines Extra und zwar vor allem, weil die Platte ›Mater Erotica‹, die mein Sohn mit seiner Gruppe ›Cunnilingus‹ herausgebracht hat, seit sieben Wochen ihren Spitzenplatz in den Hitlisten hält.

In Wirklichkeit suchen wir etwas ganz anderes – und das seit dem Moment, als wir uns zum ersten Mal begegnet sind. Das war bei mir, an meinem Geburtstag, in meinem Haus. Es war voller Besuch…

Aber dazu kommen wir noch. Ich möchte zunächst noch ein wenig über Naschtenko Korolenko sprechen, denn bei ihr liegt die Erklärung, dort finden wir vielleicht das Geheimnis.

Man erzählt sich in Rußland, meiner Heimat, habe es einmal ein aufgewecktes kleines Mädchen gegeben, das die Aufmerksamkeit aller Freunde und Bekannten ihrer Eltern auf sich gezogen habe.

Sie brachten mir von klein auf vieles bei, bis ich es auswendig wußte: Die philosophischen Prinzipien des Marxismus-Leninismus, Engels dialektischen Materialismus… Sie griffen aufs schärfste die Vorstellung eines Gottes an, eines Vaterlandes, eines Staates. Die Lust und das Vergnügen vergaßen sie.

Ich möchte hier vor der westlichen Welt, die vorgibt, mich zum Idol erhoben zu haben und die sich an meinen Bekenntnissen ergötzen wird, klarstellen, daß der Atheismus unsere Völker in keiner Weise von Unterdrückung befreit hat.

Viele werden sich vorgestellt haben, daß es in der kommunistischen Welt freizügiger zuginge. Vielleicht freut es euch, zu erfahren, daß sie so repressiv ist wie die eure.

Auch uns wird die Vorstellung der Sünde eingebleut, und sie ist uns vertraut wie das tägliche Brot. »Aber wie kann es Sünde geben ohne einen Gott?«, so fragen die Theologen. »Wie soll einer sündigen ohne die Drohung vom Fegefeuer?«

Es geht. Die Erinnerung lauert uns auf in unseren einfachsten Träumen. Marx schnaubt in einer versoffenen Nacht. Engels wichst mit einer Gummipuppe. Und Stalin wird mild und heiter beim Anblick sanfter Muschis. Jede Diktatur, sei sie politisch oder privat, gründet sich auf der Zerschlagung weiblicher Lust.

Ich weiß nicht, wie viele frigide Frauen der Kommunismus hervorgebracht hat, aber die Statistiken würden mich schon sehr interessieren, vorausgesetzt, ich komme auch in ihnen vor.

Wahrscheinlich ist es mir leichter gefallen, an die Diktatur des Proletariats zu glauben, als ich noch nicht wußte, was ein Orgasmus ist. Mit der Muttermilch saugen wir Unterdrückung und den historischen Materialismus ein.

Hatte Lenin einen großen?

Und wenn er kam, träumte er dann von den Schenkeln der dunklen Burschen, die ihm so gefielen?

Und wenn ihm sein Kammermäuschen Tatjana einen blies, sang er dann die Internationale?

Was rutscht ihr so ungemütlich auf euren Sitzen, Genossen? Sind euch meine Fragen unangenehm?

Natürlich habe ich Kinder im Sinn beim Liebemachen... Jetzt, in diesem Moment, denke ich an Peter, an den seidigen Flaum, der sich ihm vom Haaransatz bis hinunter zu seinem Steißbein zieht. Ich bin eine streunende Katze, vom Weg abgekommen auf der Suche nach den Spuren des kindlichen Jünglings mit den massigen Schenkeln und dem zum Hineinbeißen schönen Mund.

Das Kreuz ist zurückgekommen ins Leben von Naschtenka Korolenko. Ein heiliges Feuer brennt ihr im Kreuzbein und strahlt von den Lenden bis zum Steiß.

Wer, so wie ich, eines schönen Tages aufgewacht ist hier an diesem Ort, wer wie ich gedacht hatte, er hätte den heiligen Knochen Kreuzbein für immer verloren, wer könnte da nackt tanzen in der Arena der Lust?

Was wußte mein Mann, Helmut Dragel, schon vom Kreuzbein?

Steht bei Lenin irgend etwas über den heiligen Orgasmus des Kreuzbeins?

Nun gut, ihr werdet mir sagen, daß davon bei de Gaulle auch nichts zu finden ist.

Aber es ist ja auch nicht so, daß ich eine Welt der anderen vorzöge oder einen Ehemann dem anderen. Sie haben alle keine Ahnung. Sie haben mich nie schlafen sehen mit Peters hartem Schwanz im Mund.

Ich mache mich auf zu einer schmerzhaften Reise in die Vergangenheit. Mein Mann erstickt fast beim Gedanken an die Wende. Was für eine Wende, frage ich mich.

Ich habe gerade Helmuts Heiratsantrag angenommen.

Er ist mir völlig gleichgültig. Schon seit einiger Zeit ist mir sowieso alles egal.

Ich bin zwanzig, und mein Vater ist Botschafter unseres Landes in seinem Land. Zwei verbrüderte Staaten, die mit Wohlwollen auf die Verbindung der Tochter von Vladimir Korolenko mit dem schon erwähnten Oberst Dragel blicken. Nun ja, sieht man vom Altersunterschied einmal ab... Helmut ist viel älter als Naschtenka. Aber sie ist Gast in seinem Land, er bietet ihr Aufnahme und Herberge.

Sie liebt ihren Vater, den russischen Führer Vladimir Korolenko.

Sie amüsiert sich über die romantische Patina, die bestimmte Hochzeiten überzieht. Die Verpflichtung gegenüber dem Proletariat wird ausgelöst. Helmut zu heiraten, ist wie eine Heirat mit dem Vater.

Naschtenka glaubt nicht an die Liebe. Ich ging in die

Ehe – wie lange ist das jetzt schon her – nicht verliebt, sondern scharf. Helmut war zwanzig Jahre älter und flüsterte mir Sauereien ins Ohr. Das machte mich neugierig.

Seiner äußeren Erscheinung nach war er ein ernster Mann, diszipliniert bis zum Exzeß, besessen dogmatisch und von einer marxistischen Linientreue, die nichts zu wünschen übrigließ.

Er sprach von provozierenden Abweichlern, war absolut unversöhnlich gegen Dissidenten und liebte seine Dauerläufe morgens um fünf in den Wäldern am Fuße der Berge.

Er lud oft meinen Vater dazu ein, aber der litt zu der Zeit schon an frühzeitigem Altersschwachsinn.

Meine Mutter sah die Verrücktheit meines Vaters kommen und setzte alles daran, sie so lange wie möglich zu vertuschen.

Seine Krankheit äußerte sich in öffentlichen Entgleisungen. Vor dem versammelten Parteikongreß schüttelten ihn regelmäßig Lachanfälle. Zweimal schiß er sich vor Präsident Kastrop genußvoll in die Hosen.

Sie drohten, ihm das Botschafteramt zu entziehen. Da erschien Helmut auf der Bildfläche und rettete die Familie.

Sein erster Kuß war ordinär. Er behandelte mich wie eine Nutte, griff mir sofort unverschämt an den Arsch und verlangte, daß ich mich auf seinen Steifen stützen sollte. Ich empfand eine sonderbare Mischung aus Ekel und Neugier. Wie würde das Ganze wohl weitergehen?

Er quetschte brutal an meinen Brüsten herum, zerrte eine Brustwarze heraus und sagte dabei: »Sexueller Schrott...«

Es war das erste Mal, daß ich jemanden so weit gehen ließ mit meinem Körper.

Ich war schon mit Genossen ausgegangen, die mir dann von der freien Liebe erzählten und sich nicht mehr getrauten als einen scheuen Kuß aufs Dekolleté.

Ich habe zwei wunderschöne Hügelchen von idealer Größe. Sie passen perfekt in jede Hand, die sie gerne halten möchte. Ich habe sie, seit ich fünfzehn bin, und sie haben sich seither kaum verändert. Noch nicht einmal während meiner kurzen Mutterschaft, denn ich muß zugeben, daß ich Thomas so gut wie nicht gestillt habe.

Heute sind diese Brüste erwacht. Peter will sie gierig und durstig, und ich biete sie ihm so rückhaltlos an, daß er sich nicht zurückhalten kann. Zart zupft er an den Brustwarzen, spielt mit dem Mondhof, der sie in ständig wechselnden Farben umgibt, geht mit dem Finger auf Reisen von ihrem untersten Rand bis hinauf zu den Zähnen. Manchmal gießt er Milch aus einem Krug über uns, wie eine heiße Kaskade. Erregt stöhne ich nach mehr. Es macht mich verrückt, wie die Milch über sein Gesicht fließt und von dort auf meine Äpfelchen tropft. Nicht oft gönnt er mir diese Wonne. Nicht oft... mein Gott!

Mein Mann Helmut dagegen hielt sich nie lange mit meinen Brüsten auf, höchstens um mir weh zu tun oder um scheußlich blaue Flecke zu hinterlassen. Gefallen hat mir das nie, aber ich hielt diese schmerzhafte Quälerei für etwas, das mit der Zeit vielleicht doch noch lustvoll werden könnte, und willigte ein, diesen geschwänzten Zweibeiner zu heiraten. Immerhin würde er meinem Vater die Stellung garantieren.

Ich hatte noch kaum das Standesamt verlassen, da wurde mir klar, daß ich einen nicht wiedergutzumachenden Fehler begangen hatte.

Ich war mehr oder weniger noch Jungfrau. Sperma kannte ich nur von einem gewissen Igor, der sich bei einem Tanzabend der Jugendorganisation lang genug an meinem Bein gerieben hatte.

Mein Vater war überglücklich und organisierte uns zu Ehren ein Fest, das seine Mittel weit überstieg.

Helmut dachte sich, daß solche Ehren nicht allzu dicht gesät waren, und ließ sich vor der versammelten Parteiführung vollaufen.

Als es endlich soweit war, das Fest zu verlassen, steckten uns die Genossen in eine Klapperkiste von einem Auto, das uns zum Hotel Rosa Luxemburg bringen sollte.

Gleich auf dem Rücksitz zog Helmut seinen Pimmel heraus und herrschte mich an, daran zu lutschen. In meinem kleinen Mund dehnte er sich und schwoll gegen meinen Gaumen an. Ich sagte mir, es müsse wohl die Pflicht einer jeden guten kommunistischen Ehefrau sein, ihrem kommunistischen Ehemann den Schwanz zu lecken.

Ich versuchte dabei an mein Lieblingsgedicht von Majakowski zu denken. Aber das Brennen auf meiner Zunge und der saure Geschmack, als er endlich abspritzte, waren der Auftakt einer langen Geschichte von Verletzung und Gewalt.

»Dies ist deine erste Liebesnacht, mein Täubchen. Du kannst dich gleich darauf einstellen, daß du mit mir für den Rest deines Lebens bestraft bist...« So sprach mein Mann und ließ der Sache ihren Lauf, zwischen meinen Zähnen.

Er behielt recht. Lust erlebte ich nie mit ihm. Doch genau das schweißte ihn an mich. Seine unbefriedigte Frau war für ihn eine ständige Herausforderung, die gleichbedeutend war mit Macht.

Ich unterwarf mich, ohne darüber nachzudenken. Wußte ich doch, daß es niemanden gab, der bereit gewesen wäre, mit mir über solche Dinge zu reden.

Außerdem war ich ganze zwanzig Jahre jünger als er, und so ging ich davon aus, er werde schon wissen, was ein Mann und eine Frau in ihrem Ehebett miteinander zu tun hatten.

Wie oft habe ich in meinen angstvollen Nächten, in denen hinter unseren Vorhängen nur das Klatschen seines gewalttätigen Geschlechts zu hören war, meine Kälte verflucht, meine Gleichgültigkeit, meine vaginale Narkose verwünscht!

Mit der Zeit erkannte ich, daß meine absolute Unfähigkeit, etwas zu empfinden, ihn bis zum Wahnsinn erregte. Er wollte mich brechen, mich beherrschen, und jedesmal, wenn er sich stoßend in mich drängte, schwor er, mich zu zerreißen.

»Du sollst es schon noch begreifen... Dir zeig ich, was schön ist... Ich stoß dich bis in den Bauch! Ist das schön? Sag's schon, sag's, daß du es magst! Und das, gefällt dir das? Verdammte Scheiße!«

So wurde mein Sohn Thomas gezeugt.

ALICIA STEIMBERG

Der Doktor

»Wie geht es Ihnen heute, Doktor? Der Abend ist kühl, und wir können in Ihrem Zimmer bleiben. Wenn Ihnen der Sinn danach steht, dürfen Sie während der ganzen Zeit auf die übliche Art masturbieren, das heißt, sobald Sie merken, daß Ihr Höhepunkt naht, nehmen Sie die Hand weg und denken Sie an etwas anderes. Sollten Sie wünschen, daß ich ab und zu unterbreche, geben Sie mir ein Zeichen, gegenwärtig ist es besser, wenn Sie während der Übungen nicht reden.

Amatista badete in einem reißenden Fluß und ließ sich einfach mit der Strömung treiben. Das Wasser war warm, und sie ließ sich treiben, ohne zu wissen, wohin.

Wohin. Wo. Woher. Wörter wie Gewölbe, in denen Echos wie Glockenschläge hallen. Später ließ die Strömung nach, bald schwamm Amatista in ruhigem Wasser und näherte sich dem Ufer. Sobald es flacher wurde, richtete sie sich auf und lief auf den Strand zu. Ihr durchnäßtes Kleid aus lila Baumwolle trocknete der Wind ihr rasch am Körper. Amatista sah in der Ferne zwischen den Bäumen ein weißes Haus liegen und lenkte ihre Schritte darauf zu. An einem Baumstamm hing ein Schild mit einem Pfeil, der auf das Haus wies:

GASTHAUS
ZUM ERIGIERTEN PENIS

KRAUSS

Es war ein einladendes Gebäude, dessen Untergeschoß ein weiträumiger Salon mit gläsernen Wänden einnahm. Den Boden bedeckte ein grüner Teppich. In einem Teil des Salons standen Tischchen und gepolsterte Stühle, an einer Wandseite befand sich die Bar, hinter der Theke standen zwei oder drei Kellner im Frack. Amatista setzte sich auf einen Barhocker und bestellte sich einen Alexander.

›Sprechen Sie Spanisch?‹ fragte sie einen der Kellner.

›Ja, Señora‹, antwortete der Kellner.

›Dann beantworten Sie mir eine Frage: Wo bin ich?‹

Der Kellner lachte schallend; eine Antwort schien er nicht für nötig zu halten.

›Sprechen Sie das Universal-Spanisch?‹ fragte Amatista.

›Ja, Señora‹, antwortete der Kellner.

›Dann ist das nicht mein Land‹, murmelte Amatista. ›Es macht nichts‹, fuhr sie laut fort, ›können Sie mir sagen, was ich tun soll?‹

›Ja Señora, setzen Sie sich auf den Tresen und halten Sie Ihren Vortrag.‹

Der junge Mann faßte Amatista um die Taille und half ihr auf den Tresen. Ein kleines Publikum hatte sich in der Bar versammelt.

›Ich heiße Amatista‹, begann Amatista, ›und komme aus der Stadt Buenos Aires. Jeden Morgen nach dem Frühstück im Bett (Kaffee und Croissants, kein Obst, keine Körner, keine Eier) stelle ich mich vor den Spiegel und betrachte meine Brüste. Gleich darauf kommt Pierre, der Stallbursche, durch das Fenster, zieht sich aus und stellt sich neben mich vor den Spiegel, um seinen erigierten Penis zu betrachten. Anschließend betrachtet er meine Brüste im Spiegel und ich seinen Penis.‹

Schweigend lauschte das kleine Publikum.

›Dann kommt der Monokelkavalier durchs Fenster‹,

fuhr Amatista fort. ›Er stellt sich Pierre gegenüber, und ihre erigierten Penisse begrüßen sich. Derweil habe ich mich ins Bett gelegt, masturbiere und sehe ihnen zu. Dann beugt sich einer der beiden über mich und dringt in mich ein, der andere stellt sich neben das Bett und masturbiert. Dabei wechseln sie sich ab.‹

Ein junger Zuhörer aus dem Publikum hob die Hand, und als Amatista ihm das Wort erteilte, fragte er, auf welche Weise sie zum Höhepunkt kämen.

›Morgens kommen wir gewöhnlich nicht zum Höhepunkt‹, antwortete Amatista. ›Wir warten damit normalerweise, bis es dunkel wird. Mit ihrer Erlaubnis werde ich jetzt das Gedicht vortragen‹, fügte sie hinzu.

Amatista hob ihr Glas und trank den Rest des Alexander aus. Der Kellner beeilte sich, ihn abzuräumen und einen neuen zu bringen. Ohne Atempause trug Amatista vor:

Ich masturbiere mich.
Du masturbierst dich.
Er masturbiert sich.
Wir masturbieren uns.
Ihr masturbiert euch.
Sie masturbieren sich.

›Ich möchte vorschlagen‹, fuhr Amatista fort, daß man neben der Form ›Ihr masturbiert euch‹ auch die Form ›Sie masturbieren sich‹ verwendet, die in meinem Land bei Verben der ersten Konjugation gewöhnlich für die zweite Person Plural gebräuchlich ist. Niemand sagt in Argentinien: ›Ihr masturbiert euch.‹ Aber da auch niemand je sagt: ›Sie masturbieren sich‹, verliert dieses Problem seine Relevanz und ist deswegen nebensächlich. Meine Anregung, für die zweite Person Singular ›du masturbierst dich‹ das in Argentinien übliche ›Ihr‹ einzusetzen, also ›Ihr masturbiert Euch‹, wurde schon an anderer Stelle als zu regionalistisch und zu wenig universell abgelehnt. Wie Sie wissen, leitet sich diese Form aus der altertümlichen, ehrerbietigen Form der Anrede ab: ›Ihr masturbiert Euch (Majestät)‹, aber wir sind der Meinung, daß diese Form niemals von irgend jemanden benutzt wurde, höchstens, daß ein Arzt bei Hofe irgendwann einmal einem jungen Prinzen mit Schatten unter den Augen den Vorwurf gemacht hätte, damals, als man noch glaubte, daß junge Leute, die masturbierten, Schatten unter unter den Augen bekämen und krank würden. Jedenfalls gibt es hierzu keine schriftlichen Niederlegungen.

Das Publikum lauschte sehr aufmerksam. Einige Zuhörer hatten sich die Brille aufgesetzt und machten Notizen. Ein Kellner lief zwischen den Tischen umher und servierte Drinks. Amatista beschloß, ihren Vortrag als beendet zu betrachten, sie glitt vom Tresen hinab, der junge Kellner stellte sein Tablett ab, legte seinen Arm um ihre Taille, und gemeinsam gingen sie zur Tür.

›Erzähl mir bloß nicht, daß dein Penis erigiert ist‹, sagte Amatista.

›Lassen wir das für später‹, antwortete lächelnd der junge Mann. ›Jetzt gehen wir erst einmal spazieren.‹

Nun, Doktor, wie geht es Ihnen? Wenn alles so verlaufen ist, wie ich es erwarte, haben Sie gelegentlich eine schwache Erregung verspürt, jedoch nicht so stark, als daß Sie sich schmerzlich nach dem Höhepunkt gesehnt hätten. Wir werden also weitermachen wie bisher.

Amatista und Pierre schliefen unter seidenen Laken in Amatistas Bett. Amatista erwachte, knipste die Nachttischlampe an und sah auf die Kuckucksuhr an der Wand: zwei Uhr morgens. Pierre und sie schliefen seit zwei Stunden. Pierre bewegte sich unruhig und seufzte.

›Was träumst du, Pierre?‹ fragte Amatista leise.

›Ich träume, daß ich in einem Bach stehe. Das Wasser reicht mir bis zur Brust. Fröhlich plätschert der Bach dahin. Um mich herum schwimmen ein paar Schwäne. Jetzt treibe ich auf dem Rücken und mein Penis ist erigiert.‹

›Wann wäre er das nicht, Pierre‹, murmelte Amatista lächelnd.

Pierre schien sie nicht zu hören, er schlief weiter.

›Ich träume, daß ich einen Schwan umarme‹, fuhr Pierre fort. ›Einen sehr großen weißen Schwan. In ihn einzudringen ist, wie in eine Frau einzudringen.‹

Geschickt schob sich Amatista über Pierre und führte mit ihrer Hand seinen erigierten Penis in ihre Vagina ein.

›Ja, Pierre‹, sagte sie mit keuchendem Atem, ›du umarmst einen Schwan.‹

›Die anderen Schwäne schauen uns zu‹, sagte Pierre stöhnend, während Amatista ihr Becken hob und senkte.

Nach und nach erwachte Pierre, und als er ejakulierte (entschuldigen Sie den Fachausdruck, Doktor), hatte er seinen Traum vergessen.

Amatista stieg aus dem Bett, um eine Decke zu holen, denn in dem Zimmer war es etwas kühl geworden. Als sie Pierre und sich gut zugedeckt hatte, fragte sie ihn:

›Warum heißt du Pierre?‹

Erstaunt sah der junge Mann sie an.

›Was? Weißt du das nicht? Ich bin eine Übersetzung aus dem Russischen ins Französische, aus der Zeit, als es üblich war, auch die Eigennamen zu übersetzen.‹

Sie sind mir ein Schelm, Doktor. Diesmal haben Sie beschlossen, nicht zu masturbieren. Es gefällt mir, wenn Sie sich Herr Ihres Penis fühlen. Er hat sich zu fügen.

Wie wir schon sagten, besserten sich Pierres Manieren

entscheidend nach seinem Umzug nach Buenos Aires. Aus dem jungen Bauernburschen, der Ställe ausmistete, war ein gewiefter junger Großstadtbewohner geworden. Amatista hatte ihn eine Reihe von Dingen gelehrt, die sich für beide höchst angenehm auswirkten: duftende Seifen zu benutzen und gewisse männliche Duftwässer, sich zu kleiden wie ein junger Städter, Musik zu genießen, insbesondere spanische Boleros und englische Foxtrotts, den Tee mit einem Tropfen kalter Milch zu trinken, diesen oder jenen Sport zu betreiben, belanglose Unterhaltungen zu führen, eng zu tanzen, und vor allen Dingen, seinen bäuerlichen Drang zu bezähmen, Amatista, wo sie gingen und standen, umzulegen und sich mit erigiertem Penis über sie herzumachen. Sie lehrte ihn, sich in Geduld zu üben, und daß kein Mann, sei er auch noch so erregt, aus sich einen Wasserhahn machen sollte, den man nur anfassen muß, damit das Naß strömt.

Eines Abends gingen Amatista und Pierre in einem schummrigen Nachtlokal in einer Seitenstraße der Avenida Santa Fé, kurz hinter Pueyrredón, zum Tanzen. Das Nachtlokal lag etwas tiefer als die Straße, es war nicht gerade ein Keller, aber hinter der Eingangstür führten ein paar Stufen hinab, und man gelangte in einen spärlich beleuchteten Raum, in dem Dunstschwaden von Alkohol, weiblichem Parfüm und türkischen Tabak waberten. Die duftgesättigte Luft verschlug einem zunächst beinah den Atem, aber schon bald sog man sie genußvoll ein.

Doktor, machen Sie sich keine Sorgen wegen der fehlenden Erektion bei diesem Teil der Geschichte. Erstens habe ich nie versprochen, daß er ständig erigiert sein würde, und zweitens wäre es auch unpassend: Ihnen würde es langweilig, und meine Geschichten verlören ihre Wirkung. Ich erzählte Ihnen, daß Amatista und Pierre im Oktober, wenn der Frühling, so zögerlich er sich in Buenos Aires auch geben mag, den Winter besiegt hat und uns sogar hier und da schon sommerliche Tage beschert, in dem dunklen Nachtlokal tanzen gingen; Pierre ganz seriös und förmlich, im hellen Sommeranzug, Amatista, bildschön wie immer, in einem nilgrünen Kleid mit Handschuhen im gleichen Ton, die bis zum Ellenbogen reichten.

Dieses Mal bestellte sich Amatista keinen Alexander, sondern einen Cocktail aus Gin und französischem Wermut, mit einer Orangenscheibe am Rande des Glases. Als der Kellner die Gläser auf den Tisch stellte und die Orangenstücke mit einem Streichholz anzündete, schwängerten zwei betörende Rauchsäulen die Luft und entführten die jungen Leute an einen nebulösen Ort.

›Was denkst du?‹ fragte Amatista Pierre.

›Ich denke daran, daß ich Pilot bin‹, antwortete Pierre.

›Bist du Pilot?‹

›Das wußtest du doch. Ich habe es dir doch erzählt, als wir auf meinem Lager waren, im Stall.‹

›Hast du es mir erzählt, während ich dich entjungferte? Entschuldige diese ungeschminkte Ausdrucksweise.‹

›Du hast mich nicht entjungfert. Du dachtest, ich sei unberührt, und ich ließ dich in dem Glauben.‹

Amatista lächelte und zuckte mit den Schultern. Die Orangenschalen waren erloschen, das Aroma jedoch geblieben.

›Wohin wirst du mit deinem Flugzeug fliegen?‹ fragte Amatista.

›An einen Strand der Karibik‹, antwortete Pierre.

Amatista schlürfte ihren Cocktail. Die Mischung war heiß und erfrischend zugleich. Aus den Lautsprechern erklangen die ersten Takte des Liedes ›Leg deinen Kopf an meine Schulter‹. Pierre ergriff Amatistas Hand und drückte sie. Beide erhoben sich, ohne daß ihre Hände sich voneinander lösten, und gingen zu einer kleinen Tanzfläche in einem Winkel des Saales, obwohl man auch zwischen den Tischen tanzte, eng umschlungen und fast ohne sich von der Stelle zu rühren. Pierre umschlang Amatistas Taille, und sie legte ihren Arm um Pierres Nakken. Pierre führte Amatistas freie Hand an seine Brust und verstärkte den Druck seines Arms um ihre Taille, um sie näher an sich zu ziehen. Bei dieser Umarmung berührten sich nur ihre Oberkörper. Dann begannen sie sich im Rhythmus der Melodie zu bewegen. Je länger sie tanzten, desto inniger wurde die Umarmung. Als der Sänger zum zweiten Mal sang ›Leg deinen Kopf an meine Schulter‹, waren die beiden Körper schon eng aneinander geschmiegt, und Pierres Arm glitt langsam über Amatistas Rücken, hier und da drückte die Hand zu, bis sie sich verstohlen auf Amatistas Lenden legte. Amatistas Kopf lag an Pierres Schulter, ihre Lippen streiften seinen Hals. Während sie sich langsam zu der Musik bewegten, wurden Knospe und Blütenblätter von Amatistas Rose feucht, sie schwammen in dieser köstlichen, glitschigen Flüssigkeit, die die Liebkosungen durch Fingerspitze, Zunge oder Penis so erleichtert und die es auch ermöglicht, Tempo und Intensität der Reibung immer mehr zu steigern. Jetzt jedoch war die Rose Amatistas bedeckt von dem Schlüpfer aus weißem Atlas und dem Stoff des nilgrünen Kleides, und Pierre konnte nichts weiter tun, als seinen Schenkel zwischen Amatistas Schenkel zu schieben, wissend, daß er auf diese Art ihren Venushügel berührte. Pierres Penis war schon voll erigiert und zeigte nach oben, was Pierres korrekte Haltung jedoch nicht beeinträchtigte.

Als die Musik verklang, kehrten Pierre und Amatista an ihren Tisch zurück, setzten sich, atmeten einige Male tief durch und nahmen ihr Gespräch wieder auf.

›Warum hast du fünf Jahre im Kloster verbracht und im Stall gearbeitet?‹ fragte Amatista.

›Weil das Kloster in der Nähe des Hangars lag, wo ich donnerstags, an meinen freien Tagen, Flugunterricht nahm.‹

In der Nähe des *Hangars,* dachte Amatista. Dieses Wort erinnerte sie an irgend etwas.

›Nur donnerstags?‹ fragte sie.

›Ja, deswegen habe ich für den Kurs fünf Jahre gebraucht. Jeden Donnerstag, fünf Jahre lang.‹

Amatista lächelte und sah ihm tief in die Augen. Sie tranken ihren Cocktail bis zum letzten Tropfen. Die Musik setzte wieder ein, diesmal mit: ›Nur wenn ich mit dir tanze...‹ Pierre erhob sich wortlos, und Amatista folgte ihm auf die Tanzfläche. Bevor Pierre sich in Bewegung setzte, umarmte er Amatista, aber diesmal auf eine andere Weise. Er legte beide Arme um ihre Taille, und sie umschlang mit beiden Händen seinen Nacken. Pierres erregendes Parfüm vermischte sich mit der stickigen Atmosphäre der Bar, und Amatista fühlte, wie ihr schwindlig wurde. Als sie ihre Stellung eingenommen und begonnen hatten, sich zu der Musik zu bewegen, spürte Amatista Pierres erigierten Penis an ihrem Venushügel und rieb sich leicht daran. Pierres gelassene Züge verrieten nichts von dem, was da vor sich ging. Inzwischen ist er ein Mann von Welt, dachte Amatista und lächelte bei der Erinnerung an jenen Nachmittag im Kloster und an die lange Reihe der Mönche, die sie von Ferne gesehen hatte, als sie unter den Bäumen entlangrannte, um noch rechtzeitig zu entkommen. Jetzt erschien ihr das alles unwirklich. An Pierre geschmiegt, ließ sie sich von der Musik und den Duftwolken davontragen.

Wie ich sehe, Doktor, haben Sie sich vom Gürtel abwärts entblößt, doch Sie berühren Ihren Penis nicht, obwohl er so herrlich erigiert ist. Sie hören mir einfach nur zu, mit geschlossenen Augen, entspannten Zügen und im Nacken verschränkten Händen. Wenn Sie sich so verhalten, um mich zu beeindrucken, kann ich Ihnen nur sagen, es ist Ihnen gelungen. Oder liegt es daran, daß Sie sich einfach nur vom Duft nach Orangeschalen und Gin betören lassen? Ich glaube, Sie sind auf dem besten Wege, sich von mir unabhängig zu machen, und das gefällt mir sehr gut. Sie können aber nicht leugnen, daß Sie mit mir zusammen schon erhebliche Fortschritte gemacht haben. Erinnern Sie sich noch an den Anfang, als Sie Ihren Saft nicht zwei Minuten lang zurückhalten konnten? Also, ich werde Ihnen heute völlige Freiheit lassen und keine Spielregeln mehr aufstellen, aber Sie sollten auf jeden Fall wissen, daß dieses Kapitel lang genug ist für zwei oder drei gute Steife, und entschuldigen Sie die unverblümte Ausdrucksweise. Ich werde veranlassen, daß der Kamin angeheizt wird, damit Sie sich ganz ausziehen können, wenn Sie wollen. Bevor der Hotelpage erscheint, werde ich die Vorhänge des Himmelbetts zuziehen und so tun, als mache ich mich am Schreibtisch mit irgendwelchen Schriftstücken zu schaffen.

Als die Musik verstummte, gingen Pierre und Amatista an ihren Tisch zurück und bestellten den zweiten Cocktail. Den zweiten und letzten, denn sie wußten genau, wieviel sie vertragen konnten, um später die Liebe noch uneingeschränkt und leidenschaftlich genießen zu können. Diesmal setzte Pierre sich neben Amatista. Amatista bestellte einen Alexander, Pierre eine Mischung aus

Cognac mit einem Schuß Cointreau. Der Kellner brachte die Gläser, und sie tranken schweigend. Die Musik setzte wieder ein, diesmal mit ›Juni im Januar‹ (das Lied stammte aus der nördlichen Hemisphäre). ›Es ist Juni im Januar, denn ich bin verliebt, denn ich bin verliebt, und dein ist mein ganzes Herz.‹ Pierre nahm Amatistas Kopf in beide Hände und küßte sie auf den Mund. Der Kuß währte so lange wie das Lied, die Zungen liebten sich, und die Körper erbebten vor Lust. Pierre fühlte einen starken Drang, seinen erigierten Penis in Amatistas halboffene Rose zu stecken; Amatista stellte sich vor, sie läge im Bett, auf dem Rücken, mit gespreizten und über der Brust angewinkelten Beinen, so daß sie, wenn Pierre in sie eindränge, sich auf den Schultern abstützen könne. Eine Hand Pierres schob sich unter der Tischdecke zwischen ihre Knie, knetete die weichen Innenseiten ihrer Schenkel und schob sich hinauf bis zum Schritt, wo seine Finger den Stoff des Schlüpfers ertasteten. Der ›Schlüpfer‹, ein köstliches Wort für das, was Amatistas Bauch verhüllte, ihren Arsch und das seidige Gestrüpp auf dem Venushügel. In diesem Augenblick hörte die Musik auf, und Pierre und Amatista fuhren auf, als erwachten sie aus einem Traum.

Im gleichen Gebäude wurden auch Zimmer an Gäste vermietet, die, nachdem sie im Dunkel der Bar alle erdenklichen Intimitäten ausgetauscht hatten, das Zusammensein in trauter Zweisamkeit, entkleidet, in einem bequemen Bett wünschten. Amatista und Pierre riefen also den Kellner, beglichen ihre Rechnung und ließen sich ein Zimmer reservieren. Zusammen mit dem Wechselgeld brachte der Kellner auf einem kleinen Tablett auch einen Schlüssel mit einem ledernen Schlüsselanhänger, auf dem stand Nummer 108. Pierre ließ den Schlüssel in seine Tasche gleiten. Amatistas atemberaubendes Profil verschwamm im Zwielicht. Pierre und Amatista standen auf, durchquerten den Raum und gingen durch eine Tür mit der Aufschrift ›PRIVAT‹. Dahinter befand sich ein mit Teppichen ausgelegter Flur, der kaum heller erleuchtet war als der Salon. Ein grünes Licht kennzeichnete die Fahrstuhltür. Als diese sich hinter ihnen geschlossen hatte, nahm Pierre Amatista in seine Arme, und während der Fahrstuhl langsam nach oben fuhr, preßte er seinen erigierten Penis gegen ihre Scham. Sie verließen den Fahrstuhl und betraten einen ebenfalls mit Teppichen ausgelegten halbdunklen Flur. Pierre ging voraus, um die Tür von Zimmer Nummer 108 aufzuschließen.

Amatista und Pierre umarmten sich im Stehen, neben dem Bett. Pierre hatte nur sein Jackett ausgezogen, und Amatista hatte Tasche und Handschuhe auf einem Stuhl abgelegt. Während ihre Lippen und Zungen die köstlichsten Orgien feierten, schob Pierre Amatistas Rock hoch und ließ seine Hände über ihre Schenkel, ihre Hüften und ihre Gesäßbacken gleiten. Seine Finger fanden den Rand des Hüfthalters, tasteten sich hinab zu den Strumpfbändern und öffneten sie. Dann lösten sie die Häkchen des Verschlusses am Rücken. Während er ihr den Hüfthalter abnahm, berührte Pierre flüchtig den Venushügel unter dem Atlas des Schlüpfers. Amatistas Zunge reagierte heftig und suchte mit schnellen Bewegungen nach Pierres Zunge. Der Strumpfhalter fiel auf den Teppich, und Pierre hob Amatista sanft auf das Bett. Dann zog er sich Hemd, Schlips und Hose aus, seinen Slip jedoch behielt er an und verbarg so das Geheimnis des Phallus.

Im spärlichen Licht einer lila Nachttischlampe beugte sich Pierre über Amatista und schob ihren Rock hoch. Entzückt betrachtete er den Atlasschlüpfer und den Ansatz der etwas verrutschten Seidenstrümpfe. Dann kniete er sich auf den Teppich am Fußende des Bettes und ergriff den heruntergerutschten Rand des rechten Strumpfes. Er zog ihn langsam herab und bedeckte die bloße Haut der Schenkelinnenseiten mit Küssen. Dann machte er sich an den anderen Strumpf. Sein Mund wanderte von einem Schenkel zum anderen, seine Hände kneteten das straffe Fleisch Amatistas, während er die Strümpfe immer weiter herunterzog, sein Gesicht berührte wie unabsichtlich den Atlas des Schlüpfers. Amatista atmete tief und ruhig, und während Pierre ihr noch die Strümpfe auszog und sie auf den Teppich fallen ließ, zog sie sich selbst den Schlüpfer hinunter, bis Nabel und Unterleib entblößt waren. Pierre zog ihr den Schlüpfer ganz aus, und erst, als er ihn auf den Teppich hatte fallen lassen, widmete er sich dem dunklen, seidigen Dickicht. Er zog seinen Slip aus und enthüllte die heitere Schönheit des Phallus. Dann kniete er wieder am Fußende des Bettes, legte seine Hände auf Amatistas Knie und winkelte ihr die Beine über dem Bauch an. Er spreizte ihr die Beine und öffnete den Vorhang der kleinen Bühne. Sein Gesicht neigte sich mit halbgeschlossenen Augen über die eben erblühte Rose.

Seine Zunge suchte und fand die Knospe, und seine Hände faßten sie um die Hüften. Amatista liebkoste ihre Brustwarzen mit der gewölbten Hand, oder sie massierte sie zwischen Daumen und Zeigefinger. Pierres Zunge wurde schneller und schneller, sie versetzte die Knospe in Schwingungen, die sich auf den ganzen Körper übertrugen und an Intensität zunahmen, bis der stoßweise Atem Amatistas zu leisen, tiefen Seufzern wurde, die auch immer intensiver wurden und endlich in einem erstickten Schrei endeten. Pierre gab Amatistas Nabel einen zärtlichen Kuß und deckte sie mit dem Laken zu.

Während Amatista sich ausruhte, nahm Pierre in seinem Sessel am Bett Platz, schloß die Augen und masturbierte heftig. Sobald er ejakuliert hatte, streckte er sich neben Amatista aus, um ebenfalls zu ruhen.

Also, Doktor, ich glaube, auch wir haben nun ein wenig Ruhe verdient. Wenn Sie sich anziehen wollen, werde ich veranlassen, daß man den Tee bringt. Sie sehen sehr gut aus. Gut? Nun, vielleicht eher jungenhaft und gut gelaunt. Kümmern Sie sich nicht um den Zimmerkellner, er ahnt nicht, weswegen ich Nachmittag für Nachmittag hierher komme. Ah, man klopft an der Tür. Bis er die Sachen auf dem Tischchen abgestellt hat, werde ich zum Fenster hinaussehen. Aber stellen Sie sich nur vor, wie seltsam, dieses Fenster geht auf einen Fluß hinaus. Von hier aus sieht man den Steg des Hauses, ich will auf der Stelle tot umfallen, wenn wir uns nicht an der Mündung des Paraná befinden. Wie wunderschön! Eine Weide neigt ihre langen Flechten über das Wasser, in der Ferne sieht man ein Boot mit zwei Ruderern. Und diese Geißblattstaude, die aus dem Wasser zu wachsen scheint... Haben Sie hier schon einmal gebadet, Doktor? Das Wasser ist braun, und der Grund ist schlammig, aber es ist sauber, die Farbe entsteht durch die schwebenden Schlammteilchen, den Moder, was weiß ich, aber so erklärt man sich das trübe Wasser einiger Flüsse. Man muß nur vermeiden, mit den Füßen den Grund zu berühren und dann mit der Strömung schwimmen, und man darf sich nicht vornehmen zurückzuschwimmen, denn das wäre gegen die Strömung. Angelangt am Steg des leerstehenden Hauses – des efeuberankten Hauses, dessen Fensterläden hermetisch geschlossen sind – steigt man die Holzstufen hoch und setzt sich auf den Steg, lauscht dem

Rauschen der Bäume und macht sich auf den Rückweg, indem man den Uferpfad unter den großen Pinien entlang geht. Zurück an dem ersten Steg springt man wieder ins Wasser und läßt sich mit der Strömung treiben…

Wenn Sie keinen Tee mehr möchten, können wir jetzt mit dem zweiten Teil des Nachmittags beginnen. Jetzt schreibt die Spielregel uns beiden die ›robe-de-chambre‹ vor. Tragen Sie gelegentlich eine ›robe-de-chambre‹, Doktor?«

»Nein, Señora, entweder ich bin angezogen, oder ich bin einfach nackt.«

»Gehen Sie ins Bad und ziehen Sie sich um. Ich werde mich hier umziehen. Der Spielregel entsprechend, dürfen wir uns nicht nackt sehen. Meine ›robe-de-chambre‹ ist aus schwarzem Atlas. Ihre ist bordeauxrot, mit goldenen Fransen. Zwar dürfen wir uns nicht ausziehen, für den Koitus ist es uns jedoch gestattet, unsere Geschlechtsorgane zu entblößen und sie sowohl vor dem Akt als dabei und danach anzusehen, so oft wir wollen.«

»Señora, ich muß Ihnen gestehen, daß ich bereits erigiert bin.«

»Und ich bin geschmiert, Doktor; entschuldigen Sie diesen Ausdruck aus der Kraftfahrzeugmechanik.«

»Ich werde es genießen, daß Sie so gut geschmiert sind, Señora, wenn ich mit meinem erigierten Glied in Sie eindringe.«

»Natürlich, Doktor, Sie werden Ihr Glied zu Ihrer vollsten Zufriedenheit hineinstecken und herausziehen können.«

»Ach, Señora, ich habe solche Lust, es gleich reinzustecken, und verzeihen Sie die Rohheit.«

»Ich verzeihe Ihnen, aber wie Sie wissen, müssen Sie sich an die Spielregeln halten, wenn Sie von dem Spiel profitieren wollen. Gehen Sie nur sich umkleiden, ich werde das gleiche tun. Durch die geschlossene Tür können wir uns weiter unterhalten.«

»Ja, Señora. Jetzt ist die Tür zu. Hören Sie mich?«

»Ich höre Sie ausgezeichnet, Doktor.«

»Sagen die Spielregeln heute irgend etwas über die Stellung?«

»Überhaupt nichts, Doktor, aber ich werde Sie, wenn Sie damit einverstanden sind, darum bitten, ihn mir von hinten hineinzustecken, wobei ich mich auf allen vieren auf den Teppich hocke.«

»Es wird mir ein Vergnügen sein, Señora. Ist es Ihnen recht, wenn wir bis zum Schluß in derselben Stellung kopulieren, oder soll ich mein Glied rechtzeitig hinausziehen, so daß wir noch eine andere Stellung einnehmen können?«

»Beim ersten Mal bitte ich Sie, in dieser Stellung zu ejakulieren. Ich werde meinen Höhepunkt vor oder nach Ihnen erreichen, kümmern Sie sich nicht darum. Sollte ich vorher kommen, können Sie sich in mich ergießen, oder aber Sie ziehen sich zurück, wenn Sie fühlen, daß Sie noch einige Zeit brauchen, und ich werde Ihnen selbst einen runterholen. Sollten Sie vor mir fertig werden, masturbieren Sie mich so, wie ich es Sie gelehrt habe. Einverstanden?«

»Einverstanden, Señora.«

»Gut, dann kommen Sie jetzt aus dem Bad. Machen Sie es sich wie gewohnt auf dem Sessel am Fenster bequem. Den Zeitpunkt der Kopulation werden wir absprechen. Währenddessen denken Sie beim Masturbieren daran, Ihren Saft zurückzuhalten. Ich werde mit der Geschichte fortfahren.«

»Ja, Señora.«

»Als Pierre mit dreizehn Jahren im Kloster zu arbeiten begann, ahnte er nicht, daß die Mönche keine Mönche waren und das Kloster kein Kloster. Tatsächlich handelte es sich um eine Gemeinschaft älterer Herren, die sich in dieses abgelegene Gehöft auf dem Lande zurückgezogen hatten und sich nur als Mönche gaben, um den Schein zu wahren. Das Haus war ursprünglich tatsächlich ein Kloster, so daß der Betrug perfekt gelang. Andererseits war die Zahl derer, denen man etwas vorspielen mußte, nicht gerade groß, denn das Kloster lag, wie ich schon sagte, völlig abgeschieden auf dem Land, und die Mönche versorgten sich weitgehend selbst, bis auf ein paar Dinge, die sie einmal monatlich im Dorf besorgten, so daß niemand merkte, was sie tatsächlich trieben, wenn man sie ins Gebet versunken glaubte. Diese älteren, als Mönche verkleideten Herren zogen es vor, sich von der Welt und den Frauen, die ihnen Angst einjagten, zurückzuziehen und sich ausschließlich der Masturbation zu widmen. Sie waren durch nichts zu einer lebenslangen Klausur verpflichtet, und in der Tat kehrten viele von ihnen nach einiger Zeit in die Welt zurück.

Zwar standen sie nicht unter Schweigepflicht, doch sie sprachen wenig, und Pierre entdeckte ihren Zeitvertreib, oder besser die wahren Bräuche dieser falschen Mönche erst, als er einmal durch ein Schlüsselloch spähte. An dem Tag, als er sie zum ersten Mal bei ihren Übungen beobachtete, regnete es. Pierre hatte man zum Stall geschickt, unter irgendeinem Vorwand, denn eigentlich gab es da nichts zu tun. Er wußte, daß die Mönche sich im Refektorium versammelt hatten und schaute ihnen heimlich durch das Schlüsselloch zu. Es war ein großes Loch, mindestens drei Zentimeter im Durchmesser, eine Öffnung, die dem schweren Schlüssel für diese Tür entsprach.

Pierre sah, wie einer der Mönche auf eine Estrade stieg, von der aus zu den Mahlzeiten aus der Vita der Heiligen vorgelesen wurde. Der falsche Mönch setzte sich auf einen Holzstuhl und hob seine Kutte. Die anderen falschen Mönche saßen auf ihren Holzstühlen im Halbkreis um die Estrade. Erstaunt beobachtete Pierre, wie der auf der Estrade seinen erigierten Penis zur Schau stellte und wie die Hände der übrigen unter ihre Kutten glitten. Der falsche Mönch auf der Estrade berührte nur leicht mit der Spitze seines Zeigefingers die Vorderseite seines Penis und gab dabei ein leises Stöhnen von sich. Die Hände seiner Zuschauer machten sich mit unterschiedlicher Intensität unter den Kutten zu schaffen. Jetzt masturbierte der auf der Estrade heftig, Pierre sah jedoch, daß er dann und wann plötzlich innehielt, mit geschlossenen Augen reglos verharrte und dann seine Bewegungen langsam wieder aufnahm. Im Publikum tat man es ihm nach, aber sobald einer nicht mehr an sich halten konnte und ejakulierte, wobei er die Kutte anhob, um sie nicht zu beflecken, stand er auf und verließ das Refektorium. Endlich, Pierre wußte nicht, wieviel Zeit verstrichen war, kam der auf der Estrade zum letzten Teil der Übung. Er umfaßte sein ganzes Glied, und mit ruhigen, kräftigen Bewegungen glitt seine Hand auf und ab. Die Bewegungen wurden heftiger und schneller und schließlich schüttelte ihn ein wahrer Anfall, seine Hand arbeitete in einem derartig rasenden Tempo, daß Pierre durch das Schlüsselloch die Konturen von Hand und Penis kaum noch zu unterscheiden vermochte. Das Keuchen des falschen Mönches gipfelte in einem Schrei, seine Bewegungen hörten auf, und der Samen ergoß sich über seine Hand. Zur gleichen Zeit ejakulierten unter Gestöhn und Geschrei fast alle Mönche im Publikum. Wer fertig war, erhob sich und verließ das

Refektorium, auch derjenige, der die Vorführung auf der Estrade bestritten hatte, zwei falsche Mönche blieben jedoch auf ihren Plätzen und masturbierten eifrig weiter. Einer von ihnen erreichte in der folgenden Minute glücklich seinen Höhepunkt, stand auf und verließ das Refektorium. Der andere hingegen mußte lange weitermachen und wichste wie ein Besessener. Von seinem Beobachtungsposten aus, den er trotz des Regens, der ihn durchnäßte, nicht verlassen hatte, sah Pierre, wie er am Rande des Zusammenbruchs endlich ejakulierte, dann japste er noch eine Weile wie ein gehetzter Gaul. Pierre verließ die Tür und ging zu seinem Stall, um sich trockene Kleidung anzuziehen.

Sie werden sich fragen, Doktor, warum die Mönche Pierre nicht entdeckten, als sie das Refektorium verließen. Aber das Refektorium hatte zwei Türen, und sie gingen zu der anderen hinaus. Sobald Pierre den letzten Mönch durch die andere Tür hatte hinausgehen sehen, ging er zu seinem Winkel im Stall, wo sich sein Lager befand und die Truhe mit seiner bescheidenen Habe. Er legte seine durchnäßten Kleider ab, doch bevor er sich trockene Wäsche anzog, probierte er zu wichsen, kurz vor dem Höhepunkt innezuhalten, und nach einer kurzen Pause weiterzumachen. Er war noch damit beschäftigt, als der Glockenschlag der Kirchturmuhr ihn mahnte, den Mönchen bei der Zubereitung des Abendessens zur Hand zu gehen. Er beendete seine Masturbation mit dem Bild der Bäckersfrau vor Augen, einer üppigen Vierzigerin aus dem Dorf, die ihn ein paar Tage zuvor hinter der Ladentheke entjungfert hatte. So, Doktor, jetzt werde ich mich selbst masturbieren.«

»Tun Sie das, Señora, und erlauben Sie mir zuzusehen.«

»Sehen Sie gut hin: die Spitze des Mittelfingers auf der Klitoris, der Ringfinger hebt die rechte Schamlippe ein wenig an, der Zeigefinger liegt einfach auf der linken Schamlippe. Leichte Reibung nach oben und unten. Man merkt, wenn die Klitoris etwas angeschwollen und schlüpfrig ist. Jetzt wandert die Spitze des Zeigefingers über die Lippen bis hinab zum Eingang der Vagina, kehrt zur Klitoris zurück, reibt sie nach oben und unten, immer wieder, und schiebt sich dann langsam, aber kräftig in die Vagina. Wenn er ganz drinnen ist, drückt die Fingerspitze leicht gegen die innere Scheidenwand, und dann gleitet der Finger wieder langsam, aber kräftig zurück bis zur Klitoris. Er reibt sie langsam mit kreisenden Bewegungen. Ich wiederhole den Vorgang, bis ich den Höhepunkt nahen fühle, mache dann so lange Pause, bis ich mich beruhigt habe, und beginne wieder von neuem. Während ich mit der rechten Hand masturbiere, kitzele ich mit der linken eine Brustwarze, kneife sie sanft, wechsele ab zwischen Kneifen und kreisförmigen Liebkosungen mit der Fingerspitze oder der gewölbten Hand. Alles klar, Doktor?«

»Alles klar, Señora.«

»Denken Sie daran, mich so zu masturbieren, wenn ich Sie darum bitte.«

»Keine Sorge, Señora. Ich verspreche es Ihnen von ganzem Herzen, und mehr noch, ich würde Sie jetzt gerne masturbieren, wenn Sie erlauben.«

»Selbstverständlich, Doktor.«

»Wenn Sie nichts dagegen haben, Señora, würde ich es gerne mit der Zunge machen. Ja, Señora, ich würde Sie gerne lecken, und entschuldigen Sie die unverblümte Ausdrucksweise.«

»Ihnen ist verziehen. Es freut mich, wenn Sie sich so

ausdrücken, in solchen Situationen ist sogar die Umgangssprache zulässig und amüsant, aber beachten Sie, daß wir uns in einem Universal-Spanisch verständigen, das überall verstanden wird. Oh, Doktor, wunderbar machen Sie das, sehr schön, jetzt die Schamlippen, schieben Sie einen Finger hinein, ganz tief, entschuldigen Sie bitte usw., ziehen Sie ihn jetzt langsam, unter leichtem Druck zurück, nehmen Sie die Hand weg und machen Sie mit der Zunge weiter. Gut, lassen Sie mich jetzt, und gehen Sie auf Ihren Platz zurück.

Ich möchte Ihnen ein Beispiel für ungenauen Sprachgebrauch geben, um so zu illustrieren, was ich eben sagte. Kennen Sie eine Kaktusart namens Tuna?«

»Ja, Señora. Sie trägt köstliche Früchte, die man Tunafeigen nennt. Aus den Feigen wird Kompott gemacht.«

»Ich vermute, Doktor, daß eines Ihrer Dienstmädchen im Landhaus Ihrer Mutter das Kompott kochte.«

»Richtig, Señora.«

»Diese Magd war weich und weiß wie Milch, mit Sommersprossen auf Wangen und Brüsten?«

»So war es, Señora.«

»War es nicht zufällig die, die Ihnen in der Küche Ihre Unschuld raubte, eines Nachmittags, während der Siesta, als alle anderen Hausbewohner schliefen?«

»Was Sie sagen, könnte genauer nicht zutreffen, Señora.«

»Na, das ist ja wunderbar. Wie alt waren Sie?«

»Dreizehn Jahre.«

»Und erlauben Sie mir die Frage, warum sind Sie in die Küche gegangen?«

»Um Tunafeigenkompott zu naschen.«

»Aha. Es paßt alles ausgezeichnet zusammen. Wie ging die Frau vor?«

»Sie drohte, meiner Mutter zu erzählen, daß ich Feigenkompott stehlen wollte, wenn ich nicht machen würde, was sie sagte.«

»Aha. Und was sollten Sie machen?«

»Zuerst befahl Sie mir, ihr meine Genitalien zu zeigen, Señora.«

»War das das Wort, das sie benutzte?«

»Nein, Señora, ich fürchte, das Wort, das sie benutzte, gehört nicht zum Wortschatz des Universal-Spanisch.«

»Ja, ja, natürlich, genau darüber wollten wir reden. Und, haben Sie ihr Ihre Genitalien gezeigt?«

»Ja, Señora.«

»War Ihr Penis erigiert?«

»Nein, Señora, er war winzig, denn ich war völlig verstört.«

»Und dann?«

»Dann sagte sie (sie hieß Lola), ich brauche mich nicht zu fürchten, wenn ich mich gut benähme, würde sie mir noch mehr Feigenkompott geben.«

»Aha.«

»Und dann ging sie wirklich zu dem großen Kupferkessel mit dem Kompott – es hatte sich zum Abfüllen noch nicht genügend abgekühlt – steckte ihren Zeigefinger hinein und ließ mich daran lecken.«

»Ja. Erzählen Sie nur weiter, Doktor.«

»Während ich an ihrem Finger lutschte, fühlte ich, daß ihre andere Hand nach meinem Penis griff.«

»Ja.«

»Der schon begann, sich aufzurichten.«

»Aha.«

»Als sie ihn in die Hand nahm, war er schon hart und erigiert.«

»Und dann?«

»Sie masturbierte mich ein bißchen, aber bald ließ sie mich los, zog sich den Schlüpfer aus und legte sich mit gespreizten Beinen auf den Küchenfußboden, wobei sie mir ziemlich grob bedeutete, ich solle in sie eindringen.«

»Und das taten Sie?«

»Ja, alles war schnell vorbei. Sie stieß mich von sich, als sie merkte, daß ich kurz vor der Ejakulation war, damit ich nicht in ihr käme. Gleich darauf stand sie auf, zog sich den Schlüpfer über und befahl mir, in meine Hosen zu steigen und schleunigst zu verschwinden. Vorher gab sie mir noch ein paar Löffel voll Kompott.«

»Kommen Sie her, Doktor. Wir tun jetzt, als wären wir Ziegen. Ich die Ziege und Sie der Bock. Ich auf allen vieren und Sie knien hinter mir. Diesmal werden wir es kräftig treiben. Stoßen Sie kräftig zu, und gleiten Sie sanft wieder hinaus. Und wieder kräftig hinein. Jedesmal schneller. Auf, Doktor.«

»Ja, Señora.«

»Gut, Doktor, in unseren bequemen Sesseln, warm eingepackt in unsere ›robe-de-chambre‹, machen wir mit der Geschichte weiter. Wie Sie sicher noch wissen, befinden sich Amatista und Pierre...«

»Verzeihung, Señora, wollten Sie mir nicht noch etwas zu dem Wort ›Tuna‹ sagen?«

»Ja, natürlich. Vor einiger Zeit erfuhr ich, daß in einigen Provinzen Argentiniens die weiblichen Geschlechtsorgane nach dem Feigenkaktus ›Tuna‹ genannt werden, jedenfalls der äußere Teil. Ich vermute, man fand Ähnlichkeiten zwischen dem etwas stacheligen Äußeren und dem zarten Inneren, aber es ist nur eine Vermutung. Für mich jedoch bedeutet die Tuna niemals Rose. Für mich wird die Tuna immer ein Kaktus bleiben, der eßbare Früchte trägt. Das Wort ›Tuna‹ wird bei mir niemals Erregung, geschweige denn Heiterkeit auslösen.«

»Selbstverständlich nicht, Señora.«

»Mehr braucht man wohl über die Unsitte, regional bedingte Ausdrücke für sexuelle Dinge zu verwenden, nicht zu sagen.«

»Nein, Señora.«

»Gut. Wie ich Ihnen sagte, befinden sich Amatista und Pierre in einem Raum über der dunklen Nachtbar. Nachdem Pierre sie so wunderbar masturbiert hat, schläft Amatista ein. Pierre hat sich eben einen runtergeholt. Jetzt sitzt er am Fenster und trinkt einen Whisky mit Eis. Aus einem Lautsprecher am Kopfende des Bettes erklingt die Musik eines Bolero:

> Ich muß es dir endlich gestehn,
> ganz offen und ehrlich gestehn,
> eine Tollheit will ich begehn,
> deswegen kam ich zu dir...

Unter dem Laken rührt sich Amatista. Pierre geht zum Tischchen und schenkt sich noch einen Whisky ein. Amatista gähnt laut und reckt sich wie eine Katze. Als sie die Augen aufschlägt, sitzt Pierre mit dem Glas in der Hand neben ihr im Bett. Sie lächelt und setzt sich auf. Das Betttuch gleitet herab, so daß ihre stolzen Brüste sichtbar werden. Während Amatista aus dem Glas trinkt, das Pierre ihr überläßt, umfängt Pierre mit den Lippen eine Brustwarze Amatistas und versetzt ihr ein paar Zungenschläge. Dann wirft er das Laken an das Fußende des Bettes und setzt sich neben Amatista. Beide lehnen sich an die Kissen. Kurz darauf trinkt Amatista noch einen Schluck und gibt das Glas Pierre zurück.

›An was denkst du, Amatista?‹

Ich denke, daß ich dir gerne die Handgelenke an die Bettpfosten binden würde.‹

›Wie willst du das denn machen? Hier gibt es keine Bettpfosten. Das Kopfteil des Bettes ist mit weißem Leder bezogen.‹

›Dann verschränk die Arme im Nacken, und ich binde dir die Handgelenke zusammen.‹

›Und der Strick?‹

›Ich nehme deine Krawatte.‹

Pierre lächelt, und Amatista bindet ihm mit seiner Krawatte die Hände im Nacken zusammen. Dann zieht sie die Kissen unter ihm weg und ist ihm behilflich, sich hinzulegen. Pierres Penis ist stark erigiert und weist zum Kinn. Amatista kniet sich neben ihn und prüft den Zustand des Phallus, indem sie ihn zwischen Daumen und Zeigefinger nimmt und vorsichtig zudrückt. Mit der gleichen Behutsamkeit versucht sie, ihn nach unten zu biegen. Unmöglich. Zufrieden mit dem Ergebnis der Untersuchung stützt sie sich mit den Handflächen auf die Kopfleiste des Bettes und räkelt sich fröhlich wie ein Hund. Ihr hochgereckter Hintern ragt dabei über Pierres Gesicht. Pierre betrachtet ihn mit halb geschlossenen Augen. Als sie sich ausführlich gereckt und gestreckt hat, richtet sich Amatista auf und setzt sich mit übereinandergeschlagenen Beinen neben Pierre.

›Was soll ich jetzt machen, Pierre?‹ fragt Amatista.

›Knie dich über mich, so, daß meine Oberschenkel zwischen deinen Knien liegen.‹

›Und dann?‹ fragte Amatista, ohne sich zu rühren.

›Dann hock dich und stell die Füße genau da auf, wo vorher die Knie waren.‹

›Und dann?‹

›Geh soweit hoch, daß du meinen Penis vorsichtig an den Eingang deiner Vagina führen kannst.‹

›Davor würde ich gerne etwas anderes machen, geliebter Pierre.‹

›Sag es mir.‹

›Ich möchte erst ein paarmal mit meiner Knospe an der Vorderseite von deinem erigierten Penis entlangstreichen.‹

›Du willst dich ein paarmal daran reiben, und dann läßt du mich hinein?‹

›Versprochen, Pierre.‹

›Komm mit deiner Brust näher, Amatista.‹

Amatista kniete sich über Pierres Oberschenkeln nieder. Pierres Beine waren in voller Länge gleichmäßig behaart. Die Innenseite der seidigen Schenkel Amatistas berührte die Außenseite der behaarten Schenkel Pierres.

›Ich mag deine behaarten Schenkel, geliebter Pierre‹, murmelte Amatista.

Bei der Berührung schwoll die halboffene Rose und wurde noch feuchter. Als Amatistas Klitoris an Pierres Phallus entlangglitt entfuhr den beiden jungen Leuten ein tiefer Seufzer. Amatistas ganzer Körper wich leicht zurück, wenn ihre Klitoris an der Vorderseite des Phallus hinunterstrich und neigte sich nach vorne, um wieder hinaufzugleiten. Mehrmals liebkosten sich Phallus und Klitoris auf diese Art, dann beugte sich Amatista ein wenig mehr nach vorne, so daß die Spitze des Phallus den Eingang der Vagina erreichte. Amatistas Hand näherte sich dem Ort der heimlichen Zeremonie, um den Penis zu führen, und die Penetration nahm ihren Anfang.

›O Pierre, oh, mein Geliebter‹, stöhnte Amatista.

Langsam und kräftig schob sich der Phallus in die Tiefe. Pierre und Amatista verharrten einen Augenblick reglos, Amatista hockte über Pierre, der mit seinem Mund eine ihrer Brustwarzen umschloß, sein Phallus steckte in seiner ganzen Länge in dem engen Gang. Dann zog sich Amatista zurück, bis Pierres immer noch erigierter befreiter Penis seine Stellung parallel zum Bauch wieder einnahm. Pierre entfuhr ein tiefes Stöhnen.

Amatista verließ ihre hockende Stellung und setzte sich neben Pierre. Ihr Atem ging schnell.

›Atme tief durch, Pierre‹, riet Amatista. ›Denk an die Mohnblumen.‹

›Amatista...‹

›Denk an ein Mohnblumenfeld, Pierre, denk an einen blauen Himmel und an die Vögel. Denk an was du willst, aber befrei dich einen Augenblick von allen lüsternen Gedanken, damit du deinen Samen halten kannst. Jetzt binde ich dir die Hände los und gebe dir einen Schluck Whisky.‹

Ohne Amatista anzusehen, nahm Pierre das Glas entgegen und stellte sich gleichzeitig ein Mohnblumenfeld vor. Seine Erektion ließ nicht nach, wohl aber der Drang, zum Höhepunkt zu kommen.

Amatista nahm das Glas und setzte sich Pierre im Schneidersitz gegenüber. Während sie sich unterhielten, näherte sich Pierres Hand dem dichten, seidigen Gestrüpp zwischen Amatistas Beinen. Sie bedeckte den Venushügel und drückte ihn leicht. Dann glitt sein Mittelfinger zwischen die Blütenblätter der halboffenen Rose und wanderte durch die wohlbekannte Geografie, bis der den fleischigen Eingang erreichte; er nahm seine Hand einen Augenblick fort und legte seinen Finger auf das linde Vorgebirge weiter oben. Mit kreisförmigen Bewegungen massierte er sanft die Klitoris. Amatista senkte die Lider und begann zu stöhnen. Während Pierre sie liebkoste, bat Amatista mit rauher Stimme:

›Erzähl mir von der Fliegerschule, Pierre.‹

›Ja, Amatista‹, antwortete Pierre, dessen Penis immer noch zum Kinn zeigte. Jetzt aber hatte er sich vollständig unter Kontrolle. ›Für Schüler, die in den Stallungen der Klöster arbeiteten oder ähnliche Arbeiten verrichteten, fand der Kurs donnerstags in dem Hangar statt. Du weißt sicher, daß es heutzutage nicht besonders schwer ist, ein Flugzeug zu steuern, man muß nicht einmal zum Fenster hinaussehen, um zu überprüfen, ob es den richtigen Kurs nimmt. Man muß allerdings mit äußerst komplizierten Computern umgehen.‹

›Und, hast du es schnell gelernt?‹ fragte Amatista mit rauher Stimme, wobei sie Pierres Finger beiseite schob, um nicht vorzeitig zu kommen.

›Sehr schnell.‹

Amatista atmete tief ein und aus und konzentrierte sich auf ein Mohnblumenfeld. Als sie sicher sein konnte, daß die wachsenden Wellen sie noch nicht zum Höhepunkt treiben würden, spreizte sie die Beine, stützte die Fußsohlen auf das Bett und sagte mit normaler Stimme:

›Erzähl mir, was die Frauen mit dir machten, wenn dein Flugunterricht zu Ende war.‹

›Sie erwarteten mich in einem Raum, durch den ich jedesmal gehen mußte, und zwangen mich, sie zu befriedigen. Ungefähr zehn Frauen waren es, Mitschülerinnen und Angestellte, die von meinem erigierten Penis profitieren wollten. Ich mußte mich auf einem Sofa auf den Rücken legen, und während einige von ihnen mich festhielten, zogen mir die anderen Hose und Unterhose aus. Sie verschafften mir eine Erektion, indem sie mich masturbierten oder lutschten, und dann zog sich eine nach der anderen den Schlüpfer aus und ließ sich im Reitersitz auf mir nieder. Ich lernte, meinen Samen zurückzuhalten, um einer Bestrafung zu entgehen.‹

›Worin bestand die Strafe?‹ fragte Amatista.

›Ich mußte eine nach der anderen masturbieren, und dann zwangen sie mich, mich in die Ecke zu stellen und zu masturbieren, bis ich wieder eine Erektion hatte.‹

›Und wenn es dir nicht gelang?‹

›Dann masturbierten und lutschten sie mich wieder abwechselnd.‹

›Und wenn du dann endlich kamst?‹

›Wenn ich die Ejakulation kommen fühlte, mußte ich ihnen Bescheid sagen, dann setzten sie sich im Halbkreis um mich herum auf den Boden, masturbierten und sahen zu, wie der Samen hervorschoß und über die Hand floß, mit der ich noch meinen Penis hielt.‹

›Wir wollen uns mit dem Mund lieben, Pierre‹, schlug Amatista vor und legte sich mit gespreizten Beinen zurück.

Pierres Mund über Amatistas geöffneter Rose. Pierres Knie rechts und links von Amatistas Kopf. Pierres Lippen lutschen und saugen an den fleischigen Blütenblättern, an der Knospe. Der erigierte Penis schiebt sich in den gerundeten Mund Amatistas. Die warme, feuchte Rose hebt sich Pierre ein wenig entgegen, damit die Spitze der Zunge den Eingang der Vagina erreichen kann. Der Phallus kommt und geht in Amatistas Mund. Pierres Zunge wird weich, verläßt den Eingang der göttlichen Grotte, um die Klitoris zu lieben, die Klitoris erwidert die Liebe der Zunge. Amatistas Zunge, bebend wie der Flügel eines Schmetterlings, kaum berührt sie die Vorderseite des Phallus. Plötzlich gibt Pierre seine hockende Stellung über Amatistas auf und zwingt sie, sich bäuchlings auf das Bett zu legen. Ohne Vorwarnung rammt er seinen

Phallus in Amatistas Arsch. Amatista entfährt ein Schrei. Ohne seine Stellung zu wechseln, umarmt Pierre Amatista von hinten, preßt ihre Brüste, streichelt ihr Bauch und Venushügel. Zum Schluß trennt er die Schamlippen ein wenig, drückt mit der Kuppe des Mittelfingers auf die Klitoris und beginnt mit einer kräftigen Massage. Amatista stöhnt und murmelt mit rauher Stimme:

›O mein Geliebter! O ja, mein Geliebter, weiter so! Ach, Pierre, bleib da, nicht aufhören! Pierre, mein ein und alles...‹

›Ich bleibe bei dir, Amatista‹, murmelt Pierre, immer noch in ihr, während sein Finger mit schnellen Auf- und Abbewegungen ihre Knospe reibt.

Jetzt hinderte Amatista nichts mehr daran, zum Höhepunkt zu kommen, jedoch ihre Hand bremst Pierre.

›Jetzt sanft und nach innen, mein Geliebter.‹

Pierres Finger schiebt sich tief in Amatistas Vagina, und er fühlt im benachbarten Gang seinen eigenen Penis. Langsam zieht er den Finger heraus und beginnt wieder mit der Reibung der Klitoris, erst sanft und dann schneller und heftiger.

›O mein Geliebter‹, stöhnt Amatista mit ersterbender Stimme.

Pierres Hand hält still und bleibt liegen, und Amatista keucht im Rhythmus der sie überflutenden Wellen. Nachdem sie den Kamm der Woge erreicht hat, werden die Seufzer schwächer, bis sie verstummen.

Machen Sie weiter, Doktor, machen Sie kräftig weiter, bis Sie ejakulieren, und wenn Sie so weit sind, lassen Sie sich den Samen durch die Finger laufen.«

ERICA JONG

Sushi

Das Glück wollte es, daß weder Mandy noch Danae vor acht aufwachten. Isadora war zwar völlig erschöpft, aber sie summte fröhlich vor sich hin, während sie in der Küche die Grütze zubereitete, im Eßzimmer das Feuer schürte und sich innerlich für die Katastrophen rüstete, die der neue Tag bringen mochte. Was nun? Keine Nanny, kein Geld, kein Botkin und kein Bean. So unvermutet, wie er gekommen, war er auch wieder aus ihrem Leben verschwunden, hatte Schlitterspuren auf der vereisten Einfahrt hinterlassen, Blut auf dem Laken (sie hatte die Bettwäsche bereits in die Waschmaschine gesteckt) und sie unauslöschlich in ihr Herz eingebrannt. (Wenigstens *glaubte* sie, es sei ihr Herz, doch es läßt sich nicht verhehlen, daß es unserer Heldin nicht ganz leicht fiel, zwischen ihrem Herzen und ihrer Möse zu unterscheiden.) Ihr Von-Mitternacht-bis-Morgen-Besucher hatte sich davongemacht und sie im ungewissen darüber gelassen, ob er überhaupt richtig existierte, war er ihr doch wie eine Erscheinung vorgekommen. Auch aus seinem Charakter wurde sie nicht klug. In mancher Hinsicht schien er ein Wüstling, ein Flegel, ein Verrückter zu sein, in anderer Hinsicht wieder kam er ihr vor wie ein galanter Ritter aus einem versunkenen heroischen Zeitalter, kühn im Bett und in der Schlacht, bereit, für seine Angebetete sein Blut zu vergießen (wie sie für ihn). Sie wußte nur, daß sie gesungen hatte, als er ging: Ein untrügliches Zeichen von *etwas*, vielleicht Liebe, was immer das sein mochte.

»Guten Morgen, Danae!« rief Isadora, als die zerzaust die Treppe herunterkam, eine frisch gewaschene und gekämmte Amanda im Schlepptau.

»Na, *wir* sind aber aufgelegt heut morgen, was?« sagte Danae. Hatte sie die ganze Nacht gelauscht, oder hatte sie den Vagabunden im Morgengrauen abziehen sehen?

Isadora hielt den Mund und summte weiter. Das Kinder- und das Mädchenzimmer waren weit von ihrem Schlafzimmer entfernt und lagen außerdem ein Stockwerk höher. Es war höchst unwahrscheinlich, daß etwas von der wilden, blutigen Vögelei dort hinauf gedrungen war.

»Mama, Mama, Mama!« zwitscherte Amanda.

Isadora merkte nun erst richtig, wie erleichtert sie war, Bean los zu sein. Sie setzte Danae und Amanda das Frühstück vor und fragte sich, ob Bean wohl lebend nach Hause gekommen sei, ob er wirklich existiere oder ob er nur eine von ihr erfundene Figur vorstelle, eine Projektion ihres Bedürfnisses nach einer ekstatischen Flucht vor den Problemen, die sie bedrängten: Botkins Tod, die Steuerprüfung, die Jagd nach einem neuen Kindermädchen.

Immer wenn sie allein mit Amanda in ihrem einsamen, eingeschneiten Haus war, überwältigten Isadora Angst und das Gefühl völliger Verlassenheit so sehr, als habe ihr jemand einen Tritt in die Eingeweide verpaßt. Es war schon schwer genug, ein Kind zu bemuttern, wenn der Vater im Haus war, aber ohne ihn und ohne eine andere Mutter, die einen selbst bemutterte, war es nachgerade unmöglich. Gewiß, eine Frau konnte ein Kind auch ohne Mann aufziehen, aber dann brauchte sie dringend ein ganzes Netz von Frauen: Mütter, welche die Mütter be-

KRAUS

mutterten, die ihre Kinder bemutterten, Mütter, die Mütter stärkten, wenn sie sich verausgabt hatten, Mütter, die Mütter streichelten, während sie das fieberheiße Köpfchen ihres Kindes hielten. Isadora konnte sich ein versunkenes Zeitalter des Matriarchats sehr wohl vorstellen. Sie konnte sich durchaus so ein Netz von Müttern, Großmüttern und Tanten vorstellen, die einander bemutterten. Aber von einem solchen System sind wir in unseren isolierten Ein-Elternteil-Haushalten Lichtjahre entfernt. Isadoras Mutter wohnte in New York; ihre Schwestern waren über den ganzen Erdball verstreut. Diejenigen unter ihren Freundinnen, die Kinder hatten, waren zum Großteil verheiratet – oder ihre Kinder waren wesentlich älter, weil sie schon früher eine Familie gegründet hatten; in beiden Fällen hatten sie nicht die gleichen Probleme wie Isadora. Nur wenige ihrer Freundinnen schrieben Romane, noch weniger schrieben Romane und brachten gleichzeitig Kinder zur Welt, und noch weniger mußten ihre Familie ernähren. Mochte das auch in der heutigen Zeit das Los vieler Frauen sein, ihre Freundinnen waren ihm jedenfalls entgangen. Außerdem war Isadora vor sieben Jahren mit einem Mann nach Connecticut gezogen, in den sie wahnsinnig verliebt war. Sie hatten das Haus gekauft, gerade *weil* es von aller Welt abgeschnitten war. Dieses Haus, das von der Höhe aufs Flußtal hinunterblickte und nur über eine unvorstellbar steile Einfahrt zu erreichen war, schien prädestiniert zu sein für zwei Liebende, die in ihrer *folie à deux* ganz sich selbst genügten (oder das zumindest glaubten). Das Haus war auch alles andere als ein Kinderparadies: überall Treppen, Balkone und Brüstungen, die steile Schluchten überragten. Damals hatte Isadora ein solches Haus gebraucht, um erst die Recherchen für ›Tintorettos Tochter‹ machen und dann das Buch schreiben zu können. Sie hatte sich von der Außenwelt abriegeln müssen, um in ihren Träumen und Fantasievorstellungen vom Venedig des sechzehnten Jahrhunderts zu leben. Während sie über den Karten brütete, in denen die Kanäle verzeichnet waren, und die Grundrisse der *palazzi* studierte, war es ihr gelungen, Venedig in ihrem Kopf nachzubauen – und das verdankte sie zum Teil diesem abgelegenen Haus in Connecticut. Wenn sie neuen Antrieb brauchte, flog sie ins tatsächliche Venedig, oder sie fuhr nach Yale und stöberte in den kostbaren alten Folianten der Beinecke-Bibliothek. Sie wollte nicht teilhaben an jener Welt, die New York für Leute ihrer Sparte repräsentierte. Es verlangte sie weder nach Schlagzeilen noch nach Galadiners für noble Zwecke, weder nach Wohltätigkeitsveranstaltungen noch nach todschicken Partys, Fernsehauftritten, Vernissagen und Premieren. Sie hatte diese zweifelhaften Vergnügungen nach der Veröffentlichung ihres ersten Romans zur Genüge kennengelernt. Sie hatte es satt, sich die Freundschaft von Leuten antragen zu lassen, die sie zuvor nicht einmal beachtet hatten; sich Leuten öffnen zu müssen, die ihrerseits anonym bleiben konnten; geistreich auf Stumpfsinn reagieren zu müssen und unbegründeter Grausamkeit mit einem dicken Fell zu begegnen. Denn Isadora hatte sehr wohl ihre Runde auf dem Prominentenkarussell gedreht, hatte am eigenen Leib erfahren, wie Lobhudelei und Beleidigung einander ablösen und ??len Verdammnis eines Stars dessen behutsamer ?? folgt. Sie hatte das alles erlebt und war des Rummels ?? überdrüssig. Sie war ein so sensibles Pflänzchen, ?? dem Starzirkus davonlief. Und sie lief nach Connecticut, dem nahrhaften Muskatnußstaat, wie der südlichste der sechs Neuenglandstaaten genannt wurde, dem Staat, der die ausgeflippten achtziger Jahre mit kolonialem Charme überdeckt, dem winterlichen Notstandsstaat (Strom, Schnee, Überschwemmung), dem grünen Sommerparadies, dem gesegneten Schlupfwinkel, wo man vor dem nervenaufreibenden Hexenkessel New York sicher ist.

Aber jetzt im Winter, allein mit einem dreijährigen Kind, verwandelte sich das Haus, das einst Zufluchtsstätte gewesen war, in eine Falle. Hier oben war man so abhängig von seinen Haushaltshilfen, daß sie arrogant wurden. Der Installateur und der Fahrer des Schneepflugs hielten die Schlüssel zum Königreich in der Hand – und zwar eisern. Schneeketten, Vierradantrieb und Öfen für Holzfeuerung wurden wichtiger als Brot, Wein und Liebe.

Welches Problem sollte sie heute morgen zuerst angehen? Die Marathonjagd nach einer Nanny oder die Suche nach einem neuen Manager (und vielleicht zudem nach einem Anwalt, der einen Prozeß gegen Botkins Erben anstrengte)? Oder sollte sie sich einfach hinsetzen und schreiben, als existiere keines dieser Probleme, denn es war nun einmal das Schreiben, das sie immer wieder rettete. Aber leider (oder vielleicht auch Gott sei Dank), das Leben hat nun einmal Vorrang vor der Kunst. Und jetzt meldete sich das Leben in Gestalt ihrer Tochter.

»Ich will keine neue Nanny«, sagte Amanda. »Ich will Danae!«

Danae lächelte glückstrahlend und entblößte ihre so sexy wirkenden Zahnlücken. Sie schüttelte ihre rote Mähne. Amanda hatte Danae schon als Baby geliebt, und für sie stand unumstößlich fest, daß die Liebe eines Kindes zwei Frauen gehörte: der Mama und einer Ersatz-Mama, der Babymacherin und der Babysitterin.

»Danae soll meine Nanny sein«, bettelte Amanda. »Danae, ich will Danae!«

»Tja, würden Sie denn für ein, zwei Wochen bei uns bleiben?« fragte Isadora die lächelnde Rothaarige aus dem hohen Norden Englands (die sich in kindermädchenlosen Notzeiten immer wie ein Goldregen eingestellt hatte). »Ich müßte nämlich dringend einiges in New York erledigen.«

»Aber klar doch«, sagte Danae. »Ich saus' gleich los und hol meine Sachen.«

Isadora spielte mit Amanda, während sich Danae mit dem Saab aufmachte, um ihre Koffer, ihre Kinder und ihre diversen Liebhaber einzusammeln. Natürlich wußte Isadora, daß ihr mit Danaes Einzug – wenn auch nur vorübergehend – neben großer Kochkunst auch große Unordnung bevorstand. Manchmal würde Danae sich um Amanda kümmern, manchmal würden ihre Söhne es tun und manchmal auch ihre Liebhaber. Das Haus würde überquellen vor Leben, es würde exotische Gerichte geben und laute Musik. Danae würde Amanda entweder mitnehmen (wenn sie ihren anderen Jobs nachging), oder sie würde ihre Jungen als Babysitter bei Mandy lassen. Aber niemand würde dem Kind Geschichten vom Fegefeuer erzählen, das stand fest. Und Amanda würde unter Danaes wohltuend nachlässiger Obhut prächtig gedeihen.

Isadora war noch so erschöpft von den Anstrengungen der letzten Nacht, daß sie sich vor den alltäglichen Aufgaben scheute. Wo sollte sie auch anfangen, das Chaos zu entwirren, als dessen Erbin Mel Botkin sie zurückgelassen hatte? Jetzt würde sie erst einmal die Platte von der ›Sesamstraße‹ auflegen und mit Amanda dazu tanzen. Anschließend würde sie ihre Tochter in QUIM zum Kinderladen fahren (falls die Einfahrt rechtzeitig gestreut wurde), und dann wollte sie in Ruhe über ihre Probleme nachdenken. »Ich werde morgen darüber nachdenken«, hatte Scarlett O'Hara gesagt, aber für Isadora war es bereits morgen.

»Willst du tanzen, Amanda?«

Was für eine Frage! Das Kind war die geborene Tänzerin. »Mein Keks, mein Keks ist in der Disko unterwegs«, sang das Krümelmonster, und Isadora und Amanda drehten sich dazu im Kreis, stampften mit den Füßen und klatschten mit den Händen den Takt. Sie übersprangen ›Die glücklichste Straße der Welt‹ (ein Lied, das sie beide ziemlich blöd fanden) und ein paar unbekannte Nummern, bis sie zu ihrer Lieblingsmelodie kamen, dem Lied Oskars: ›Quatsch macht Spaß.‹

Amanda tanzte wie ihre Mutter: mit einem natürlichen Gefühl für Rhythmus, obwohl sie gerade erst übers Kleinkindalter hinaus war und ihre Bewegungen noch nicht übermäßig koordiniert wirkten. Sie tanzte wie Isadora mit der völligen Hingabe eines Kindes. Wie sie so tanzte mit funkelnden blauen Augen, rosigen Handflächen, die sie in der Luft zusammenschlug, und Turnschühchen, die auf den Boden stampften, schien sie dazu bestimmt, in die Fußstapfen ihrer Mutter zu treten – der Himmel steh ihr bei! Isadora spürte die unverkennbare Sexualität ihrer Tochter, deren Lebenskraft, und dachte, daß auch Amanda all jene Lektionen würde lernen müssen, die sie, Isadora, gerade erst zu lernen begann.

Wie konnte man rasende Leidenschaft mit häuslichen Pflichten, mit künstlerischer und finanzieller Verantwortung in Einklang bringen? Warum hatte sie nur alles so verpfuscht! Was für ein Vorbild war sie ihrem Kind? Ein Vorbild an Ratlosigkeit, Chaos und Verwirrung! Sie hatte versucht, ein freies Leben zu führen und keine Seite ihrer Weiblichkeit, ihres Menschseins zu unterdrücken. Aber wohin hatte sie das gebracht? In diesen unwegsamen Irrgang! Drei Monate vor ihrem vierzigsten Geburtstag wußte sie weniger denn je, wohin die kurvenreiche Straße sie führen würde. Sie hatte die Nacht mit einem Vagabunden durchtanzt, und nun vertanzte sie den Morgen mit ihrer Tochter!

Als Renata zur Arbeit kam, fand sie Mutter und Tochter im begeisterten Diskorausch in der Halle.

»Guten Morgen, meine Damen«, trällerte sie.

Heute morgen war scheinbar jeder verrückt und ausgelassen. War das die Wirkung des Todes, zumindest wenn es sich bei dem Toten um einen Manager handelte? Isadora kannte Leute, die sogar auf den Tod geliebter Menschen ähnlich reagierten. Statt sie traurig zu stimmen, machte der Tod die Hinterbliebenen fidel und verrückt – wenigstens für eine Weile, bis man die Unwiderruflichkeit der Trennung begriff.

Schneepflug und Streufahrzeug trafen kurz nach Renata ein. Und obwohl es inzwischen schon ein wenig spät geworden war, beschloß Isadora, Amanda doch noch zum Kinderladen zu bringen. Während QUIM über die vereisten Straßen kroch, plapperte Amanda glücklich über alles, was ihr in den Sinn kam. Die Trennung von Schwester Librium schien ihr nicht nahezugehen im Gegensatz etwa zu der Trennung von Cicely, der nackten Nanny. Für gewöhnlich machten junge Kindermädchen, die sich Amanda gegenüber eher wie ältere Schwestern verhielten und nicht wie Großmütter, den stärksten Eindruck auf das Kind. Manchmal balgten sie sich mit ihr wie Geschwister. Sie stellten willkürliche Regeln auf, aber sie fühlten sich ihr aufs innigste verbunden, und die Trennung von ihnen war für Mandy stets äußerst schmerzlich. Isadora wünschte sich nichts sehnlicher, als ihrer Tochter ein vollkommenes und gesichertes Leben zu bereiten. In ihrer Fantasie trug sie ein kitschiges Bild vom idealen bürgerlichen Dasein mit sich herum, von einem Leben, dem sie selbst so geflissentlich aus dem Weg gegangen war: ein kleines Haus, an dem Kletterrosen emporrankten, Amanda auf der Schaukel im Garten und Mama und Daddy drinnen als trautes Paar. All die Ideale, die sie als Schriftstellerin verfolgt hatte, wenn sie versuchte, wie die Heldin eines pikaresken Romans zu leben, waren genau das Gegenteil von dieser Sicherheit, die sie sich für ihre Tochter wünschte. Sie war versucht, ihrer Tochter den Rat zu geben, den sie selbst von ihrer Mutter bekommen hatte: »Tu, was ich sage, und nicht, was ich tue!« Sei beständig, obwohl ich dich nur Unbeständigkeit gelehrt habe. Sei gelassen, obwohl ich dich nur Raserei gelehrt habe. Isadoras Mutter hatte sich ihrer Tochter gegenüber ähnlich widersprüchlich verhalten. Geh und erobere dir die Welt der Männer, hatte sie gesagt, obwohl ich das nicht getan habe. Tu, was ich sage, und nicht, was ich tue! Isadoras Mutter hatte sich sogar einmal zu folgender Prophezeiung verstiegen: »Wenn du erst eine berühmte Schriftstellerin bist, dann kommt alles andere von selbst: Geld, schöne Kleider, die Liebe fantastischer Männer.« Mutter hatte recht behalten, nicht wahr? Aber wie der chinesische Fluch »Mögest du in einer aufregenden Zeit leben« hatten auch Ruhm, Geld, Modellkleider und die Liebe fantastischer Männer ihre Schattenseiten. Fantastische Männer ganz besonders, obwohl sie einen in Schwung brachten – oben und unten. Isadoras Hintern und Möse waren wund von der Raserei der letzten Nacht. Aber der Schmerz, den sie spürte, war der süße Schmerz eines Wüstlings des achtzehnten Jahrhunderts – allerdings ohne die Furcht vor dem Tripper, unter der diese trunkenen Kerle litten, sooft sie Unzucht trieben. Sapperlot! Mußte sie sich am Ende auch vor dem Tripper fürchten? Bean war gewiß ein Wüstling in der guten alten Tradition eines John Cleland oder Henry Fielding. Oder mußte man sich heutzutage vor Herpes fürchten? Seit ihrer Jugend hatten so durchgreifende Veränderungen stattgefunden, daß sie kaum noch wußte, *wovor* man sich gerade in acht nehmen mußte. In ihrer Jugend, während der fünfziger Jahre, wurde die Angst vor der Schwangerschaft groß geschrieben. Damals war es schwer, sich dem Sex hinzugeben, weil einen die Vorstellung plagte, daß man vielleicht auf dem Küchentisch eines Abtreibungsarztes in Jersey City sterben würde (warum geschah das immer in Jersey?) – und das bloß, weil man die Fummelei und die Stöße eines pickligen Collegejünglings hatte über sich ergehen lassen. Als sie in den Zwanzigern war, da wurde die Pille groß geschrieben, und man brauchte keine Angst mehr vor einer unerwünschten Schwangerschaft zu haben, bis sich (nur knapp zwei Jahre später) herausstellte, daß *wieder* Furcht geboten war, diesmal vor Blutgerinnseln und Embolie. Es dauerte gar nicht lange, und die Gesellschaft erlebte eine kollektive Vertreibung aus dem Pillenparadies; Diaphragma und Kondom kehrten zurück. Doch da hatten sich die Geschlechtskrankheiten bereits zu einer Epidemie ausgeweitet, die sich als resistent gegen Antibiotika erwies. Kaum war alle Welt damit beschäftigt, diese Nachricht zu verdauen, als die Presse auch schon von Herpes berichtete. Und dann kam AIDS – was war wohl als nächstes an der Reihe? Isadora und Amanda hielten vor der Blue Tree School, aber die Stunde war anscheinend in vollem Gang, denn draußen war weit und breit keines der (um diese Jahreszeit wie kleine Michelinmännchen warm eingepackten) Kinder zu sehen. Isadora parkte QUIM neben einer Schneewehe und betrat mit ihrer Tochter den Kinderladen. Sie gingen einen Korridor entlang, der mit Bildern von weihnachtsähnlichen Festen in den Ländern der dritten Welt geschmückt war: Neujahr im Iran, Lichterfest in China, Allerheiligen bei dem Maori, Dreikönig in Madagaskar und so fort. Die Blue Tree School feierte alles, so lange es nicht jüdisch-christlich war. Vor der Tür zum Spielzimmer der Dreijährigen, das den Namen ›Rosa Zimmer‹ trug (was aber keine politische Anspielung war), machte Isadora halt und hängte den Anorak ihrer Tochter in Amandas Spind (darauf prangte ein entzückendes Foto von Mandy neben den Bildern von Mom und Dad). Amanda ließ sich die roten Gummistiefel ausziehen, dann rannte sie los, um ihre Kameraden zu begrüßen. Da waren sie – die Ranzenkinder, die zwei Haushalten angehörten, die Kinder der Scheidungsolympiade.

Jeremy, Lauren, Moses, Elihu, Jennifer, Jennifer, Allison, Alison, Alyson, Noah, Simon, Caleb und Kimberley – so hießen sie, und acht von vierzehn (die vierzehnte war Amanda) kamen aus zerbrochenen Familien. (Isadora haßte den Begriff »zerrüttetes Zuhause«, weil das Zuhause in den meisten Fällen durch die Scheidung eher gestärkt war.)

Als echte Kinder ihrer Zeit waren diese Dreijährigen nach biblischen Erzvätern benannt oder nach literarischen Vorbildern wie den Heldinnen Chaucers (das Eheweib von Bath aus den ›Canterbury Tales‹ war schließlich Alisoun geheißen) oder nach englischen Aristokraten (Jennifer und Amanda). Eines Tages, dachte Isadora, werde ich einen Essay über die Phänomenologie von Kindernamen schreiben und darüber, wie diese Namen die Ambitionen der Generation ihrer Eltern verraten. Im Nazideutschland beispielsweise erhielten fast alle Kinder germanische Namen wie Holger, Heike und Gudrun. Die von Schuldgefühlen geplagte deutsche Nachkriegsgeneration nannte ihre Kinder nach Gestalten des alten Testaments wie Rebekka und Rachel, Abraham und Isaak. Diese Entwicklungen sind leicht zu erklären – aber warum wuchs in Amerika nach dem Vietnamkrieg eine Generation von kleinen Noahs heran? Stand etwa eine Sintflut bevor? Und was hatten Namen wie Kimberley und Stacy und Tracy zu bedeuten? Göttin sei Dank hatte niemand sein Kind Isadora getauft, selbst dann nicht, als »Candidas Beichte« die Bestsellerliste anführte. Candida freilich hatte sich Mitte der siebziger Jahre für kurze Zeit einiger Beliebtheit erfreut.

Isadora winkte ihrem Ranzenkind zu (das ein Kaninchen namens Peter herzte – Tiernamen zeigten in den siebziger und achtziger Jahren eine auffallend konservative Tendenz), und sie grüßte die beiden Betreuer Amandas, Simba alias Arnold Greenspan und Karma alias Diane Grossman. (Simba hatte schulterlanges Haar und trug einen Smaragdohrring. Karma verzehrte sich nach ihm, doch ohne Aussicht auf Gegenliebe. Jedenfalls wurden die Kinder hier in Westport angemessen auf das Leben im nachatomaren Zeitalter vorbereitet.) Isadora bestieg QUIM (was konnte man aus den Autonamen der siebziger und achtziger Jahre schließen?) und fuhr zurück zur Serpentine Hill Road (nicht zu vergessen: Was verraten die Straßennamen?).

Zu Hause waren die Telefone heißgelaufen.

Bean hatte mehrmals angerufen, und Kevin, der sich wegen des vergangenen Abends Sorgen machte, hatte ebenfalls versucht, sie zu erreichen. Mel Botkins Büro hatte sich gemeldet, und Hope, die dank ihrer telepathischen

Fähigkeiten spürte, daß etwas im Busch war, wollte Isadora gleichfalls sprechen. Während Renata von einem Apparat zum andern eilte und die Anrufer vertröstete, zog Danae mit Sack und Pack ein. Sie schleppte Kassettenrecorder, Töpfe und Pfannen für ihre Gourmetgerichte sowie ihre wertlosen Schecks ins Haus und sang dabei. Warum konnte Isadora nicht so unbeschwert sein wie Danae? Warum? Sie war nicht umsonst Jüdin; die Sorgen und Ängste lagen ihr im Blut. Danae war pleite, aber glücklich. Danae stellte ungedeckte Schecks aus und fand nichts dabei. Wenn Danae Schulden beim Finanzamt hätte, würde das ihren Schlaf nicht stören. So sorglos wie Danae konnte Isadora nur sein, wenn sie vögelte. Vielleicht war das Vögeln deshalb so wichtig für sie. Sex war ihr »Valium«, ihr *dope*, ihre Sucht. Sex entspannte ihre Muskeln, bezwang ihre Ängste, war für sie Gift und Gegengift zugleich.

»Mit wem soll ich Sie zuerst verbinden?« fragte Renata. »Hope? Bean? Mels Büro? Kevin?«

»Geben Sie mir Hope«, sagte Isadora. Wenn sie nicht wußte, was sie tun sollte, rief sie Hope an, ihre gute Fee. Ihre Freundschaft war einzigartig: eine Seelenfreundschaft, eine Herzensfreundschaft. Da Hope zwanzig Jahre älter war als Isadora, gab es zwischen ihnen weder Spannungen noch Konkurrenzneid, und ihre vom Karma gestiftete Verbindung blieb rein und ungetrübt. Daß sie gemeinsam schon viele Wiedergeburten erlebt hatten, bewies jedes Gespräch zwischen ihnen aufs neue.

»Na, was ist los?« fragte Hope. »Ich mußte die ganze Nacht an dich denken – hab' kein Auge zugetan.«

»Ich war auch die ganze Nacht wach«, antwortete Isadora.

»Aber zum Denken kam ich nicht.«

»Also red schon! Wer ist es? Kenne ich ihn?«

»Ein junger Schauspieler, der auf meiner vereisten Einfahrt ins Schlittern kam.«

Isadora hörte Hopes volles, kehliges Lachen. »Das ist *auch* eine Möglichkeit, Männer an Land zu ziehen! Einfach eine steile Einfahrt bauen und warten, bis sie reinschlittern.«

»Ich muß dir das ausführlich erzählen«, sagte Isadora. »Es war wirklich sensationell.«

»Einverstanden. Wann sehen wir uns, mein schönes Kind?«

»Ich weiß nicht. Seit gestern ist mein Leben total aus den Fugen. Ich mußte Schwester Librium feuern, weil sie Mandy mit Fegefeuergeschichten Angst eingejagt hat. Dann eröffnete mir Mel Botkin, daß ich gräßliche Steuerprobleme habe, und ein paar Stunden später fiel er um und war tot. Und dann kam dieser junge Schauspieler auf meiner Einfahrt ins Schleudern.«

»Hast du dein Horoskop für heute befragt?«

»Ich möchte gar nicht wissen, was drinsteht. Ehrlich, Hope, ich weiß nicht, wo ich anfangen soll.«

»Hol erst mal tief Luft, und dann hör dich um. Sondiere die Lage, aber unternimm vorläufig gar nichts.«

Das Orakel hatte gesprochen. Hope war wirklich Isadoras gute Fee. Sie kannte den Hang ihrer Freundin, impulsiv zu handeln, statt nachzudenken und zu planen. Sie wußte, daß Isadoras Probleme nicht auf diese Weise zu lösen waren und daß man keine Abhilfe erzwingen konnte.

»An deiner Stelle würde ich erst mal Rat einholen. Konsultier doch andere Manager, sprich mit Anwälten, aber triff noch keine endgültige Entscheidung.«

Isadora wußte, daß dies ein kluger Rat war.

»Okay«, sagte sie. »Wenn ich zufällig in deine Gegend komme, schau' ich kurz vorbei, ja?«

»Ich würd' mich riesig freuen, dich zu sehen.« Sie verabschiedeten sich liebevoll und legten auf.

Renata und Isadora handelten gerade Termine mit verschiedenen Gutachtern und Beratern (darunter auch Lowell Strathmore) für die kommende Woche aus, als der Privatanschluß klingelte. Isadora nahm den Hörer ab – eine schiere Macht der Gewohnheit.

Am anderen Ende meldete sich Bean.

»Hallo«, sagte er mit seiner schönen, volltönenden Stimme.

»Woher hast du denn *die* Nummer?«

»Direkt von dem Apparat neben deinem Bett. Ich habe mir gedacht, wenn deine Nummer eins sie benutzt, muß es *die* Nummer sein.«

»Du raffinierter Kerl!«

»Danke für die Blumen, aber das war noch keiner von meinen Spezialtricks.«

»Das glaube ich – davon kriegte ich ja letzte Nacht eine Kostprobe.«

»Lady, das war noch gar nichts! Hör zu, ich *muß* dich wiedersehen. Wie wär's mit heute abend?«

Schon bei dem Gedanken daran klopfte Isadoras Herz bis zum Hals – und dabei war sie doch fest entschlossen, ihn nie mehr wiederzusehen.

»Geht nicht. Ich muß nach New York und Massen von langweiligen Finanzberatern aufsuchen. Keine Ahnung, wie lange das dauert.«

»Dann ruf mich an, wenn du fertig bist. Ich mach' solange einen Stadtbummel.«

»Ich weiß nicht, ob sich das lohnt. Vielleicht geht auch der Abend für die Besprechungen drauf.«

»Dann komme ich nach Connecticut.«

»Wann?«

»Heute nacht, morgen abend, übermorgen abend, überübermorgen. Du kannst es dir aussuchen. Ich steh' auf dich, Lady. Ich muß dich wiedersehen.«

Isadoras Vorsatz geriet ins Wanken. Sie hätte mit Freuden alle Termine abgesagt und den Tag mit Bean verbracht – aber gerade *deswegen* blieb sie schließlich doch standhaft. »Wie wär's mit Freitag abend, in Connecticut?«

»Das ist ja erst in drei Tagen – eine Ewigkeit!« protestierte Bean. Isadora kam es genauso vor, aber sie mußte dieses unbändige Verlangen irgendwie in den Griff bekommen.

»Hör zu«, sagte sie in einem halbherzigen Versuch, ihre Distanz zu wahren, »wenn ich vorher einen Abend frei bin, rufe ich dich an.«

»Ehrenwort?«

»Ehrenwort.«

Und sie fuhr nach New York, um sich Überblick zu verschaffen. Während sie zusah, wie Matsch, Schnee und der Dreck vom Highway ihre Windschutzscheibe vollspritzten, fragte sich Isadora, was ein normaler Mensch (was sie zwar zugegebenermaßen nicht war, aber wer ist schon normal?) von ihrer jetzigen Situation halten würde. War sie gesegnet, oder war sie verflucht? Wo war der »Knigge für die geschiedene Frau« jetzt, da sie ihn so dringend brauchte? Was soll eine Frau tun, wenn sie angesichts einer schweren Finanzkrise einem umwerfenden jungen Mann begegnet und sich nichts sehnlicher wünscht, als Tag und Nacht mit ihm zu ficken?

Gehörte diese Frage zum Problemkreis »Umgangsformen« ihres imaginären Leitfadens, oder fiel sie eher unter die Rubrik »Ratespiele« einer ihrer imaginären Fernsehshows? Isadora dachte sich ständig Titel aus – Titel von Büchern, die sie nie schreiben, von TV-Sendungen, die sie nie produzieren würde. Auf dem Höhepunkt einer Krise konnte ihr der Name für ein Buch oder eine Fernsehserie einfallen, als sei dieser die Lösung ihres Problems – und vielleicht *war* er das auch.

Vor kurzem hatte sie einen Freund getroffen, der Talkmaster beim Fernsehen war. Sie hatten herumgeblödelt, und dabei waren Isadora irrwitzige Einfälle für zwei Shows gekommen. Die erste hieß ›Schiksemania‹. Dahinter verbarg sich ein spannender Wettbewerb zwischen jüdischen Männern, die versuchen sollten, sich gegenseitig mit dem Preislied auf ihre *schikse* zu übertrumpfen. Man würde das Bild teilen, so daß beide Partner gleichzeitig auf dem Schirm erscheinen konnten. Links würde der jüdische Kandidat die fantastischen *schikse*-Qualitäten seiner nichtjüdischen Geliebten bejubeln, die auf der rechten Hälfte zu sehen wäre: die Sprungschanzen-Titelbild-Nase, vollendet kegelförmige Brüste, eine schmale Taille, ein hoher, strammer Hintern. Im Pendant zu dieser Show, das ›Schejgez-o-Rama‹ heißen würde, sollten zwei jüdische Mädchen mit ihren *schkozim* auftreten. (Isadora wäre jetzt natürlich bestens dafür geeignet gewesen, diese Sendung mit Bean zu eröffnen.)

Die andere Show, die sich Isadora ausgedacht hatte und an die zu denken sie seltsamerweise beruhigte, während sie auf dem Highway der Konfrontation mit ihrem finanziellen Ruin näher und näher kam, hieß ›Menschen in auswegloser Situation‹. Auch bei dieser Sendung handelte es sich um ein Gewinnspiel, und zwar wetteiferten hier Unglückliche um die zweifelhafte Ehre, wer von ihnen am tiefsten im Elend steckte. Während die Teilnehmer den Gästen im Studio ihre traurige Geschichte erzählten – von AIDS, finanziellen Sorgen, verlorener Liebe –, würde auf der Bühne ein riesiges Angstometer ihre Kümmernisse taxieren. Die Skala hätte mehrere Meßwerte – verdrossen, geknickt, unglücklich, gepeinigt, vom Schicksal heimgesucht –, und Sieger würde jener Teilnehmer, der am bemitleidenswertesten war.

Schon beim Gedanken an das Angstometer begann Isadora zu kichern. Wohin gehörte sie auf der Unglücksskala? Konnte man mit Steuerproblemen die Qualifikation »vom Schicksal heimgesucht« erwerben? Das schien verdammt unwahrscheinlich. Sie war gesund; ihr Kind war wohlauf und munter; sie hatte einen Mann kennengelernt, der sie mächtig in Schwung brachte. Was machte es da schon aus, ob die nächsten drei noch nicht geschriebenen Bücher bereits dem Fiskus gehörten? Bücher waren nur entliehen, sie gehörten einem nicht – genausowenig wie das Leben. Sie kamen nicht *von* ihr, sondern *durch* sie – genau wie ihr Kind. Bücher waren für die Welt bestimmt und nicht dafür, daß ihre Autoren sich an ihnen erfreuten und bereicherten. Scheiß drauf! dachte Isadora. Auf einmal war sie bester Laune. Ja, sie war in Hochstimmung wie noch nie. Wann immer sie an Bean dachte, verspürte sie den Wunsch zu singen. Und sie tat es auch. Sie legte eine Kassette der Manhattan Transfer ein und sang mit ihnen: ›*A Nightingale Sang in Berkeley Square*‹. Oh, sie konnte den Verlauf ihrer Krise nach der Trennung von Josh an Hand der Musik verfolgen, die sie im jeweiligen Stadium am liebsten hörte. Als der Schmerz am größten war, verrannte sie sich in Billie Holidays Bluesklagen über Machomänner. Das war ihre *Ain't-Nobody's-Business-If-I-Do*-Phase. Dann, als sie die Welt nicht mehr ganz so düster sah, begab sie sich in die bittersüße Berkeley-

Woodstock-Sphäre von Michael Franks: ›*Popsicle Toes*‹ für fröhliche Tage und ›*Burchfield Nines*‹ für traurige. Als schließlich die Manhattan Transfer von der Kassette erklangen, wußte sie, daß es wirklich wieder aufwärtsging mit ihr. ›*Twilight Zone*‹, ›*Spies in the Night*‹ und ›*A Nightingale Sang*‹ bezeugten eine beachtliche emotionale Entwicklung seit Billie Holiday und ihren Songs vom Masochismus der Frauen. ›Ich hole nie die Bullen, wenn ich Zoff kriege mit mei'm Ollen‹ – welch ein passender Text für eine erklärte Feministin (noch dazu, wenn sie ihn im Herzen billigte)! Aber lag hierin nicht das weibliche Paradoxon überhaupt? Gerade die leidenschaftlich unabhängigen Frauen sehnten sich am stärksten nach der Eroberung durch einen Mann. Aphra Behn, Mary Wollstonecraft, Colette – in ihrem Leben gab es mehr als genug gemeinsame Paschas, nach denen sie sich verzehrten und unter denen sie litten. Die Intelligenz einer Frau läßt sich nicht unbedingt auf ihr Gefühlsleben übertragen. Wir beobachten vielmehr oft das Umgekehrte: Je intelligenter eine Frau ist, desto blöder stellt sie sich im Umgang mit Männern an. Yeats hat das in ›Ein Gebet für meine Tochter‹ auf den Punkt gebracht:

So hat die Frau, von Wahn gelenkt,
Zur Hand oft den Verstand verschenkt,
Und dadurch wird das Füllhorn dann zerstört.

Amen.

In New York angekommen, stellte Isadora den Wagen in einem Parkhaus an der Siebenundfünfzigsten Straße ab und begann ihre Erkundungstour.

Als ersten traf sie einen kahlköpfigen, rundlichen Manager namens Hillel Marantz, der sich nicht sonderlich für das interessierte, was Mel Botkin getan oder nicht getan hatte, aber für den Fall, daß sie ihn zu ihrem Vertrauensmann machte, alles für sie zu tun versprach, außer sie zu heiraten. »Und vielleicht sogar das«, sagte er augenzwinkernd. Er würde ihr Geld anlegen (was davon übrigblieb) und sich um alles kümmern: Buchprüfungen, Hypotheken, Versicherungen, Rückversicherungen, Rechnungen, Bilanzen.

»Ich kann alles versprechen, bis auf Beschälerdienste.« Sein Zwinkern war noch widerlicher als beim erstenmal. Isadora bedankte sich und ging.

Der nächste auf ihrer Liste war ein großer, hagerer Jurist und Wirtschaftsprüfer namens Marcus Marcus, der an Kampflust und Prozeßsucht nichts zu wünschen übrigließ und der zu ihr sagte: »Geben Sie der Witwe Saures! Hängen Sie ihr einen Prozeß an, und zwar gleich, noch bevor die Leiche kalt ist, sonst kriegen Sie auch nicht einen Penny aus ihr raus. Merken Sie sich meine Worte gut!«

»Ich markier' Sie mir, Marcus Marcus«, war Isadora versucht zu sagen, doch sie besann sich eines Besseren und ging weiter zu:

Lionel Lowry, einem sehr distinguierten, silberhaarigen Manager mit luxuriösen Büroräumen in einem der oberen Stockwerke des Rockefeller Plaza Nummer dreißig, Räumen, die mit den Hochglanzfotos von Rockstars geschmückt waren. Er gab ihr zu verstehen (höflich, aber unmißverständlich), daß sie (und überhaupt jeder mit einem Jahreseinkommen unter einer Million) ein zu kleiner Fisch für ihn sei. Also bedankte Isadora sich freundlich und ging weiter zu:

Oliver Glascock junior, einem Wirtschaftsprüfer mit angelsächsisch-protestantischem Stammbaum, dem sie schon wegen seiner Vorfahren mißtraute: Was mußte das für eine verdrehte weiße, angelsächsisch-protestantische Geldaristokratenmutter sein, die ihren Sohn ermunterte, Wirtschaftsprüfer zu werden?

Das letzte Gespräch führte sie mit Seymour Wolitzky von Wolitzky, Werfel & Ruben. Seymour war wohlbeleibt, trug einen Bart, half ihr aber kaum weiter mit seiner Behauptung, sie könne heute reich und abgesichert sein, wenn sie nur schon vor Jahren zu ihm gekommen wäre.

Gegen fünf wußte sie nicht mehr, wo ihr der Kopf stand. Sie wollte die Entscheidung verschieben und in der kommenden Woche noch andere Berater aufsuchen. Sollte sie inzwischen Bean anrufen, um sich von ihm trösten zu lassen, oder sollte sie sich bei Hope melden? Zuerst Bean, beschloß sie (er würde sowieso nicht dasein), dann Hope. Mit klopfendem Herzen wählte sie Beans Nummer und hoffte ehrlich, er möge nicht zu Hause sein. Das Telefon klingelte und klingelte. Als sie gerade erleichtert auflegen wollte, nahm er den Hörer ab.

»Lady, ich dachte schon, du rufst *nie* an«, sagte er. »Ich hab' hier gesessen und überlegt, ob ich mir selbst einen runterholen soll oder warten und alles für dich aufheben.«

»Führst du mich zu einem Drink aus?«

»Klar doch, aber warum kommst du nicht hierher in mein bescheidenes Heim, meine beheimste Scheide, wie ich es zu nennen pflege?«

»Sapperlot, Sir! Ich soll zu einem Mann in dessen Wohnung gehen? Oh, achten Sie meine Tugend! Sie wollen mich doch nicht kompromittieren?«

»Sie tun mir großes Unrecht, werte Dame, wenn Sie annehmen, ich würde die Tugend einer so reinen Schönheit, wie Sie es sind – oder soll ich sagen: wie Ihr es seid? –, auch nur in Versuchung führen.«

»Dann treff' er mich in einer Gastwirtschaft, Spitzbube, und nicht in seiner ruchlosen Junggesellenwirtschaft.«

»Mylady, ich schwöre bei meiner Ehre...«

»Was denn für eine Ehre?«

»Die Ehre, die ich für Euch erringen werde, wenn Ihr mir nur vertrauen wolltet. Kommt zu mir, nur auf einen kurzen Augenblick! Ich bin gar bald zu Euren Diensten und führe Euch, wohin Ihr wollt.«

»Wer's glaubt, wird selig.«

Schließlich ließ sie sich doch überreden, schwor sich aber feierlich, daß sie nicht mit ihm ins Bett gehen würde. Irgendein Weiser hat es gewiß schon bemerkt: Frauen huldigen dem seltsamen Wunderglauben, sie könnten mit einem Mann schlafen, ohne ihm zu verfallen, wenn sie ein- und nicht zweimal, zwei- und nicht dreimal, drei-, aber nicht viermal mit ihm ins Bett gehen. Drei ist ohnehin eine magische Zahl, und Isadora hatte schon oft gespürt, daß ein verführerischer Mann emotional keine Gewalt über sie gewann, wenn sie sich ihm nur ein- oder zweimal hingab. Dreimal oder öfter bedeutete Gefahr. Dreimal oder öfter, und sie steckte tiefer in einer Beziehung drin, als sie wollte. Bean wohnte in einem heruntergekommenen Viertel im fünften Stock eines Hauses ohne Aufzug. Das Apartment war ein Schlüssel zu seinem Charakter – genau wie sein Lieferwagen. Es gab außerdem Aufschluß über seinen Familienstand: nicht ganz *single*. Damenschuhe, Make-up, Post und Fotos einer Frau lagen überall herum. (Isadora war froh darüber. Sie zog es vor, die geheimnisvolle Geliebte zu sein, statt die Hausfreundin.)

Er begrüßte sie leidenschaftlich. Auf jeder erdenklichen Ablage waren Kleider verstreut. Das Doppelbett mit einem leopardengemusterten Laken war ungemacht. Die

Küche war mitten im Wohnzimmer, und überall standen schmutzige Töpfe herum. Es war das Apartment eines Collegejungen, eines Halbwüchsigen. Hanteln und Sportsuspensorien ersetzten das Dekor; dazu gehobene Literatur und Revolverblättchen, Kakerlaken, der Geruch von altem Fett und frischem Sinsemillagras, ein paar alte Möbel, Familienerbstücke, alles umrankt von dreckiger Wäsche.

Isadora nahm die Einzelheiten in sich auf (während Bean sie umarmte) und dachte: Wie hübsch, wie hübsch, wie hübsch! Mein Leben fängt wieder und immer wieder von vorn an. Neue Liebhaber, junge Liebhaber machten ihr vor allem deshalb Spaß, weil sie ihr die Gelegenheit zu einem Neuanfang gaben – und zu noch einem und wieder einem. Zum erstenmal seit der Trennung sah sie das ständige Auf und Ab in ihrem Leben eher positiv als negativ. Sie hätte jubeln können. Es war, als sei sie wieder zwanzig und beginne noch einmal von vorn. Ob sie es wohl diesmal richtig machen würde?

Isadora und Bean küßten sich und küßten sich. Unter seinen Küssen wurde ihr Magen zu Brei, und ihre Möse tropfte. Ehe sie sich dagegen wehren, ehe sie einen klaren Gedanken fassen oder auch nur ein Wort sagen konnte, riß er ihr die Kleider vom Leib und vögelte sie wie ein Wahnsinniger auf dem ungemachten Bett. Sie hatte sich einzureden versucht, daß ihr perfektes Zusammenspiel in der vergangenen Nacht nur eine Täuschung, eine Einbildung, eine vorübergehende Laune gewesen sei – aber das stimmte nicht. Es war umwerfend, unglaublich, wie sie zusammenpaßten, gleichgültig, ob sie sich nur in den Armen hielten oder fickten wie brünstige Tiere.

Für sie beide schien der Sex weder Anfang noch Mitte oder Ende zu haben. Sie versetzten sich gegenseitig in purpurne Lustsphären, die im Irgendwo zu beginnen und im Nirgendwo zu enden schienen. Kaum waren sie fertig, begannen sie von neuem. Die Erregung erlosch keinen Augenblick, machte nie der unsicheren Frage Platz: »War's gut so, auch für dich?« Sie brauchten sich nicht zu vergewissern. Es war klar, daß zwischen ihnen eine kosmische Verbindung bestand, gewaltig und unermeßlich wie die Weiten des Alls. Es war, als strahlten sie beim Vögeln blaues Licht aus, jenes blaue Licht, von dem Wilhelm Reich kopulierende Paare umstrahlt sah. Wenn es die Reichsche Orgon-Energie gab, wenn etwas wie Kundalini-Energie existierte, dann hatten Bean und Isadora sie entdeckt. Alle Sorgen der Welt versanken ins Nichts angesichts dieser Kraft, dieses Feuers, das sie mit ihren Körpern entzündeten. Sie konnten es nicht aufhalten, konnten ihm nicht widerstehen: Es war der Pulsschlag des Kosmos. Isadora verlor sich in diesem Orkan, der über ihr Leben hereingebrochen war, und kümmerte sich nicht um Steuerprobleme, Geldprobleme, Joshprobleme. Alle Sorgen waren aufgehoben, solange sie in Beans Armen lag. Eine körperlose Stimme (ihre eigene?) drang schwach an Isadoras Ohr, als sie ihrem Körper entschwebte: »Es wird alles gut«, sagte die Stimme immer wieder. »Es wird alles gut.«

Nachher gingen Isadora und Bean zum Abendessen in ein japanisches Restaurant in Murray Hill. Sie saßen auf dem Fußboden eines kleinen, mit Papierwänden abgeteilten Raums und konnten weder die Hände voneinander lassen noch die Augen voneinander wenden.

»Ich liebe dich. Ich liebe dich. Ich liebe dich«, wiederholte er nach jedem Bissen *sushi.*

Ein Kobold verwirrte Isadoras Verstand und gab ihr so verrückte Dinge ein, wie *sushi* in ihre Möse zu stopfen und es von ihm herauslecken zu lassen, ehe die spröde, in einen Kimono gehüllte Serviererin zurückkam. Sie lachten so laut, daß sogar die Gesellschaft japanischer Geschäftsleute im angrenzenden Papierzimmer hereinzuspähen versuchte, als das Mädchen die Tür aufschob. Mit blinkenden Goldzähnen, die Kameras schußbereit vor dem Bauch, kicherten sie, bis die Papiertür wieder zugeschoben wurde.

Bean und Isadora tranken Sake und blickten sich in die Augen, die in diesem Moment von genau der gleichen Farbe waren: kornblumenblau mit gelben Sprenkeln.

»Bean, du bist der hinreißendste Mann, der mir je begegnet ist«, sagte Isadora.

»Das kann nicht sein. Ich bin bloß ein *Mann*. Vielleicht ist dir nur noch nie ein richtiger begegnet. Ich verdiene dich eigentlich gar nicht. Wenn es nicht so viele ausgeflippte, beknackte Typen gäbe, hätte ich den Stößel nie innen Mörser gekriegt.«

»Was?«

»Innen Mörser«, wiederholte er, fuhr mit der Hand unter ihren Rock und berührte die fragliche Stelle. »Mörser, Fut, Futteral, Sahnekrüglein, Honigtopf, Ritze, Flötenmundstück, Soßenschüssel, Samtpastete, Damendegen…«

»Woher kennst du bloß diese Ausdrücke?«

»Ich liebe den Sexualslang, besonders den der Shakespearezeit. Ich hab' mich auf der Uni damit beschäftigt.«

»Nein, so was! Stell dir vor: ich auch! Um ein Haar hätte ich meine Magisterarbeit über Shakespeares Sexualwortschatz geschrieben, aber dann bin ich auf die Literatur des achtzehnten Jahrhunderts umgestiegen.«

»Wahnsinn! Weißt du, Lady, wir sind enger miteinander verbunden, als du dir träumen läßt – auch wenn ich von schuldlosen angelsächsischen Protestanten abstamme, während du ein schuldgeplagter Jude bist.«

»Bei dir fühle ich mich überhaupt nicht schuldig.«

»Darum brauchst du mich ja auch. Ich bringe dir Schuldlosigkeit bei, wenn du mich Schuldgefühle lehrst, abgemacht?«

»Warum wünscht du dir Schuldgefühle, den Fluch der Juden?«

»Weil jeder Künstler eine angemessene Dosis davon braucht, um seine Rollen lebensechter zu gestalten. Meine Rasse, der Klüngel der schuldlosen angelsächsischen Protestanten, stirbt aus. Wir haben der Welt nichts mehr zu bieten oder jedenfalls nichts, was sie interessiert.«

»Und was haben die Juden der Welt zu bieten? Schuldgefühle?«

»Die Welt hat Schuldgefühle nie nötiger gebraucht als heute. Oder ein Gewissen, wie ich es lieber nenne. Und falls du es noch nicht gemerkt haben solltest: Die Juden sind das Gewissen der Welt. Darum sind sie ja so verhaßt. Seit wir uns begegnet sind, sehne ich mich danach, ein Jude zu sein. Weißt du, wenn sie die Juden wieder zusammentreiben, um sie in die Gaskammern zu führen, dann gehe ich lieber mit dir, als daß ich ohne dich weiterlebe. Ich liebe dich, Lady. Ich kann nicht mehr ohne dich leben, das weiß ich.«

Isadora betrachtete ihn skeptisch. »Wir kennen uns doch kaum, wie konntest du dich so schnell verlieben?«

»Nicht schnell genug.« Bean hielt ein vergessenes Stück *sushi* in der Rechten. »Ich hab' mich in dich verliebt, als ich dich zum erstenmal im Fitneßklub sah. Die letzte Nacht hat dann bloß meine Lust geweckt und mich etwas gelehrt, was mir bisher völlig unbekannt war: daß Lust und Liebe im selben Bett schlafen können.«

»Ich glaube, ich liebe dich auch.« Isadora hatte Mühe, ihre eigene Stimme zu erkennen. »Entweder ist es Liebe oder Vagabundentum, aber wie auch immer, jetzt gibt's kein Zurück mehr, verdammt...«

»Warum ›verdammt‹?«

»Weil man den ersten Schritt zum gebrochenen Herzen tut, wenn man sich verliebt.«

»Ich schwöre, daß ich dir nie das Herz brechen werde. Im Gegenteil, ich bin da, um alles zu heilen.«

»Das sagen sie alle – am Anfang.«

»Oh, du bist ganz schön zynisch! Was hat dich eigentlich so gemacht?«

»Das Leben auf diesem Planeten. Drei Ehen. Vier Jahrzehnte Erdendasein.«

»Und du hältst Zynismus für zuverlässiger als Hoffnung, hm?«

»Mir scheint, das lehrt uns alle die Erfahrung.«

»Nur wenn man sich jede Geschichte selbst zu Ende schreibt und die eigene Rolle dann bis zum bitteren Ende durchspielt.«

»Raffiniert. Sehr raffiniert. Ich wünschte, ich könnte den Zynismus überwinden, aber ich möchte mich nicht noch einmal zum Narren machen.«

»Und wann hast du das getan?«

»Als ich mit Josh zusammen war. Weil ich ihn so bedingungslos geliebt habe.«

»Ist das etwa was Schlechtes?«

»Schlecht nicht, aber ziemlich qualvoll, wenn die Beziehung in die Brüche geht.«

»Und deshalb wirst du nichts mehr anfangen, damit du auch nie mehr etwas zu beenden brauchst. Welch ein Entschluß für eine Heldin! Welch ein Entschluß für die mutigste Frau deiner Generation!«

»Reiz mich nicht – und schon gar nicht mit Schmeicheleien!«

Bean wirkte ehrlich zerknirscht. »Entschuldige! Ich weiß, wie schwer es ist, wieder Vertrauen zu fassen, wenn man arg verletzt wurde. Aber versprich mir eins, das ist alles, worum ich dich bitte...«

»Was?«

»...daß du mir ein bißchen Zeit gibst. Ich werde dir beweisen, wie sehr ich dich liebe, ganz gleich, wie lange es dauert. Ich will nur die Zeit dazu. Abgemacht?«

»Ich muß darüber nachdenken.«

»Schön, denk nach!« Er küßte sie, bis die Papiertür auf-, dann aber gleich wieder zugeschoben wurde, da die Serviererin merkte, daß sie störte, und, begleitet vom Knistern der Seide und vom Rascheln der Strohsandalen, verschwand.

ALMUDENA GRANDES

Pablo und Pablito

Ich fand auf Anhieb einen Parkplatz, was an einem Freitag wirklich erstaunlich war. Als ich die Wagentür abschloß, stieß einer von ihnen mich an.

»Pardon.« Der Tonfall, zuckersüß und geziert, war eindeutig.

Ich blickte ihnen neugierig nach, als sie die abschüssige Straße hinuntergingen.

Sie waren zu zweit. Der, der sich entschuldigt hatte, hatte braunes, extrem kurzes Haar, über den Ohren ein Stück abrasiert. Eine lange, glatte, blond eingefärbte Strähne hing ihm über einem Auge. Der andere, dessen Gesicht ich nicht sehen konnte, war dunkel. Er hatte sich das lockige Haar im Nacken zu einem kleinen Schwanz zusammengebunden.

Mit wiegendem Schritt stolzierten sie mitten auf der gepflasterten Straße. Der Kleinere strich sich ständig die Strähne aus dem Gesicht. Er trug ein hübsches, changierendes Hemd und eine dunkle, sehr eng anliegende Hose. Sein Freund, den ich sehr viel interessanter fand, zumindest von hinten, war ziemlich dunkel. Ein orangefarbenes Tuch, das er sich wie einen Gürtel umgebunden hatte, bildete den auffälligen Blickfang in seiner schlichten Aufmachung. Er trug ein schwarzes, tief ausgeschnittenes T-Shirt mit Spaghettiträgern und dazu eine ebenfalls schwarze weite Hose mit Gummizug an den Knöcheln.

KRAUS

Ich folgte ihnen mit einigem Abstand. Zeit hatte ich zur Genüge.

Zwei Ecken weiter winkte ihnen ein Typ zu, der unter einer Straßenlaterne an einem Auto lehnte. Von den Leinenschuhen bis zum Haarschmuck war er ganz in Weiß gekleidet. Er war sehr schön und sehr jung.

Er strahlte noch die typische Unsicherheit eines pubertierenden Jugendlichen aus.

Ich blieb vor einem Schaufenster stehen und beobachtete sie in der Scheibe. Der mit der blonden Strähne ging als erster auf den Jüngling zu und drückte ihm einen flüchtigen Kuß auf die Lippen. Dieser richtete sich auf und ging auf den Schwarzgekleideten zu, der mit verschränkten Armen mitten auf dem Bürgersteig stehengeblieben war. Der Knabe hängte sich an seinen Hals und küßte ihn auf den Mund. Ich konnte sehen, wie sich ihre Zungen ineinander verschlangen, während sie sich leidenschaftlich umarmten.

Zu dritt gingen sie die Straße weiter hinunter, der mit der Strähne hielt sich ein wenig abseits. Die anderen beiden hatten einander an der Taille umfaßt. Der Dunkle tätschelte ab und zu das Hinterteil des Weißgekleideten und versetzte ihn ein paar leichte Klapse darauf.

Ich folgte ihnen ohne bestimmte Absicht. Ich freute mich nur, daß ich sie getroffen hatte, ich hatte Glück gehabt.

Sie bogen in eine Gasse ein. Ich spähte um die Ecke und sah, wie sie eine Bar betraten, in der ich während meiner Studienzeit häufig verkehrt hatte. Die Vorstellung, daß aus diesem roten Nest jetzt ein Treffpunkt von Schwulen geworden war, fand ich absolut komisch.

Ich ging an der Tür vorbei, konnte sie aber nicht sehen. Ein paar Vierzigjährige, Typ progressive Lehrerin, die man noch vor ein paar Jahren wohl eher als aufgeklärte

Jungfern bezeichnet hätte, hockten auf den Stühlen an der Bar. Neben ihnen ein junges Pärchen, Junge und Mädchen, das andächtig miteinander flirtete.

Ich ging hinein, um zu telefonieren.

Sie standen in einer Ecke. Ich ließ meinen Blick kurz über das Lokal schweifen. Hier war alles vertreten, alle möglichen Leute, so daß ich mich zum Bleiben entschloß. Ich stützte mich auf die Theke und bestellte etwas zu trinken.

»Ja?« hörte ich die Stimme meines Bruders am anderen Ende der Leitung.

»Marcelo? Ich bin's, hör mal, es tut mir leid, aber ich kann nicht zum Essen kommen.« Ich versuchte, möglichst schleppend zu sprechen. »Ich habe den ganzen Nachmittag gebechert, mit einer Freundin, die sich gerade von ihrem Typen getrennt hat, und jetzt bin ich reichlich breit. Weißt du, ich würde lieber nach Hause gehen und schlafen, sag Mercedes, daß es mir schrecklich leid tut, nächste Woche…«

»Ente«, er schien besorgt. Ich wußte, was er mich jetzt fragen würde. »Ente, bist du in Ordnung?«

»Ja, natürlich, betrunken, aber in Ordnung.« Seitdem ich Pablo verlassen hatte, schien Marcelo außerordentlich um mein Befinden besorgt.

»Sicher?« Er glaubte mir nicht.

»Aber ja doch, Marcelo, mir geht's gut, ich hab nur zuviel getrunken, weiter nichts.«

»Soll ich dich abholen?«

»Komm, Alter, ich bin dreißig Jahre alt, da werde ich wohl allein nach Hause gehen können…«

»Stimmt, ich vergesse das immer, entschuldige.«

Er hatte nie aufgehört, mich wie ein kleines Mädchen zu behandeln. In der Hinsicht war er genauso wie Pablo, aber mich hatte das nie gestört, ich hatte meinen Bruder ja auch immer bewundert.

»Ruf mich morgen an, okay?«

»Okay.«

Während ich einen Schluck trank, fragte ich mich, warum ich eigentlich hier hereingekommen war und das Essen bei Marcelo abgesagt hatte, was ich mir von all dem hier versprach. Gleich darauf sagte ich mir, daß ich gar nichts Besonderes erwartete. Ich war hereingekommen, um sie zu betrachten, und genau darauf konzentrierte ich mich jetzt.

Sie standen immer noch an der anderen Ecke der Bar. Ich konnte sie nach Herzenslust beobachten. Sie sahen mich mit Sicherheit nicht, denn ich saß halb verborgen am Ende der Theke.

Der schöne Jüngling und der Dunkle waren ein Paar, dessen war ich mir ziemlich sicher. Ein schönes Paar. Ungefähr gleich groß, etwas über ein Meter achtzig beide, und beide strahlten sie eine selbstbewußte Lässigkeit aus. Der Dunkle hatte einen wunderschönen Körper, griechisch, breite Schultern, gestählten Brustkorb, lange, kräftige Arme und Beine, nicht ein Tropfen Schweiß, und seine Muskeln waren genauso, wie sie sein sollten. An denen arbeitet er gewissenhaft, dachte ich, wie meine kalifornischen Jungen. Sein Gesicht war breit und kantig, die Augen dunkel, sehr groß, er war nicht häßlich, das nicht, aber insgesamt wirkte sein Gesicht hart, paßte nicht zu dem Zöpfchen und genausowenig zu seiner schwulen Veranlagung. Ob er wollte oder nicht, er sah aus wie ein südländischer Macho, einer von denen, die ihre Frauen mit dem Riemen schlagen, und an diesem Eindruck würde auch seine ganze Gymnastik nichts ändern.

Sein Liebhaber war ein Beau, ein absolut androgyner Typ. Sehr schlank, und er hatte etwas Schmachtendes an sich, das an den Liebreiz der klassischen Epheben erinnerte, obwohl er zu groß und zu kräftig, insgesamt zu maskulin war, um vollkommen in dieses Bild zu passen. Aber genau das war es, was mir am meisten an ihm gefiel. Diese kindlichen, weibischen Epheben ertrage ich nicht, die lassen mich kalt. Er hatte einen perfekten Hintern, fest und rund, die Linien zeichneten sich deutlich ab unter dem dünnen Stoff seiner bauschigen weißen Hose. Das Oval seines Gesichts war ebenfalls perfekt geformt. Rosige Wangen, sanft blickende, mandelförmige braune Augen, von langen gebogenen Wimpern umrahmt, die Lippen dagegen waren schmal und hart, die Nase klein und der Hals dünn und lang. Der macht sie verrückt, dachte ich.

Sie redeten miteinander und sahen sich unentwegt an. Anfänglich lächelten sie sich zärtlich an, dann aber schien ihre Unterhaltung eine andere Wendung zu nehmen. Der mit der gefärbten Strähne, der mir überhaupt nicht gefiel, weil er so nach gewöhnlichem Schwulen aussah, obwohl er auf die klassischen Accessoires wie lange Fingernägel, Rouge und so weiter verzichtet hatte, warf sich zwischen die beiden. Augenblicklich nahm der Jüngling eine devote Haltung ein. Er streichelte die Arme seines Freundes, ließ seine Hände über dessen Muskeln gleiten, lehnte seinen Kopf an dessen Schulter, küßte ihn auf den Hals; es sah so aus, als beteuere er, daß er ihn selbstverständlich liebe. Aber der Dunkle kehrte den Macker raus. Seine Gesten wurden heftiger, sogar brüsk, vor allem in dem Maße, wie sich das, was ich für einen Streit hielt, entwikkelte. Der Jüngling schien zu allem bereit, nur um sich bei ihm einzuschmeicheln. Mit seinem Gesichtsausdruck, seinen Händen, mit all seinen Gesten bat er um Entschuldigung. Es nützte ihm nichts, er wurde abgewiesen. Die Athletenarme stießen ihn zurück, und der mit der Strähne grinste fröhlich, er war zufrieden, aber auch er bekam seinen Teil ab. Der Dunkle schrie ihn an und schüttelte ihn erbarmungslos. Er schien genug von den beiden zu haben. Der Jüngling wandte sich ab, lehnte sich an eine Konsole an der Wand und verbarg seinen Kopf zwischen den Armen, als sei er wirklich verzweifelt. Das erweichte den Macker, der schließlich auf ihn zuging, ihn von hinten umarmte und sein naturblondes Haar streichelte. Der Jüngling drehte sich wieder um, und sie küßten sich so leidenschaftlich wie vorhin, als sie sich trafen. Jetzt taten sie so, als sei nichts passiert.

Ich hatte meinen Spaß. Ich bestellte noch einen Drink, ohne dabei den Blick von ihnen zu wenden.

»Wie andere sind die Homosexuellen genauso Menschen wie du und ich.«

Vollkommen überrascht fuhr ich herum, nicht so sehr wegen der eigentümlichen Satzbildung, sondern wegen der mysteriösen Identität meines Gesprächspartners.

Hinter der Theke funkelte mich ein Jüngling von ähnlichem Aussehen wie der Typ mit der Strähne böse an.

»Zweifelsohne«, antwortete ich und drehte mich zu ihm.

»Dann begreife ich nicht, warum du Jimmy so anstarrst.« Dieser hier war entschieden häßlich, der Arme.

»Ich weiß nicht, wer Jimmy ist.«

»Meinst du das ernst?« Meine Antwort hatte ihn augenscheinlich vollends aus der Fassung gebracht.

»Das meine ich ernst.«

»Das ist der Dunkle, aber ich verstehe nicht, wenn du ihn nicht kennst… warum glotzt du ihn dann so an?«

»Weil er mir gefällt.«

»Er gefällt dir?« Er brach in Lachen aus. »Nur damit du klar siehst, Alte, der ist schwul, verstehst du, absolut schwul, der kleine Blonde da ist sein Freund.«

»Das habe ich bereits mitbekommen.« Ich sah ihn mit ernstem Blick an und legte eine Pause ein. »Ich bin zwar eine Frau, aber nicht blöd, ist das klar?« Ich ließ ihm nicht mal Zeit zum Nicken. »Und mir gefällt er, weil er schwul ist, nur deshalb, kapiert?«

»Nein.« Er war dermaßen verblüfft, daß ich lachen mußte.

»Mir gefallen Homosexuelle, schlicht und einfach. Sie gefallen mir, sie machen mich an.«

»Sexuell... meinst du?«

»Ja.«

Er stockte, stand da wie vom Donner gerührt, erstarrt, das Glas in der Hand.

»Ich kann mir nicht vorstellen, was daran so ungewöhnlich ist. Die Männer, ich meine heterosexuelle Männer, stehen doch auch auf Lesben, zumindest hübsche Lesben, und niemand findet das unnormal.«

»Also, das ist das erste Mal in meinem Leben, daß ich so was höre...«

»Dann bist du noch verdammt jung.« Auch wenn ich darüber nichts Genaueres wußte, wollte ich einfach nicht glauben, daß mein Begehren so ungewöhnlich war.

Ungewöhnliches Begehren gibt es einfach nicht.

»Das erste Mal...«, wiederholte er verwirrt und schüttelte den Kopf, während er mir nachschenkte.

Ein paar Minuten später kam er auf das Thema zurück.

»Willst du damit sagen, du hättest Lust, mit denen ins Bett zu gehen... auch wenn sie nichts mit dir machen, ich meine, nur so dabeisein, ihnen zugucken, zum Beispiel?« Auf seinem Gesicht spiegelte sich immer noch Verwirrung, er sah mich an, als habe er ein exotisches Tier vor sich.

»Zum Beispiel«, antwortete ich, »das würde mir gefallen.«

»Soll ich mit ihnen reden?« Ich musterte ihn mißtrauisch von der Seite. Er machte einen durchaus hilfsbereiten Eindruck, bar jeglichen Geschäftsinteresses, zumindest im Augenblick.

»Bitte«, erwiderte ich, und erst dann wurde ich mir der verzwickten Situation bewußt, in die ich mich ganz allein, ohne das Zutun anderer, hineinmanövriert hatte.

Er verschwand durch eine offene Tür hinter der Theke. Kurz darauf sah ich ihn mit Jimmy und dessen Liebhaber, oder was der auch immer sein mochte, sprechen.

Der Kellner schien ihnen den Sachverhalt zu schildern, als handle es sich um einen Witz, die ganze Zeit lachte er lauthals. Der kleine Blonde schien es ebenfalls komisch zu finden. Jimmy nicht. Der starrte mich nur an. Ich hielt seinem Blick stand und fragte mich, was ich wohl tun würde, wenn sie Geld forderten. Es war beschämend, dafür zu zahlen, daß man mit einem Mann ins Bett ging, sehr viel beschämender als zu kassieren, andererseits waren sie keine Männer, das heißt, nicht in diesem Sinne.

Die beiden berieten sich eine Weile. Der Kellner hielt sich solange im Hintergrund. Dann rief Jimmy diesen Menschen mit der Strähne dazu, und der klinkte sich in die Diskussion ein, wobei er mich fortwährend mit riesengroßen Augen anstarrte. Sie brauchten ziemlich lange, um zu einer Einigung zu kommen. Anschließend wechselte der kleine Blonde ein paar Worte mit dem Kellner, und die beiden kamen auf mich zu.

Der Liebhaber von Jimmy näherte sich mir und drückte mir zwei Küsse auf die Wangen.

»Hallo, ich heiße Pablo.«

»Ach, wie reizend...«

»Warum sagst du das?« Meine Bemerkung war wohl unhöflich gewesen, ich hatte ihn beleidigt.

»Ach, aus keinem speziellen Grund, ist nur so eine Manie, wirklich... es hat nichts zu bedeuten.« Aber sein Gesicht blieb unverändert starr, nicht ein Muskel zuckte. Deshalb fühlte ich mich genötigt, es ihm zu erklären. »Mein Mann heißt auch Pablo, und da ich ihn gerade verlassen habe...«

»Ach so«, er grinste mich an. »Was für ein Zufall!«

»Ja...«, ich wußte nicht, was ich sagen sollte.

»Kannst du mal aufstehen?« fragte er mich. »Mein Freund möchte dich ansehen.«

Damit hatte ich nicht gerechnet.

Ich stand auf und drehte mich einmal langsam um die eigene Achse. Dann setze ich mich wieder und sah Jimmy an. Sein Liebhaber sah ihn ebenfalls an und hob eine Hand mit emporgestreckten Daumen. Der Typ mit der Strähne stand schweigend daneben.

»In Ordnung.« Der Blonde sah mich an. »Und wie steht's mit Knete?«

»Könnte schon sein...« Nie zuvor, so glaube ich, hatte ich einen Satz mit so wenig Überzeugung ausgesprochen.

»Dreißig Riesen für jeden.«

»Aber klar doch! Sonst noch was?« Ich wußte nur allzu gut, wie unerfahren ich war. Ich konnte sogar verstehen, wenn sie die Gelegenheit nutzen, um mich gründlich auszunehmen. Aber ganz so dumm war ich nun auch wieder nicht.

»Zwanzig. Das ist mehr als genug.«

»Fünfundzwanzig...«

»Zwanzig.« Ich sah ihm ins Gesicht, konnte aber darin nichts lesen. »Zwanzig Riesen. Das ist mein letztes Angebot; ich will ja nur zugucken...«

»Einverstanden«, antwortete er schnell. Er schien nicht im geringsten unzufrieden.

Bravo, Lulú, dachte ich, da bist du mal wieder schön reingelegt worden.

»Zwanzig für jeden«, wiederholte er.

Er hätte auch Fünfzehn oder Zwölf akzeptiert, dachte ich.

»Vierzig...« Nachdenklich wiederholte ich das zwei- oder dreimal, als könnte ich mir unter der Zahl überhaupt etwas vorstellen. Es kam mir reichlich teuer vor, eine schöne Stange Geld, aber schließlich konnte ich mir eine solche Laune mal erlauben, natürlich nicht so oft, aber gut, einmal im Leben... In Wahrheit hatte ich nicht einmal eine Vorstellung, was eine Nutte kostete, und die mußten teurer sein. Vielleicht auch nicht. Aber wenn eine Frau Kunde war, waren sie dann teurer oder nicht? Wie sollte ich das auch wissen. Pablo hätte sicher gewußt, wie er sich zu verhalten hätte, aber er hatte mir nicht einmal sagen wollen, wieviel er Ely in jener Nacht gegeben hatte. Ely war ein Transvestit, aber die hier schienen nicht mal Professionelle zu sein. Ich war heillos verunsichert.

»Nein. Sechzig.« Der überraschende Einwurf des kleinen Blonden unterbrach abrupt meine mühsame Gedankenarbeit.

»Wieso Sechzig?« Ich sah ihn entrüstet an. »Wir hatten Zwanzig für jeden ausgemacht. Zwanzig und Zwanzig macht Vierzig.«

»Aber wir sind zu dritt.«

»Und wer ist der Dritte?«

»Mario, dieser da, der bei Jimmy steht...«

»Der mit der Strähne?«

Er nickte.

»Auf keinen Fall, der nicht, den mag ich nicht.«

»Es ist nur...« Er warf mir einen bitteren Blick zu, es schien ihm unangenehm zu sein. »Es ist nur, wenn er nicht dabei ist, wird Jimmy es auch nicht machen.«

»Und warum nicht?«

»Naja, es ist...«, er wurde rot. »Mario ist sein Freund.«

»Ach, Jimmy ist nicht mit dir zusammen?«

»Doch...«, bestätigte er. »Aber auch mit Mario.«

»Ihr seid ein Trio?« Das war durchaus denkbar, aber er schüttelte schnell den Kopf. »Ach...« Auf einmal begriff ich, nun war mir ihr Streit von vorhin klar. »Ihr seid zwei Paare mit einem austauschbaren Dritten, im wahrsten Sinne des Wortes...«, ich blickte ihn aufmerksam an. Von nahem war er noch hübscher. »Was ich nur nicht verstehe... ich verstehe nicht, wie du so blöd sein kannst. Du hast es doch nicht nötig, dir mit jemandem einen Typen zu teilen, niemals, du könntest Hunderte haben, die nur auf dich warten...«

»Das geht dich nichts an.«

»Stimmt«, gab ich zu. »Also, den mit der Strähne will ich nicht. Wenn er unbedingt mitkommen muß, soll er, aber ich gebe euch nur Vierzig... nicht eine Pesete mehr, wenn ihr wollt, teilt das unter euch, das geht mich nichts an.«

Er blickte mich einen Augenblick schweigend an. Dann drehte er sich um und informierte mit gesenktem Kopf das Komitee. Die beiden diskutierten mit ihm, sie schienen mit dem Handel nicht einverstanden, der kleine Blonde zuckte nur die Achseln, schließlich einigten sie sich, und er kam zu mir zurück.

»Gut, geht in Ordnung, aber ich habe ihnen gesagt, es würden Fünfundvierzig, Fünfzehn für jeden.« Er sah mich entschuldigend an. »Es ging nicht anders, wirklich... du bezahlst mich später, ich nehm dann nur Zehn, und fertig.«

»Du bist doch verrückt, Kleiner!« Ich war wirklich empört; was mit diesem Jungen passierte, kam mir wie die reinste Vergeudung vor.

Er stand nur stumm da. Aber ich wollte noch ein paar Dinge klarstellen.

»Wo machen wir es?«

»Bei dir…«, er sah mich erstaunt an. »Oder nicht?«

Darüber mußte ich kurz nachdenken. Inés war übers Wochenende bei Pablo, das war also kein Problem. Ich war mir nur nicht sicher, ob ich sie in meine Wohnung lassen wollte. Klar, wenn wir in ein einigermaßen anständiges Hotel gingen, würde es mich noch teurer zu stehen kommen. Ich müßte ja zahlen, und mit den vierzigtausend Eiern, die mich der Spaß kostete, war es eigentlich genug. Aber ich konnte die Wahl des Hotels auch nicht ihnen überlassen. Ich konnte der Kaschemme, in die sie mich abschleppen würden, unmöglich trauen. Also, dachte ich schließlich, am besten gehen wir doch zu mir.

»In Ordnung«, sagte ich. »Ihr habt kein Auto, oder?«

»Nein, aber Jimmy hat ein Motorrad. Er kann damit fahren. Ich fahre mit dir, wenn es dir nichts ausmacht, und bitte, fang nicht wieder an, mich zu beleidigen.«

Ich schrieb ihm die Adresse auf eine Papierserviette, und er brachte sie seinem Freund. Auf einmal ekelten sie mich an, Jimmy ekelte mich an. Ich war kurz davor, alles zu bereuen und einfach rauszurennen. Aber da kam der kleine Blonde zurück und hängte sich an meinen Arm.

Wir traten auf die Straße und gingen zu meinem Wagen, anfangs schweigend, dann griff ich ein abgedroschenes Thema auf, der Zauber des alten Madrid oder so ähnlich. Er taute richtig auf.

Auf dem Weg plauderten wir, und, wie sie es alle tun, erzählte er mir sein Leben.

»Ich bin ein merkwürdiger Typ, du glaubst es gar nicht«, bekannte er. »Zum Beispiel mag ich meine Alte nicht.«

»Ich mag meine Mutter auch nicht«, erwiderte ich. »Du siehst, da haben wir etwas gemeinsam.«

Er erzählte, er sei vierundzwanzig, aber das nahm ich ihm nicht ab, höchstwahrscheinlich war er noch nicht einmal zwanzig. Er war bis über beide Ohren in Jimmy verliebt, er war sein erster Mann. Er erzählte mir die Geschichte, und seine Schilderung bestätigte nur meinen ersten Eindruck, daß sein Liebhaber nämlich nichts weiter als ein ekelhafter Kuppler war.

»Manchmal würde ich alles dafür geben, daß mir Frauen gefallen, wirklich, alles.«

Er war ein Kind, ein dummes und reizendes Kind. Er erinnerte mich stark an Ely.

Aber er war hart im Nehmen und schlug sich ganz gut durch.

Vor dem erleuchteten Eingang einer Bank hielt ich an und holte Dreißigtausend aus dem Automaten. Ich wollte Zehn davon für den Einkauf am nächsten Tag zurückbehalten, und zu Hause hatte ich nur noch Fünftausend.

Ich erinnere Bruchstücke, Fragmente, unvermutete intensive Details.

Ungeachtet der ständigen Erniedrigungen war er der Favorit, da war ich mir sicher.

Sie ließen ihn nicht mitmachen, zumindest zu Anfang. Er saß neben mir und mußte alles mitansehen. Jimmy geilte Mario langsam und genüßlich auf. Sein Mund flüsterte ihm zärtliche Sätze, Worte der Liebe und des Begehrens zu, seine Arme legten sich sanft um ihn, verstärkten ihren Druck, drehten ihn schließlich brüsk um und zwangen ihn, mehr fliegend als gehend ein paar Schritte zu machen. Dann bauten die beiden sich vor uns auf. Mit einer Hand preßte Jimmy fest gegen das Geschlecht seines Freundes, der seine Beine spreizte, mit der anderen Hand strich er ihm einmal über den Hintern. Beide Hände fingen an, sich zu bewegen, rieben das Fleisch unter dem Stoff, die Fingerspitzen berührten sich zwischen den Schenkeln und kehrten wieder zum Ausgangspunkt zurück. Die Handflächen rieben so heftig auf der dunklen Hose, als wollten sie den Stoff zum Glänzen bringen, immer schneller, das Geschlecht wuchs, wurde hart, zeichnete sich eindeutig unter dem Stoff ab, war nun steif, drohte jeden Moment die prallgefüllte Hose zu sprengen, seine Schenkel zitterten, die Zunge schob sich zwischen seinen Lippen hervor, sein Gesicht verzerrte sich, bis es einen viehischen Ausdruck hatte, zum Gesicht eines geistig Zurückgebliebenen wurde, der grunzt und keucht, nicht sprechen kann, die Augen nicht offen halten kann. Nicht einmal den Kopf konnte er ruhig halten.

Sie sind wie Tiere, dachte ich, kleine schöne Tiere, mit Haut und Haaren von dem Strudel einer unmittelbaren, absoluten, sich selbst genügende Lust fortgerissen.

Blitzschnell hatte Jimmy seinen Freund aus der hinderlichen Kleidung befreit. Dann umschloß er mit einer Hand fest das Geschlecht seines Geliebten, tauchte den Zeigefinger in die Spalte seiner Pobacken, ließ den Finger langsam tiefer gleiten und drang in ihn ein, während er ihn gleichzeitig mit der anderen Hand wichste. Dabei sah er mir in die Augen.

Einem unkontrollierten Impuls folgend krümmte Mario sich nach vorn, ich schloß kurz die Augen und sah dann Pablito an. Auch er schaute ihnen mit geröteten Augen zu. Er biß sich unentwegt auf die Unterlippe, die schon dunkelrot angelaufen war. Zweifelsohne war er der Favorit, aber dessen war er sich nicht bewußt. Er war zu jung, um es zu begreifen. Ich hätte ihm gern etwas gesagt, zum Beispiel, daß die älteren Männer manchmal auf seltsame Art und Weise liebten. Ich weiß, wie dir zumute ist, ich habe so etwas auch schon erlebt. Aber meine Geilheit war stärker als das Mitleid, so daß ich ihm nur die Hand gab. Er drückte sie, ohne mich anzublicken. Jimmy hatte das alles mitbekommen, rief ihn zu sich und sah mich mit herausforderndem Blick an. Ich hielt seinem Blick stand, ich hatte begriffen, ich würde mich nicht wieder in sein komplexes Gefühlsleben einmischen. Er würde die Anweisungen erteilen, ich nur zusehen. Und dann setzte die von Anfang an geplante Zeremonie der Erniedrigung Pablitos ein, er wurde eine gelenkige Puppe, das Objekt unter den Objekten. Ich erinnere Bruchstücke, Fragmente, unvermutet intensive Details. Die anderen beiden sahen sich in die Augen, streichelten sich begierig, während er sie gleichzeitig befriedigte, seine schmalen, brutalen Lippen waren zu einer grotesken Grimasse verzerrt, bis ein Fuß ihn zurückstieß, ihn mit Gewalt zu Boden warf, und er mir zu Füßen fiel. Er jammerte und wartete darauf, nochmals bestraft zu werden, er gehorchte, verschaffte ihnen wieder Lust und nahm im Austausch dafür Schläge und Beschimpfungen hin. Jimmy bedrohte ihn und spreizte gleichzeitig mit seinen Händen die Hinterbacken von Mario, der nun auf allen vieren auf dem Sofa kauerte. Pablito rückte mit seinem Kopf zu Mario heran, streckte die Zunge heraus und tauchte sie gehorsam in das verabscheute Fleisch, leckte seinen Rivalen, der wie ein quengeliges Baby wimmerte. Jimmys Hände ließen nicht los, sie krallten sich immer noch in Marios Hintern, was ihn aber nicht daran hinderte, seine Stellung zu wechseln. Er beugte sich über Mario und krümmte sich, um mit seinem Mund an das aufgerichtete, steife und dunkelrote Geschlecht zu gelangen. Er stöhnte, um sich anzukündigen, und dann blies er ihn, langsam, lange und laut, damit Pablito, der ihn nicht sehen, aber sehr wohl hören konnte, genau mitbekam, warum der dritte unter ihnen vor Wollust verging, der Gipfel der Demütigung für Pablito, während ich mich kaum noch zurückhalten konnte. Ich hatte beschlossen, es mir erst zu machen, wenn sie weggegangen waren. Es kam mir unwürdig vor, mich dort, vor ihren Augen, zu krümmen, so allein und so ganz anders als sie, ich wäre mir furchtbar lächerlich und erbärmlich vorgekommen. Mit den Fingerspitzen berührte ich meine Brustwarzen, streichelte meine Schenkel. Ich war immer noch bekleidet. Ich spürte, wie mein Körper sich anspannte. In diesem Moment fragte Jimmy, ob ich mich nicht ausziehen wolle. Der Tonfall, in dem er mich fragte, klang wie eine Einladung. Ich tat es, ich zog mich vollständig aus und hörte ihn sagen: Sieh mal, das hier ist eine Frau, sieht verdammt gut aus. Pablito sah mich an, er wirkte beunruhigt, Mario lachte lauthals. Gefällt sie dir nicht? Pablito antwortete nicht. Ich fühlte mich unendlich verkommen und schmutzig, denn dieser Jimmy war nichts anderes als ein widerlicher Zuhälter, ein Loddel der allerschlimmsten Sorte. Aber in jenem Augenblick hätte ich ihm sogar die Schuhsohlen abgeleckt, wenn er es mir befohlen hätte. Ich ging auf ihn zu und legte mich auf den niedrigen Tisch. Ich legte mich auf den Rücken und befolgte seine Anweisungen. Er sprach weiter: Du hast doch noch nie eine Frau gevögelt, stimmt's? Pablito protestierte, behauptete, doch, natürlich hätte er das schon gemacht, aber er log, sogar ich merkte es. Na, dann wird es mal Zeit, du bist nun alt genug, um es auszuprobieren. Mario erstickte fast vor Lachen. Keine Sorge, ich werde dir helfen. Ich stützte mich auf die Ellbogen, um sie beobachten zu können. Pablito weinte, bettelte und flehte, er wollte nicht. Jimmy hielt ihn fest und lächelte finster. Ich fragte mich, wie er ihn dazu zwingen wollte, mich zu vögeln, mit diesem schlaffen Geschlecht, das ihm zwischen den Schenkeln hing. Knie dich auf den Tisch. Pablito kam auf mich zu und kniete sich mit eingezogenen Schultern auf den Tisch, die Arme schlakkerten kraftlos an seinem Körper, er hielt den Kopf gesenkt, weinte und sah mich an. Ich empfand kein Mitleid mehr mit ihm, jetzt nicht, jetzt war er nur noch ein Tier, ein geprügelter, mißbrauchter Hund und unendlich begehrenswert. Und nun reiße ich dir den Arsch auf, mein Liebling. Jimmy näherte sich ihm von hinten, streichelte seine Brust und kniff ihn mit den Fingernägeln in die Brustwarzen. Ich werde ihn dir in den Arsch stecken, und du wirst vor Lust sterben. Seine beiden Hände legten sich um Pablitos Geschlecht und begannen, es mit erfahrenen Handgriffen zu streicheln und zu massieren, aber es wollte einfach nicht wachsen. Jimmy hatte eine zu seinem Körper passende Stimme, eine herrliche Männerstimme. Du weißt ganz genau, daß er steif wird, du wirst gar nicht umhin können, wenn ich ihn dir reinstecke, und dann mußt du deinen Schwanz nur dem Mädchen da in die Möse, dieses kleine Loch da, stecken, komm schon, es wird dir vielleicht sogar gefallen. Mario lachte wieder, Pablito schloß die Augen, nun weinte er nicht mehr, aber er litt. Und dennoch konnte er sich nicht dagegen wehren, daß sein Geschlecht allmählich anschwoll. Jimmy beugte sich über ihn und flüsterte ihm etwas ins Ohr, ich konnte seine Worte nicht verstehen, wohl aber die Wirkung beobachten: eine blitzartige Erektion. Da stieß Jimmy ihn nach vorn, zwang ihn über mir auf alle viere und drang in ihn ein, entriß ihm einen Schrei, der nichts Menschliches mehr an sich hatte. Seine Hand ließ das Geschlecht seines Freundes nicht los. Er wichste und durchbohrte ihn gleichzeitig, bis er beschloß, daß es genug sei. Du, streck deinen Arsch hoch. Ich schob meine geschlossenen Fäuste unter die Nieren und reckte mich so hoch ich konnte, meine Beine zitterten, mein Geschlecht bebte. Er selbst führte seinen Liebsten, es war seine Hand, die Pablitos Schwanz hielt, während dieser in mich eindrang. Fast gleichzeitig fühlte ich, wie etwas gegen meinen Kopf preßte, ich blickte hoch und sah, daß es Marios Schenkel waren. Von der anderen Seite war er an den Tisch herangekommen und hielt sein Geschlecht in der Hand, streichelte es vor Pablitos Nase, der es kurz mit einem resignierten Seufzer anblickte und dann in den Mund nahm. So ging es eine Weile, man hatte ihn bis zur letzten Ritze ausgefüllt, ausgenutzt. Er befriedigte uns alle drei, vermittelte mir notgedrungen, gegen seinen Willen, die Stöße, die er von seinem Geliebten erhielt. Das Wissen, daß er in mir keine Lust verspürte, minderte nicht im geringsten die Intensität meiner eigenen, im Gegenteil, ich war befriedigt, alle meine Erwartungen hatten sich erfüllt. Sie waren wie Tiere, herrlich, brutal, ehrlich, gewalttätig, Sklaven ihrer Begierde, launisch wie kleine Kinder, unfähig, ihre Lust zu zügeln. Auch ich hielt mich nicht länger zurück, ich verging unter Pablito, während ich zusah, wie er sein letztes Pfand einlöste, Marios Schwanz, der in seinen Mund hinein und wieder heraus glitt. Und schließlich die endgültige Erschütterung, die ich auslöste, ich konnte nicht mehr, ich verlor mich in einem gewaltigen Orgasmus. Ein stöhnender Chor fiel in mein Stöhnen ein. Alles um mich herum erbebte, alles war in Bewegung, ein Samentropfen fiel auf meine Wange, und da endlich schaffte es Pablito, seine verspätete und gewaltsame Initiation zu einem befriedigenden Abschluß zu bringen, indem er sich in mir ergoß.

Morgen werde ich an all das denken.

Ich knabberte gerade an einem Blätterteiggebäck – die mit Pinienkernen waren schon alle –, als ich die Klingel hörte.

Morgen werde ich an all das denken, an den entsetzlichen Katzenjammer, der mich überfallen hat, das Gefühl von Ernüchterung und Scham am Schluß, als sie mich allein zurückließen, nackt, auf dem Tisch. Ich konnte nur noch daran denken, daß ich sie bezahlen mußte. Ich fühlte mich so elend, so schutzlos. Sie redeten untereinander, sie hatten keinerlei Bedeutung für mich, ich kannte sie nicht, und sie mich auch nicht, aber ich mußte sie bezahlen und tat es auch. Danach verabschiedete ich mich linkisch, ließ Pablito stehen, der die Scheine zählte, und begab mich ins Badezimmer. Dabei dachte ich nur, daß ich immerhin noch Glück gehabt hatte, sie hätten mich auch ausrauben können, was weiß ich. Nur mir hatte das passieren können, daß ich sie mit in meine Wohnung genommen hatte. Ich drehte die Dusche auf und wartete ab, bis ich die Tür zuschlagen hörte. Ich sah nach, um mich zu vergewissern, ob ich nun auch tatsächlich allein war, dann stellte ich mich unter den heißen, dampfenden Strahl, um die lauwarmen Tropfen abzuwaschen, die möglicherweise noch auf meiner Haut klebten. Morgen werde ich an all das denken. Ich sagte es mir immer wieder, morgen, während ich mich anschickte, die Tür zu öffnen.

Pablito heulte, er lehnte am Türrahmen und hielt sich einen Arm vor das Gesicht.

Nach einigen Minuten des Schweigens, unterbrochen nur von den unkontrollierten Schluchzern, die drohten, seinen Brustkorb zu sprengen, suchte ich nach Worten. Mir fiel nichts Gescheiteres als die blödsinnige Frage »Hast du was vergessen?« ein.

Er nahm den Arm von seinem Gesicht, sah mich an und schüttelte den Kopf. Als ich schon glaubte, er habe sich allmählich beruhigt, brach er wieder in Geschluchze aus, das zu einer ohrenbetäubenden Lautstärke anschwoll. Da bedeutete ich ihm, er solle hereinkommen. Wenn er so weiterheulte, würde er noch alle Nachbarn aufwecken.

Ich legte ihm einen Arm um die Schultern. Ich war gerührt, noch nie hatte ich jemanden so weinen, noch nie so eine Hilflosigkeit gesehen. Er ist unglücklich, sehr unglücklich, dachte ich, und deshalb legte ich ihm einen Arm um die Schultern, aber er schlang mir sofort die Arme um den Hals, ließ sich vollkommen fallen und heulte weiter. Da er weitaus mehr wog als ich, vor allem in diesem Zustand, mußten wir unweigerlich hinfallen. Mir wäre es aber unhöflich vorgekommen, ihm zu sagen, er solle mich loslassen, darum steuerte ich uns so, daß wir wenigstens auf das Sofa fielen.

Ich strich ihm übers Haar. Auch er trug es zu einem kleinen Zopf zusammengebunden. Zwanzig Minuten vergingen, bis er in der Lage war zu sprechen.

»Kann ich hier schlafen?« Seine Bitte überraschte mich beinahe mehr als sein Weinkrampf. »Es ist nur, ich weiß nämlich nicht, wohin ich gehen soll…«

»Natürlich kannst du hierbleiben, obwohl ich es nicht verstehe.« Ich betrachtete ihn eine Weile, suchte nach Wunden, Prellungen, Einstichen, nach irgend etwas, was mir vorhin entgangen sein könnte, aber ich entdeckte nichts Neues, nichts, was seinen Zustand hätte erklären können. Er sah nach allem möglichen aus, nur nicht wie jemand, der auf der Straße sitzt. »Hast du kein Zuhause?«

»Doch, ich wohne mit Jimmy zusammen, aber wir hatten Streit... er hat mir gesagt, er denke nicht daran, meine Eifersuchtsanfälle zu ertragen, ich sei eine Hysterikerin... Mario schläft bei ihm... heute... und das nach dem, wozu er mich gezwungen hat... jetzt darf ich nicht einmal mehr bei ihm übernachten...« Eine einigermaßen verständliche Schilderung konnte man es kaum nennen, es war eher eine konfuse Folge von zusammenhanglosen, erstickten Worten, verzerrt von dem Geschluchze. »Ich kann da nicht hingehen, ich würde sterben... wenn ich nach Hause ginge, würde ich sterben, ich kann das nicht ertragen, und außerdem hat er mir das ganze Geld abgenommen, deins, ehrlich, übrigens...« Er blickte zu mir auf und strengte sich an, deutlicher zu sprechen. »Vielen Dank jedenfalls für die Fünftausend mehr, die hat er mir auch weggenommen, und die letzten Dreitausend, die ich bei mir hatte, ich habe keine Pesete mehr, bitte, laß mich hierbleiben...«

»Da hast du ja einen schönen Freund, mein Sohn...« Ich wußte, daß meine Worte ihn noch mehr verletzen würden, aber ich konnte einfach nicht an mich halten. »Natürlich kannst du bleiben.«

Er bedankte sich und heulte so lange weiter, bis die letzten Tränen versiegten.

Als ich glaubte, er habe sich ausreichend beruhigt, um wieder einigermaßen verständliche Laute von sich zu geben, fragte ich ihn, wo er lieber schlafen wolle.

»Du kannst bei mir im großen Bett schlafen oder im Zimmer meiner Tochter, sie ist nicht da, ganz wie du möchtest...«

»Du hast ein Kind?« Er war überaus erstaunt.

»Ja, ich habe eine viereinhalbjährige Tochter, Inés.«

Seine Miene drückte noch mehr Erstaunen aus.

»Überrascht dich das?«

»Ja, ich hätte nicht gedacht, daß du Mutter bist, das paßt gar nicht zu dir...«

»Vielen Dank, das freut mich zu hören.«

»Warum?« Nun lächelte er. »Ich verstehe das nicht, man ist doch immer gleich alt, ob mit oder ohne Kinder.«

»Ich nehme mal an, du wirst es nicht verstehen können, du lebst in einer anderen Welt.« Damit war das Thema für mich erledigt. »Gut, wo willst du nun schlafen?«

»Ich weiß nicht... wahrscheinlich ist es besser, wenn ich bei dir schlafe, mich in das Bett eines vierjährigen Mädchens zu legen, ich weiß nicht, das kommt mir...« er beendete den Satz mit einem Lachanfall.

»Also gut, dann laß uns ins Bett gehen, ich bin sehr müde, und ich nehme an, du auch, heute war schließlich ein besonderer Tag.« Ich versuchte, meinem Lächeln einen Hauch von Komplizentum zu verleihen. »Das erste Mal ist immer anstrengend...«

Er brach wieder in Gelächter aus. Sein Lachen tat mir gut, es hatte etwas Törichtes, ich fühlte mich ihm sehr nah. Letzten Endes, so dachte ich, sind wir beide kleine Lämmchen aus derselben Herde, mit weißem Kräuselfell und einer kleinen Schleife um den Hals, meine rosa und unendlich behaglich, die seine, vermute ich, auch rosa, aber sehr viel schmerzhafter.

Als ich vom Zähneputzen zurückkam, lag er zusammengekauert auf meiner Bettseite.

»Würde es dir was ausmachen, nach rechts zu rutschen?« Ich streifte den Bademantel und die Latschen ab. »Dies ist meine Seite...«

»Ziehst du dir nichts über?«

»Nein, ich habe schon immer nackt geschlafen.« Das stimmte nicht. Bis ich zwanzig war, schlief ich immer mit etwas an, in Nachthemden, die mir bis eine Handbreit übers Knie reichten, aber Pablo hatte keine Nachthemden geduldet, er hatte überhaupt nur so viel Bekleidung akzeptiert, wie unbedingt notwendig war, und zum Schlafen brauchte man keine. Das war eines der ersten Dinge, die ich gelernt hatte. »Warum...? Ekelst du dich vor mir?«

»Nein, das ist es nicht...« Er machte den Eindruck, als sei er sogar ein wenig verängstigt. »Ich habe nur noch nie mit einer Frau in einem Bett geschlafen...«

»Mach dir keine Sorgen.« Ich versuchte, ihn zu beruhigen, konnte mir aber ein Lachen nicht verkneifen. »Ich werde dich nicht hinterrücks anfallen, das verspreche ich dir.«

Ich stieg ins Bett, er sah mich an und lächelte. Er küßte mich sanft auf die Lippen, rollte sich dann aber so weit wie nur möglich von mir weg auf die andere Seite.

Als ich aufwachte, war er es, der mich von hinten anfiel.

Ich spürte seine Arme um meine Taille. Sie zogen mich an sich, und sein aufgerichtetes Geschlecht pochte gegen meine Hinterbacken, sein ganzer Körper bewegte sich rhythmisch an dem meinen. Er schlief tief und fest.

Ich nahm seine Hand und legte sie auf eine meiner Brüste. Sie rutschte herunter, sobald ich den Griff lockerte, obwohl der Kontakt mit einer so eindeutig weiblichen Zone meines Körpers ihm nicht unangenehm zu sein schien. Sieh mal einer an, dachte ich, er hält mich für einen Transvestiten. Ich probierte es nochmal, dasselbe Resultat. Mir entschlüpfte ein Kichern. Das Ergebnis meines Experiments freute mich, denn bis dahin war es so unerschütterlich wie ein physikalisches Gesetz gewesen: Das erste, was ein Typ macht, wenn er neben einer Frau aufwacht, ist, die Hand auszustrecken, um sie auf ihre Brüste zu legen. Bisher war es unweigerlich so abgelaufen, aber dieser hier verweigerte sich einfach. Und das fand ich lustig.

Als ich gerade eine seiner Hände zwischen meine Schenkel legen wollte, um herauszufinden, ob er dann erschlaffte oder genauso steif blieb, klingelte es an der Tür.

Auf einmal wurde mir bewußt, daß ich es schon vorher gehört hatte, davon war ich aufgewacht. Nun wurde zum zweiten Mal geklingelt. Ich sah auf die Uhr, viertel vor zwölf, in höchster Eile warf ich mir den Bademantel über. Ich dachte, es sei Marcelo, meine telefonische Entschuldigung am Vorabend hatte ihn nicht besonders überzeugt, aber das Dauerklingeln, eine ohrenbetäubende Folge von schrillen, abgehackten Tönen, klang ganz nach Inés.

Es war Inés.

Pablo trug sie, eingewickelt in einen feuchten Mantel, auf dem Arm. Er selbst war vollkommen durchnäßt, Wasser lief ihm übers Gesicht.

»Hallo.« Sein Ton hätte jeden glauben machen können, wir hätten uns erst vor ein paar Stunden gesehen. »Haben wir dich aufgeweckt?« Ich nickte. »Tut mir leid, aber auf einmal ist die Kälte über uns hereingebrochen. Es hat angefangen zu regnen, und in Inés' Tasche war nur Sommerkleidung, wir wollten nur eine Regenjacke und ein paar Pullover holen...«

Ich hoffte auf einen Kuß, aber es gab keinen.

»Hallo, mein Liebling.«

Inés warf sich in meine Arme, um mich zu küssen. Pablo nahm ihr den Regenmantel ab und reichte sie mir herüber. Dann betrat er meine Wohnung, als sei es seine eigene.

»Das ist Cristina.« Er fixierte mich kurz mit strengem Blick. »Cristina, ich möchte dir meine Frau vorstellen...«

Erst da bemerkte ich, daß sie zu dritt waren. Sie, die Rothaarige, nicht ganz so farblos, wie Chelo sie beschrieben hatte, stand halbverborgen hinter der Tür. Sie kam ein paar Schritte auf mich zu und drohte, noch näher zu kommen, ich reichte ihr schnell die Hand, bevor sie noch Anstalten machte, mich zu küssen. Verwirrt drückte sie mir die Hand. Pablo kam ihr zu Hilfe.

»Marisa erträgt es nicht, wenn jeder sie küßt...«

»Bitte nenn mich nicht Marisa.«

In der letzten Zeit kultivierte er mit gezielter Grausamkeit diese kleine Technik persönlicher, höchst wirkungsvoller Rache. Jedesmal, wenn ich es hörte, zerbrach etwas in mir.

»Warum nicht? Das ist eine zärtliche Verkleinerungsform«, er wandte sich zu seiner Freundin. »Also, sie läßt sich nicht von jedem küssen, da ist sie sehr eigen, sie ist diejenige, die wählt, verstehst du? Sie ist nicht sonderlich gut erzogen, natürlich ist das eher meine als ihre Schuld...«

Inés fing an, wie eine Blöde zu lachen. Sie hatte nun einmal diesen Fehler. Ohne ersichtlichen Grund konnte sie unvermutet in Lachen ausbrechen. Diesmal war ihr Lachanfall allerdings berechtigt.

Das Wohnzimmer zeigte noch die Spuren der nächtlichen Schlacht. Ein Strahl angetrockneten Spermas zeichnete eine bizarre Schlangenlinie auf den Glastisch. Man enthielt sich jeglichen Kommentars.

»Ich mache mir einen Kaffee.«

Ich stellte Inés auf dem Boden ab. Pablo setzte sich aufs Sofa, die Rothaarige ließ sich neben ihn fallen und wollte ihren Arm um ihn legen, aber er wehrte sie ab.

»Wollt ihr auch was trinken?«

Sie wollten Kaffee, beide.

Sie war hübsch, selbstverständlich war sie sehr hübsch und sehr jung, zwanzig oder einundzwanzig, sie hätte seine Tochter sein können. Ich wäre nie als seine Tochter durchgegangen, nicht einmal, wenn ich es ausprobiert hätte, was ich nie getan habe. Sie war schlank, biegsam und beweglich, sie hatte häßliche Beine, zu dünn, was mir wiederum Mut machte, aber ihre grünlichen Augen waren riesig, und dann ihr volles, rotglänzendes Haar. Sie war sehr hübsch und hatte spitze Brüste, die Brustwarzen konnte man durch den Pullover durchschimmern sehen, die Brüste einer Jugendlichen.

Inés zerrte Pablo in ihr Zimmer, um ihm die Mappe zu zeigen, in der wir die Arbeiten aus dem Kindergarten aufbewahrten. Die Rothaarige kam mir in die Küche nach, blieb im Türrahmen stehen und musterte mich.

»Weißt du, ich bewundere dich sehr.« Sie wirkte gelassen und selbstbewußt.

»Oh, bitte, hör auf…« Das würde ich nicht ertragen, mit Sicherheit nicht. »Meine Manieren sind nicht die besten, das weißt du auch, und wenn mir etwas schlechte Laune macht, dann sind es Vertraulichkeiten von Frau zu Frau. Ich wäre dir also dankbar, wenn du mir das ersparen würdest.«

»Das habe ich überhaupt nicht gemeint.« Ihre Stimme klang immer noch fest. »Ich habe dein Buch gelesen.«

»Das bezweifle ich«, entgegnete ich. »Ich habe gar kein Buch geschrieben.«

»Aber klar doch«, beharrte sie, sie schien überrascht. »Pablo hat es mir gegeben, das Buch über die Epigraphen. Es hat mir sehr gefallen.«

»Epigramme.«

»Wie bitte?« Sie machte den Eindruck, als sei das für sie einerlei.

»Epigramme, nicht Epigraphen.«

»Ach so«, sie kicherte, »ist doch dasselbe.«

»Nein«, kreischte ich los, »ist es nicht, das ist ganz und gar nicht dasselbe.«

Sie schwieg und blickte zu Boden. Jetzt bot sie mir eine perfekte Angriffsfläche.

»Das Buch ist nicht von mir.« Der Kaffee lief über, diese Espressokanne kostete mich den letzten Nerv. »Ich habe es nur übersetzt und die Fußnoten und das Vorwort geschrieben, mehr nicht. Der Text stammt von Marcial.« Sie sah mich verwundert an. »Marco Valerio Marcial, so ein Typ aus Calatayud, und es hat dir weder gut noch schlecht gefallen, weil du es nämlich gar nicht gelesen hast. Und ich habe keine Lust, diese Unterhaltung fortzusetzen, du bewunderst mich nicht, du bist nur neugierig auf mich, aber das beruht nicht auf Gegenseitigkeit. Um die Wahrheit zu sagen, du kommst mir wie ein ziemlich vulgäres junges Ding vor, und es hat keinen Sinn weiterzureden, also verschwinde und laß mich verdammt nochmal allein.«

Nun hatte ich die Trümpfe in der Hand.

Sie hatte nur ihre spitzen Brüste.

Ich war dreißig Jahre alt und mit ihm verheiratet.

Sie blickte mich einen Augenblick an, rot wie eine Tomate, dann machte sie kehrt und verschwand.

Marcial. Die goldenen Jahre meines Lebens, diese wunderbare Arbeit, wirtschaftlich zwar ein Ruin, aber über ein Jahr lang kleine persönliche Befriedigungen. Ich war unendlich stolz auf mich gewesen, als das Buch schließlich erschien, und Pablo auch…

Ich schraubte die Espressokanne zu und stellte sie auf den Herd. Sie ist hübsch, sehr hübsch, dachte ich, und blutjung, sie hat noch diese jugendliche Unsicherheit an sich.

Ich dachte kurz nach und versuchte, mich zu erinnern, wer vor gar nicht langer Zeit denselben Eindruck bei mir hervorgerufen hatte.

Der Kaffee war fertig. Ich schaltete den Herd aus und stürzte aus der Küche. Als ich in mein Zimmer kam, war es schon zu spät.

Pablito schlief immer noch, nackt, prachtvoll und vollkommen geil, sein Geschlecht ragte wie der Hauptpfeiler eines Zirkuszeltes empor.

Inés saß am Bettrand und zeigte mit einem Finger darauf.

»Was ist das, Papa?«

Pablo, der neben ihr hockte, lächelte sie an.

»Oh, das..., er vermißt nur Mama.«

»Ist die Ärmste ein Waisenkind?« In ihrer Stimme lag aufrichtiges Mitleid.

»Nein, Inés«, Pablo lachte. »Das ist kein Waisenkind, er vermißt nur Mama, deine Mama, Lulú, verstehst du?«

»Du hast das aber nicht, wenn ich bei dir schlafe, und du sagst auch immer, daß du Mama vermißt...« Sie wandte sich zu ihm um, sie schien verwirrt.

»Das ist nur, weil ich schon viel älter bin als er.«

»Aber das ist doch ein Mädchen, du Dummkopf!« Sie drehte sich jubelnd um, sie freute sich immer, wenn sie uns bei einer Lüge ertappte. »Sie hat einen Zopf, so wie ich...« Sie faßte sich ans Haar.

Ich schaute sie so gern an, sie sah mir sehr ähnlich. Pablo hatte immer gesagt: Ich möchte eine Tochter, die so ist wie du. Ich hatte dann auf meinen Bauch geklopft und gelacht, aber am Ende hatte er seinen Willen durchgesetzt. Wir bekamen eine Tochter, die mir aus dem Gesicht geschnitten war.

»Nein, Inés.« Er sprach sehr leise, sehr gelassen, in jenem beruhigenden Ton, den er immer anschlug, wenn er wichtige Dinge erklärte. Sie war fasziniert von dieser Stimme. Ich auch. »Das hat gar nichts zu sagen, ich könnte auch einen Zopf tragen, wenn ich mir das Haar nicht mehr kurz schneiden ließe. Das ist ein Junge, guck mal genau hin, er hat eine kleine Murmel am Hals...«

»Elisa hat auch eine kleine Murmel, und sie ist ein Mädchen.« Inés hatte Ely immer Elisa genannt, sie mochte ihn sehr, sie fand seine Bewegungen, seine Art, zu sprechen und sich zu bewegen, und vor allem seinen Adamsapfel höchst amüsant.

»Aber Elisa hat Busen und dieser hier nicht, sieh mal hin.«

Pablo zeigte auf Pablitos flache Brust, und Inés betrachtete sie eingehend. Sie nickte, das Argument hatte sie überzeugt.

Ich hatte mich oftmals gefragt, ob dies die angemessene Weise war, ein kleines Mädchen zu erziehen. Diese Frage hatte ich auch Pablo eines Nachts gestellt, als Ely bei uns war. Er war gekommen, um sich *Wie angelt man sich einen Millionär* im Fernsehen anzugucken. »Heute bin ich Marilyn!« hatte er schon in der Tür albern verkündet. Damals hatte ein französischer Freund aus Pablos Zeit in Philadelphia angerufen, er war gerade in Madrid und wollte uns treffen. Wir fanden keinen Babysitter und nahmen schließlich Elys Angebot an, er paßte auf Inés auf. Sie war gerade zwei Jahre alt geworden. In diesem Zusammenhang fragte ich Pablo, ob das wohl die angemessene Art sei, ein Mädchen zu erziehen. Er antwortete, er fände diese Art allemal besser als die, mit der ich erzogen worden sei. Die tauge ja doch nur dafür, daß später ein Typ wie er auftauche und alle gute Erziehung zunichte mache. So wird sie wenigstens später keine kleine Perverse. Ich hatte meine Bedenken, er aber beharrte lächelnd darauf: So sei es auf jeden Fall besser.

»Wie heißt er?« Inés lebte in dem festen Glauben, daß ihr Vater alles wußte, auf meine Kenntnisse vertraute sie sehr viel weniger.

»Pablo.«

Beide fuhren herum und sahen mich an.

»Er heißt Pablo, genauso wie Papa. Er ist sehr müde, und darum wollen wir ihn schlafen lassen. Außerdem«, ich wandte mich an Inés, »sucht dich Cristina, sie hat mir gesagt, daß sie mit dir Verstecken spielen möchte…«

»Aber dazu hat sie doch nie Lust…«

Das wundert mich nicht, dachte ich. Es war eine wirkliche Qual, mit Inés Verstecken zu spielen, sie ermüdete nie und mogelte immerzu.

»Aber heute möchte sie gern.«

Pablo lachte auf.

»Ich an deiner Stelle würde die Gelegenheit nutzen…«

Sie stand auf und rannte los. Er erhob sich ebenfalls, und wir verließen das Zimmer.

»Mensch, Mensch!« Seine Stimme klang schneidend. »Wo hast du denn dieses Stück Frischfleisch aufgegabelt?«

All meine Hoffnungen schwanden schlagartig.

»Ich könnte dich dasselbe fragen…«, murmelte ich.

»Cristina?« Er blickte mich erstaunt an. »Nein, beim besten Willen nicht, da verhält sich die Sache ein wenig anders, und das weißt du auch.«

»Aber sie ist blutjung, das ist es doch, was dir gefällt, oder?«

Er sah mich kalt an, noch kälter als vorher. Dann schien er sich zu beruhigen. Er sammelte sich, um mir einen Hieb zu versetzen.

»Sie ist siebzehn, aber fast schon erwachsen.«

»Alle jungen Mädchen werden einmal erwachsen.« Ich warf ihm einen triumphierenden Blick zu, hatte aber Angst, ihm direkt in die Augen zu sehen. Seine Augen funkelten, die Flügel seiner Nase, seiner viel zu großen Nase, bebten immer heftiger, seine Lippen waren zu einem Strich zusammengepreßt, diese Symptome kannte ich nur allzu gut, jeden Moment würde er explodieren.

»Du nicht!« Seine Worte dröhnten in meinen Ohren, seine Finger bohrten sich in meine Arme, seine Augen schleuderten kleine Blitze gegen mich. Ich schloß die Augen, machte mich klein und rührte mich nicht, ich stand so schlapp da wie eine Stoffpuppe. Ich wußte, daß er mich durchschütteln und daß ich mich nicht dagegen wehren würde. »Du nicht, Lulú, du bist nie erwachsen geworden und wirst es auch nie werden, verflucht nochmal, du hast nie aufgehört zu spielen und spielst auch jetzt, du spielst die Erwachsene, du versuchst, irgendwelchen merkwürdigen Ansprüchen gerecht zu werden, die du dir selbst gestellt hast, warum, begreife ich nicht. Du bist kein brillantes kleines Mädchen mehr, aus dir ist eine gewöhnliche Frau geworden, ich begreife nicht, warum, das habe ich immer noch nicht begriffen, du hast es mit der Angst bekommen und hast dich mit ganz gewöhnlichem Volk eingelassen, aber du bist gescheitert, weil du nichts verstanden hast, du bist nicht erwachsen geworden, Lulú, du nicht, wir waren und sind kein gewöhnliches Volk. Aber nun hast du alles zunichte gemacht...«

Er ließ mich los, aber ich wagte nicht, mich zu rühren, er faßte mich am Kinn und hob mein Gesicht hoch. Ich wollte ihn nicht ansehen.

»Das werde ich dir nie verzeihen, nie.«

Er wandte sich halb um und ging weg, kam aber noch einmal zurück. Ich hatte mich an die Wand gelehnt. Ich sah ihn an. Er wirkte zerstört.

»Du hast nicht viel an mich gedacht, stimmt's?«

Da merkte ich, daß er betrunken war, betrunken um halb eins am Mittag. Er hatte sich unter Kontrolle, aber mich täuschte er nicht, mich nicht. Ich fühlte mich schlecht. Und ich fühlte, daß ich ihn nun durch die Rothaarige und schlicht und einfach durch die Zeit, die verstrichen war, verloren hatte. Ich erinnerte mich lieber nicht an all das, was geschehen war, seit ich unsere gemeinsame Wohnung verlassen hatte. Marcelo hatte eine Zeitlang nicht mit mir gesprochen, mein eigener Bruder, alle hatten mit dem Finger auf mich gezeigt, Pablo nicht, das tat er nie. Aber er hatte viel getrunken, sehr viel, er war damals den ganzen Tag betrunken gewesen.

»Mir bleibt nicht mehr viel Zeit, verstehst du? Ich werde langsam alt, ich fühle mich immer lächerlicher mit all diesen kleinen Gänsen, ich weiß nicht einmal, worüber ich mit denen reden soll, und ich verspüre auch keine Lust, ihnen etwas beizubringen, keiner einzigen... Manchmal denke ich, ich fange an durchzudrehen. Es kostet mich keinerlei Mühe, das nicht, ich erobere sie spielend, Frauen aufreißen und umsonst saufen gehören zu den wenigen Sachen, bei denen es nützlich ist, ein Dichter zu sein, der in diesen Zeiten keine Bücher verkauft, du weißt das, aber ich bin müde, sehr müde...«

Ich hoffe auf ein Zeichen, irgendein Signal, um mich ihm zu Füßen zu werfen, aber er sagte nichts mehr, er wandte mir den Rücken zu und begab sich ins Wohnzimmer. In diesem Augenblick tauchte Pablito an der Tür auf und sah mich mit entschuldigender Miene an. Er hatte alles mitangehört.

»Möchtest du einen Kaffee?«

Er nickte.

Das Frühstück verlief kurz. Pablo gab keinen Mucks von sich. Cristina flirtete ebenso plump wie vergeblich mit meinem Gast, der sie sich geschickt vom Leibe hielt. Inés nervte. Sie wollte unbedingt Verstecken spielen und beteuerte, mit so vielen würde es mehr Spaß bringen.

Pablo verabschiedete sich nicht von mir, als sie gingen.

»Ist das dein Mann?«

Pablito hatte es sich in einem Sessel bequem gemacht und machte keinerlei Anstalten zu gehen. Ich bejahte die Frage.

»Mensch, der sieht verdammt gut aus mit seinen weißen Strähnen, der gefällt mir, ältere Männer besitzen eben einen ganz besonderen Reiz…«

Zuerst wußte ich nicht, ob ich lachen oder ihn rausschmeißen sollte, aber ich wollte nicht allein sein.

Vielleicht kann ich nun nicht mehr umkehren, kann nie mehr zurückgehen, dachte ich.

»Da täuschst du dich.« Ich bemühte mich nach Kräften, diese Hypothese augenblicklich zu verwerfen. »Dein Liebhaber hat einen viel größeren.«

»Ach, das ist nur psychologisch.«

»Ach«, gab ich zurück. »Wie wahr, genauso wie die Heiligen Drei Könige.«

Er sah mich verwundert an, er begriff nicht, was ich meinte.

»Als du klein warst, hast du dir doch Spielzeug von den Heiligen Drei Königen gewünscht, nicht?« Er bestätigte das mit einem Nicken, und ich lächelte ihn an. »Und du hast dir doch auch dann noch Spielzeug von deinen Eltern gewünscht, als du dahintergekommen warst, daß das mit den Königen eine Lüge war, nicht?« Wieder nickte er. »Und wann hast du dich mehr über das Spielzeug gefreut, bevor du es erfahren hattest oder hinterher?«

»Vorher, aber das hat doch nichts mit der Größe von dem Schwanz deines Mannes zu tun?«

Ich lachte, ich amüsierte mich prächtig.

»Mit seinem im besonderen nicht, aber mit der Größe der Schwänze im allgemeinen, denn beides, die großen Schwänze und die Heiligen Drei Könige sind ein und dieselbe Sache, das sind Mythen, verstehst du?« Nein, er verstand nicht, das konnte ich an seinen Augen ablesen. »Sieh mal, diese ganze Lügerei mit den Kamelen, mit den Schuhen am Fenster, die Reiterprozession zum Erscheinungsfest, das hat doch weder was an der Qualität noch an der Quantität des Spielzeugs geändert, aber es verlieh ihm das gewisse Etwas, du hast dich einfach mehr gefreut, stimmt's? Dasselbe ist es mit der Größe von Pablos Schwanz. Sie ändert nichts an der Qualität oder Quantität des Ficks, und trotzdem hat Jimmy einen größeren, verstehst du jetzt? Wir leben in einer Welt voller Mythen, alles ist auf ihnen errichtet, und jetzt kommst du mir damit, daß es nur psychologisch ist... Warum ausgerechnet bei dem Mythos von den großen Schwänzen anfangen, warum diesen vor allem anderen zerstören? Wir brauchen die Mythen, sie erleichtern unser Leben ungeheuer...«

»Und weißt du, was ich dazu sage?«

Ich sah schon, daß ich ihn nicht überzeugt hatte.

»Ich würde gern mit deinem Mann ins Bett gehen, auch wenn er nicht so einen großen hat wie meiner.«

»Ich würde auch gern mit ihm ins Bett gehen.« Das war ernst gemeint, ich hatte keine Lust, noch länger zu spielen. »Aber in letzter Zeit gestaltet sich das immer schwieriger...«

ANAÏS NIN

Ein Malermodell

Meine Mutter hatte, was junge Mädchen betraf, europäische Vorstellungen. Ich war sechzehn. Noch nie war ich allein mit einem jungen Mann ausgegangen, hatte nie etwas anderes als literarische Romane gelesen und war freiwillig nicht so wie die anderen Mädchen meines Alters. Ich war, was man als »behütet« bezeichnen würde, ganz ähnlich wie so manche Chinesinnen unterrichtet in der Kunst, das Beste aus den abgelegten Kleidern zu machen, die mir eine reiche Cousine schickte, im Singen und Tanzen, im Schreiben mit eleganter Hand, im Lesen der anspruchsvollsten Bücher, in intelligenter Konversation, im Arrangieren meiner Haare zu schönen Frisuren, im Pflegen meiner Hände, damit sie zart und weiß blieben, im Benutzen ausschließlich des feinsten Englisch, das ich nach meiner Ankunft aus Frankreich gelernt hatte, in größter Höflichkeit gegenüber anderen Menschen.

Dies war es, was von meiner europäischen Erziehung übrigblieb. Aber in einer anderen Hinsicht glich ich durchaus den Orientalen: lange Perioden sanftmütigen Verhaltens wurden gefolgt von fast gewalttätigen Ausbrüchen, von Launen und Rebellion oder raschen Entschlüssen und spontanem Handeln.

Unvermittelt beschloß ich, arbeiten zu gehen – ohne jemanden um Rat zu fragen oder um Zustimmung zu bitten. Ich wußte, daß meine Mutter dagegen sein würde.

Ich war kaum einmal allein nach New York gefahren.

Jetzt wanderte ich durch die Straßen, um mich auf alle möglichen Annoncen zu melden. Meine Fertigkeiten waren nicht sehr praktischer Natur. Ich verstand mich auf Sprachen, aber nicht aufs Maschineschreiben. Ich hatte spanischen Tanz gelernt, nicht aber die neuen Modetänze. Wo ich mich auch vorstellte, niemals flößte ich Vertrauen ein. Ich wirkte jünger, als ich war, und außerdem übersensibel, überzart. Ich sah aus, als sei ich ganz und gar unbelastbar, aber das war nur äußerlich.

Nach einer Woche hatte ich nichts erreicht außer dem Gefühl, niemandem von Nutzen zu sein. Daraufhin suchte ich eine Freundin der Familie auf, die mich ins Herz geschlossen hatte. Sie mißbilligte die Art, wie meine Mutter mich behütete. Sie freute sich, mich wiederzusehen, staunte über meinen Entschluß und war bereit, mir zu helfen. Und während ich launig von mir selbst berichtete, meine Vorzüge aufzählte, sagte ich unter anderem, ein Maler habe uns in der vorletzten Woche besucht und behauptet, ich besäße ein exotisches Gesicht. Meine Freundin sprang auf.

»Ich hab's!« rief sie. »Ich weiß, was du tun kannst. Es stimmt, du hast wirklich ein außergewöhnliches Gesicht. Also, ich kenne da einen Kunstclub, wo sich die Maler ihre Modelle holen. Dort werde ich dich einführen. Der Club ist eine Art Schutzorganisation für die Mädchen, die dadurch nicht mehr von Atelier zu Atelier ziehen müssen. Die Künstler sind im Club registriert, sind dort bekannt, und wenn sie ein Modell benötigen, rufen sie an.«

Als wir im Club in der Fifty-seventh Street eintrafen, gab es dort viel Betrieb und eine Menge Leute. Wie sich herausstellte, wurden gerade die Vorbereitungen für die alljährliche Show getroffen. Jedes Jahr einmal wurden sämtliche Modelle in die Kostüme gesteckt, die ihnen am

KRAUS

besten standen, und den Künstlern vorgestellt. Ich wurde gegen einen kleinen Obolus registriert und sofort zu zwei älteren Damen nach oben geschickt, die mich ins Kostümzimmer führten. Eine von ihnen wählte ein Kostüm aus dem achtzehnten Jahrhundert für mich. Die andere befestigte meine Haare über den Ohren. Sie zeigte mir, wie ich meine Wimpern tuschen mußte. In den Spiegeln sah ich mich völlig verändert. Die Probe lief weiter. Ich mußte hinuntergehen und im ganzen Raum umherschreiten. Das fiel mir nicht schwer. Es war wie ein Maskenball.

Am Tag der Show waren alle sehr nervös. Von diesem Auftritt hing weitgehend der Erfolg der Modelle ab. Mit zitternder Hand färbte ich mir die Wimpern. Man drückte mir eine Rose in die Hand, und ich kam mir ein bißchen albern vor. Draußen wurde ich von Applaus begrüßt. Nachdem alle Mädchen langsam durch den Raum geschritten waren, unterhielten sich die Maler mit uns, notierten sich unsere Namen, verabredeten Sitzungen. Mein Terminkalender war so voll wie eine Tanzkarte.

Am Montag um neun sollte ich mich im Atelier eines bekannten Malers einfinden; um eins im Atelier eines Illustrators; um vier im Atelier eines Miniaturmalers, und so weiter. Es gab auch Malerinnen. Die erhoben Einwand dagegen, daß wir Make-up verwendeten. Sie behaupteten, wenn sie ein geschminktes Modell engagierten und es sich auf ihre Anweisung dann vor dem Posieren abschminkte, sehe es völlig anders aus. Aus diesem Grund posierten wir nicht so gern für Frauen.

Zu Hause schlug meine Erklärung, ich sei Malermodell geworden, wie eine Bombe ein. Aber es war nun mal geschehen. Ich konnte fünfundzwanzig Dollar die Woche verdienen. Meine Mutter weinte ein wenig, war im Grunde aber zufrieden.

An jenem Abend plauderten wir noch im Dunkeln. Ihr Zimmer lag neben dem meinen, und die Verbindungstür stand offen. Meine Mutter machte sich Sorgen über die Frage, was ich über das Geschlechtsleben wußte (oder nicht wußte).

Die Summe meiner Kenntnisse war folgende: daß ich mich, unten am Strand im Sand liegend, schon oft von Stephen hatte küssen lassen. Er hatte sich auf mich gelegt, und ich hatte gespürt, wie sich etwas Dickes, Hartes an mich preßte, aber das war auch alles, und als ich nach Hause kam, hatte ich zu meiner größten Verwunderung entdeckt, daß ich zwischen den Beinen feucht war. Meiner Mutter gegenüber hatte ich nichts davon erwähnt. Persönlich hatte ich den Eindruck, daß ich ein sehr sinnliches Mädchen, daß dieses Feuchtwerden zwischen den Beinen beim Küssen der Beweis für gefährliche zukünftige Neigungen sei. Ich kam mir tatsächlich vor wie eine Hure.

Meine Mutter erkundigte sich: »Weißt du, was geschieht, wenn ein Mann eine Frau nimmt?«

»Nein«, antwortete ich, »aber ich würde zunächst mal gern wissen, *wie* ein Mann eine Frau nimmt.«

»Nun ja, weißt du, der kleine Penis, den du an deinem Bruder gesehen hast, als du ihn baden durftest – der wird ganz groß und hart, und der Mann schiebt ihn in die Frau hinein.«

Das fand ich abscheulich. »Es muß aber ziemlich schwierig sein, ihn hineinzubekommen«, meinte ich.

»Nein, denn zuvor wird die Frau feucht, deshalb gleitet er leicht hinein.«

Jetzt verstand ich das Rätsel meines Feuchtwerdens.

Wenn dem so ist, dachte ich mir, werde ich niemals vergewaltigt werden können, denn um feucht zu werden, muß man den Mann mögen.

Wenige Monate zuvor war ich im Wald stürmisch von einem kräftigen Russen geküßt worden, der mich von einem Tanzabend heimbrachte, und hatte zu Hause angstvoll verkündet, ich sei schwanger.

Jetzt fiel mir wieder ein, daß wir eines Abends, als wir zu mehreren von einem Tanzabend gekommen und die Schnellstraße entlanggefahren waren, gehört hatten, daß irgendwo ein paar Mädchen schrien. John, mein Begleiter, hielt den Wagen an. Aus dem Gebüsch kamen zwei Mädchen auf uns zugelaufen, zerzaust, mit zerrissenen Kleidern und verstörtem Blick. Wir ließen sie einsteigen. Sie plapperten hysterisch, sie seien von einem Motorradfahrer mitgenommen und dann überfallen worden. Eine von ihnen jammerte immer wieder: »Wenn er mich entjungfert hat, bring ich mich um!«

Bei einem Gasthaus hielt John an und führte die Mädchen zur Damentoilette. Sofort gingen sie beide zusammen hinein. Die eine sagte: »Es hat nicht geblutet. Wahrscheinlich hat er mich doch nicht entjungfert.« Die andere weinte.

Wir brachten sie heim. Die eine bedankte sich bei mir. »Ich hoffe nur, daß dir nie so etwas passiert«, sagte sie.

Während meine Mutter sprach, fragte ich mich, ob sie wohl auch so etwas befürchtete und mich darauf vorbereiten wollte.

Ich kann nicht behaupten, daß mir nicht unbehaglich zumute war, als der Montag kam. Ich glaubte, wenn dieser Maler attraktiv wäre, würde ich mich in größter Gefahr befinden, als wenn er es nicht wäre, denn wenn ich ihn mochte, würde ich womöglich feucht zwischen den Beinen werden.

Der erste war ungefähr fünfzig, kahl, mit einem ziemlich europäischen Gesicht und einem Bärtchen. Er hatte ein wunderschönes Atelier.

Er stellte einen Paravent vor mich hin, damit ich mich umziehen konnte. Ich warf meine Kleider oben drüber. Als ich mein letztes Wäschestück über den Rahmen des Paravents warf, sah ich darüber das lächelnde Gesicht des Malers erscheinen. Aber er machte das so komisch und lustig wie eine Szene aus einem Theaterstück, daß ich nichts sagte, sondern mich kostümierte und die verlangte Pose einnahm.

Alle halbe Stunde durfte ich mich ausruhen und eine Zigarette rauchen. Der Maler legte eine Schallplatte auf. »Möchtest du tanzen?« fragte er mich.

Wir tanzten auf dem blankpolierten Fußboden, drehten uns inmitten der Gemälde schöner Frauen. Als der Tanz zu Ende war, küßte er mich auf den Hals. »So zierlich«, sagte er bewundernd. »Posierst du auch nackt?«

»Nein.«

»Schade.«

Ich fand, die Situation sei gar nicht so schwierig zu meistern. Es wurde wieder Zeit zum Posieren. Die drei Stunden vergingen schnell. Während er arbeitete, redete er. Er habe sein erstes Modell geheiratet, erzählte er mir; sie sei unerträglich eifersüchtig; immer wieder komme sie in sein Atelier und mache ihm eine Szene; sie wolle nicht dulden, daß er einen Akt male. Er habe sich ein anderes Atelier gemietet, von dem sie nichts wisse. Er arbeite sehr häufig dort. Und gebe auch Partys. Ob ich einmal am Samstagabend hinkommen wolle?

Als ich ging, küßte er mich leicht auf den Hals. Augenzwinkernd sagte er: »Du wirst mich im Club doch nicht verraten, wie?«

Zum Lunch kehrte ich in den Club zurück, weil ich dort mein Gesicht herrichten und mich ein wenig frisch machen konnte. Außerdem gab es dort billige Mahlzeiten. Die anderen Mädchen waren auch da. Wir gerieten ins Erzählen. Als ich die Einladung für den Samstagabend erwähnte, lachten sie und nickten einander zu. Ich konnte sie nicht zum Sprechen bringen. Eines der Mädchen hatte den Rock gehoben und untersuchte ein Muttermal hoch oben an ihrem Oberschenkel. Sie versuchte es mit einem kleinen, medizinischen Stift wegzuätzen. Und ich sah, daß sie kein Höschen trug, sondern nur ein schwarzes Kunstseidenkleid, das ihr am Körper klebte. Zwischendurch klingelte ab und zu das Telefon, und dann mußte eines der Mädchen zur Arbeit gehen.

Der nächste war ein junger Illustrator. Er trug sein Hemd am Hals oben offen. Als ich hereinkam, rührte er sich nicht vom Fleck, sondern rief mir nur zu: »Ich möchte viel Rücken und Schultern sehen. Da, leg dir den Schal um, oder sonst was.« Dann gab er mir einen kleinen altmodischen Sonnenschirm und weiße Handschuhe. Den Schal steckte er fast bis zur Taille herunter fest. Das Bild war für den Umschlag einer Zeitschrift gedacht.

Der über meine Brüste drapierte Schal saß gefährlich lose. Als ich den Kopf so drehte, wie er es wünschte – eine Art einladende Bewegung –, rutschte er weg und entblößte meine Brüste. Er wollte nicht, daß ich mich bewegte. »Ich wünschte, ich könnte dich so malen«, sagte er.

Er lächelte, während er mit dem Kohlestift arbeitete. Als er sich herüberbeugte, um Maß zu nehmen, berührte er mit dem Stift meine Brustspitzen und hinterließ einen kleinen schwarzen Tupfen. »Bleib so«, verlangte er, als er bemerkte, daß ich mich bewegen wollte.

Ich blieb so.

Dann sagte er: »Ihr Mädchen tut manchmal, als wärt ihr die einzigen, die einen Busen oder Hintern haben. Aber ich sehe so viele davon, daß sie mich nicht mehr interessieren, das versichere ich dir. Da ist mir meine Frau angezogen jederzeit lieber. Je mehr Kleider sie anhat, desto besser. Ich mache das Licht aus. Weil ich zu genau weiß, wie Frauen aussehen. Ich habe sie zu Millionen gezeichnet.«

Durch die leichte Berührung mit dem Stift waren meine Brustspitzen hart geworden. Das ärgerte mich, weil ich überhaupt kein Vergnügen dabei empfunden hatte. Warum waren meine Brüste nur so empfindlich? Und hatte er es bemerkt?

Er fuhr fort, zu zeichnen und die Skizze zu kolorieren. Als er innehielt, um einen Whisky zu trinken, bot er mir auch einen an. Er tauchte den Finger in den Whisky und berührte damit eine meiner Brustwarzen. Da ich nicht posierte, wich ich ärgerlich zurück. Er sah mich lächelnd an. »Ist das nicht ein schönes Gefühl?« fragt er. »Es wärmt.«

Das stimmte: Die Spitzen waren hart und rot geworden. »Du hast hübsche Brustwarzen. Du brauchst sie nicht mit dem Lippenstift zu färben, oder? Sie sind von Natur aus rosig. Die meisten anderen sind lederbraun.«

Ich bedeckte mich.

Das war alles, für diesen Tag. Er bat mich, am folgenden Tag um die gleiche Zeit wiederzukommen.

Am Dienstag dauerte es länger, bis er sich an die Arbeit machte. Er redete. Die Füße hatte er auf den Zeichentisch gelegt. Er bot mir eine Zigarette an. Ich steckte meinen Schal fest. Er sah mir zu: »Zeig mal deine Beine«, sagte er. »Vielleicht zeichne ich nächstesmal Beine.«

Ich hob den Rock bis über die Knie.

»Laß deinen Rock oben und setz dich«, befahl er.

Er zeichnete meine Beine. Alles war still.

Dann stand er auf, warf den Stift auf den Tisch, beugte sich über mich, bog den Kopf nach hinten und küßte mich voll auf den Mund. Ich stieß ihn heftig von mir. Darüber mußte er lächeln. Rasch fuhr er mir mit der Hand unter den Rock, betastete meine Schenkel dort, wo die Strümpfe aufhörten, und war, ehe ich eine Abwehrbewegung machen konnte, schon wieder an seinem Platz.

Ich nahm die vorgeschrieben Pose ein und schwieg, denn ich hatte gerade eine Entdeckung gemacht: daß mir der Kuß und das Streicheln meiner nackten Schenkel Vergnügen bereitet hatte, obwohl ich den Mann nicht liebte. Gewehrt hatte ich mich nur aus Gewohnheit, in Wirklichkeit hatte ich Vergnügen empfunden.

Das Posieren ließ mir Zeit, aus dem Gefühl des Vergnügens zu erwachen und mich auf meine Verteidigung zu besinnen. Aber meine Abwehr war überzeugend gewesen, denn er verhielt sich für den Rest des Vormittags ruhig.

Vom ersten Moment an hatte ich geahnt, daß der Feind, gegen den ich mich wirklich wehren mußte, meine eigene Empfänglichkeit für Liebkosungen war. Außerdem wurde ich von großer Neugier über so viele Dinge geplagt! Und war gleichzeitig fest davon überzeugt, daß ich mich nur einem Mann schenken würde, den ich liebte.

Ich liebte Stephen. Am liebsten wäre ich zu ihm gegangen und hätte zu ihm gesagt: »Nimm mich! Nimm mich!« Unvermittelt erinnerte ich mich an einen anderen Zwischenfall ein Jahr zuvor, als eine meiner Tanten mich zum *Mardi Gras* nach New Orleans mitgenommen hatte. Freunde von ihr hatten uns in ihrem Auto mitfahren lassen. Bei uns befanden sich noch zwei weitere junge Mädchen. Eine Gruppe junger Männer nutzte das Durcheinander, den Lärm, die Aufregung und den Frohsinn aus, sprangen zu uns ins Automobil, rissen uns die Masken herunter und küßten uns, während meine Tante lautes

Geschrei anstimmte. Dann verschwanden sie in der Menge. Ich war ganz benommen und wünschte, der junge Mann, der mich gepackt und auf den Mund geküßt hatte, wäre noch da. Der Kuß hatte mich ganz schwach und erregt gemacht.

Wieder im Club, fragte ich mich, wie die anderen Modelle empfanden. Es gab zwar viel Gerede von Gegenwehr, aber ich fragte mich, ob das alles so ernst gemeint war.

Eines der hübschesten Modelle, ein Mädchen, dessen Gesicht gar nicht besonders schön war, das aber einen herrlichen Körper besaß, sagte gerade:

»Ich weiß nicht, was ihr anderen vom Nacktposieren haltet, aber ich liebe es. Schon als kleines Mädchen zog ich mich gern aus. Es gefiel mir, wenn die Leute mich anstarrten. Auf Partys legte ich, sobald die Leute ein bißchen betrunken waren, die Kleider ab. Ich zeigte gern meinen Körper. Jetzt kann ich es jedesmal kaum erwarten, bis ich mich ausziehen darf. Ich genieße es, wenn man mich betrachtet. Es macht mir Vergnügen. Wenn Männer mich ansehen, laufen mir köstliche Schauer über den Rücken. Und wenn ich in der Kunstschule vor einer ganzen Malklasse posiere, wenn ich die vielen Blicke sehe, die auf mir ruhen, verschafft mir das ein so großes Vergnügen, daß es mir ist, als... na ja, als würde ich von einem Mann geliebt. Ich fühle mich schön, ich fühle mich, wie Frauen sich manchmal wohl fühlen, wenn sie sich für einen Liebhaber ausziehen. Ich genieße meinen eigenen Körper. Ich posiere gern mit meinen Brüsten in den Händen. Manchmal liebkose ich sie auch. Früher war ich mal beim Tingeltangel. Das war wunderbar! Ich genoß es genauso, wie die Männer das Zusehen genossen. Der Seidenstoff des Kleides ließ mich richtig erschauern – und dann entblößte ich meine Brüste, zeigte mich. Das erregte mich unsagbar. Wenn ich von den Männern berührt wurde, erregte mich das nicht halb so sehr; das war jedesmal eine Enttäuschung. Aber ich kenne Mädchen, die anders empfinden.«

»Ich fühle mich gedemütigt«, bekannte ein rothaariges Modell. »Ich habe immer das Gefühl, daß mir mein Körper nicht mehr gehört, daß er durch das Angestarrtwerden keinen Wert mehr besitzt.«

»Ich empfinde überhaupt nichts«, erklärte eine andere. »Ich finde es ganz und gar unpersönlich. Wenn Männer malen oder zeichnen, sehen sie in uns keine menschlichen Wesen mehr. Ein Maler sagte mir einmal, der Körper eines posierenden Modells sei ein Objekt, erotisch angeregt fühle er sich nur, wenn das Modell den Kimono ablege. In Paris ziehen sich die Modelle, wie man sagt, vor den Augen der Klasse aus, und das ist erregend.«

»Wenn es wirklich so unpersönlich wäre«, warf ein anderes Mädchen ein, »würden sie uns hinterher nicht zu ihren Partys einladen.«

»Oder ihre Modelle heiraten«, ergänzte ich, weil ich an die beiden Maler aus meinem Kundenkreis dachte, die ihr Lieblingsmodell geheiratet hatten.

Eines Tages mußte ich auch für einen Buchillustrator posieren. Bei meiner Ankunft fand ich bereits zwei weitere Personen vor, ein Mädchen und einen Mann. Wir sollten zusammen Szenen darstellen, Liebesszenen für eine Liebesgeschichte. Der Mann war ungefähr vierzig, mit einem sehr reifen, sehr dekadenten Gesicht. Er sagte uns, welche Stellungen wir einnehmen sollten. Mir wies er eine Kußpose zu. Wir mußten unsere Pose halten, während der Illustrator fotografierte. Ich war nervös. Ich mochte den Mann nicht. Das andere Mädchen spielte die eifersüchtige Ehefrau, die die beiden überrascht. Wir mußten die Szene oft wiederholen. Jedesmal, wenn der Mann den Kuß andeutete, zuckte ich innerlich zurück, und das spürte er. Er war beleidigt. Seine Augen blickten spöttisch. Ich agierte schlecht. Der Illustrator schrie mich an, als drehten wir einen Film: »Mehr Leidenschaft! Du mußt mehr Leidenschaft zeigen!«

Ich versuchte mich daran zu erinnern, wie der Russe mich auf dem Heimweg vom Tanzabend geküßt hatte, und das machte mich etwas gelöster. Der Mann wiederholte den Kuß. Und jetzt hatte ich das Gefühl, daß er mich enger an sich drückte als notwendig; und seine Zunge brauchte er bestimmt auch nicht so zwischen meine Lippen zu schieben. Er tat es so schnell, daß ich keine Zeit zum Ausweichen hatte. Der Illustrator nahm sich die nächste Szene vor.

Der Mann sagte: »Ich stehe jetzt seit zehn Jahren Modell. Ich weiß nicht, warum die immer nur junge Mädchen wollen. Junge Mädchen haben keine Erfahrung, keinen Ausdruck. In Europa interessiert sich niemand für junge Mädchen in eurem Alter, also unter zwanzig. Die sind in der Schule oder bleiben zu Hause. Interessant werden sie erst nach der Heirat.«

Während er sprach, dachte ich an Stephen. Ich dachte daran, wie wir am Strand gewesen waren, im heißen Sand gelegen hatten. Ich wußte, daß Stephen mich liebte. Ich wollte, daß er mich nahm. Ich wünschte mir jetzt, sehr schnell zur Frau gemacht zu werden. Jungfrau zu sein, mich ständig wehren zu müssen, gefiel mir nicht. Ich hatte das Gefühl, jedermann müsse mir ansehen, daß ich noch Jungfrau war, und sei daher um so eifriger bemüht, mich zu erobern.

An jenem Abend ging ich mit Stephen aus. Irgendwie

mußte ich es ihm beibringen. Mußte ihm erklären, daß ich Gefahr lief, vergewaltigt zu werden, daß also lieber er es tun sollte. Nein, dann würde er sich Sorgen machen. Wie konnte ich es ihm nur beibringen!

Ich hatte eine Neuigkeit für ihn: Ich war jetzt das Starmodell. Ich hatte mehr Engagementes als alle anderen im Club, ich war begehrter als die anderen, weil ich Ausländerin war und ein außergewöhnliches Gesicht besaß. Oft mußte ich auch am Abend posieren. Das alles berichtete ich Stephen. Er war sehr stolz auf mich.

»Du stehst gern Modell, nicht wahr?« fragte er mich.

»Sehr gern. Ich bin gern mit Malern zusammen, sehe mir ihre Arbeiten an... Ob gut oder schlecht, ich liebe die Atmosphäre, die Geschichten, die ich zu hören bekomme. Es ist stets anders, niemals dasselbe. Es ist das reinste Abenteuer.«

»Machen sie... Gehen sie mit ihren Modellen auch ins Bett?« fragte Stephen.

»Nur, wenn die Mädchen es selber auch wollen.«

»Aber sie versuchen es doch, wie?«

Ich merkte, daß er sich Sorgen machte. Wir gingen durch dunkle Felder vom Bahnhof zum Haus meiner Eltern. Ich wandte mich zu ihm und bot ihm meinen Mund. Er küßte mich. Ich sagte: »Nimm mich, Stephen! Nimm mich! Nimm mich!«

Er war wie vor den Kopf geschlagen. Ich warf mich in die Geborgenheit seiner Arme, ich wollte genommen werden, damit ich es hinter mir hatte, ich wollte zur Frau gemacht werden. Aber er verhielt sich vor Schreck ganz still. »Ich will dich heiraten«, sagte er, »aber das geht jetzt noch nicht.«

»Heiraten interessiert mich nicht.«

Doch jetzt wurde ich mir seines Erstaunens bewußt,

und das brachte mich zum Schweigen. Ich war zutiefst enttäuscht von seiner konventionellen Einstellung. Der Augenblick verstrich. Er glaubte, es sei ein flüchtiger Anfall blinder Leidenschaft gewesen, ich hätte lediglich den Kopf verloren. Er war sogar stolz darauf, mich vor meiner eigenen Impulsivität bewahrt zu haben. Ich ging nach Hause und weinte.

Ein Illustrator fragte mich, ob ich wohl am Sonntag posieren könne, er müsse eiligst ein Plakat anfertigen. Als ich kam, war er bereits bei der Arbeit. Es war Vormittag, das Haus schien menschenleer. Sein Atelier lag im zwölften Stock. Er hatte das Plakat zur Hälfte fertig. Ich zog mich rasch aus und warf das Abendkleid über, das er mir gegeben hatte. Er schien mich überhaupt nicht zu beachten. Eine ganze Zeitlang arbeiteten wir friedlich. Ich wurde müde. Er merkte das und machte eine Pause. Ich schlenderte im Atelier umher und betrachtete seine anderen Bilder. Zumeist waren es Porträts von Schauspielerinnen. Ich fragte ihn, wer sie wären. Er antwortete mit Geschichten von ihren sexuellen Neigungen:

»Die da, die verlangt Romantik. Sonst kommt man nicht an sie heran. Sie machte es den Männern schwer. Sie ist Europäerin, daher liebt sie es, ausführlich umworben zu werden. Ich selbst gab dabei vorzeitig auf; es war zu anstrengend. Aber sie war sehr schön, und es ist etwas Wunderbares, mit einer solchen Frau ins Bett zu gehen. Sie hatte wunderschöne Augen und eine entrückte Art, fast wie ein Hindu-Mystiker. Da überlegt man sich dann, wie sie wohl im Bett ist.

Aber ich habe noch andere sexuelle Heilige erlebt. Es ist hinreißend, die Veränderung zu erleben, die mit ihnen vorgeht. Die klaren Augen, die so durchsichtig sind, der

Körper, der so schöne, harmonische Posen einnimmt, die zarten Hände... wie sie sich verändern, wenn das Verlangen Besitz von ihnen ergreift! Diese sexuellen Heiligen! Wunderbar sind sie, denn es ist jedesmal eine so große Überraschung, eine so große Veränderung. Du, zum Beispiel, mit deinem Gehabe, als hätte noch nie jemand dich berührt – ich sehe es förmlich vor mir, wie du beißt und kratzt... Ich bin sogar sicher, daß deine Stimme sich verändert; erlebt habe ich so etwas schon öfter. Es gibt Frauenstimmen, die klingen wie poetische, unirdische Echos. Und dann verändern sie sich. Die Augen verändern sich. Ich glaube, all diese Sagen über Menschen, die sich bei Nacht in Tiere verwandeln – die Geschichte vom Werwolf, zum Beispiel –, sind von Männern erfunden worden, die sahen, wie Frauen sich aus idealisierten, anbetungswürdigen Wesen in wilde Tiere verwandelten, und sie für besessen hielten. Aber ich weiß, daß es etwas Simpleres ist. Du bist noch Jungfrau, nicht wahr?«

»Nein, ich bin verheiratet«, entgegnete ich.

»Verheiratet oder nicht, du bis noch Jungfrau. Das spüre ich. Mich kann man nicht täuschen. Wenn du verheiratet bist, hat dich dein Mann noch nicht zur Frau gemacht. Findest du das nicht schade? Findest du nicht, daß du nur Zeit verschwendest, daß das richtige Leben erst mit der Sinnenfreude beginnt, mit der Verwandlung zur Frau?«

Dies entsprach so vollkommen meinen Gefühlen, meinem Wunsch, Erfahrungen zu sammeln, daß ich verstummte. Ich wollte es einem Fremden gegenüber nicht eingestehen.

Ich war mir klar darüber, daß ich mit dem Illustrator ganz allein in einem leeren Ateliergebäude war. Ich war traurig darüber, daß Stephen meine Sehnsucht, zur Frau zu werden, nicht verstand. Ich war nicht ängstlich, sondern schicksalsergeben, wünschte mir nur jemanden, in den ich mich verlieben konnte.

»Ich weiß, was du denkst«, sagte der Illustrator, »aber für mich hätte es keine Bedeutung, es sei denn, die Frau würde mich begehren. Ich könnte niemals mit einer Frau schlafen, die mich nicht begehrt. Als ich dich zum erstenmal sah, dachte ich, wie schön es doch wäre, dich zu wecken. Du hast etwas an dir, das darauf schließen läßt, daß du zahlreiche Liebesaffären haben wirst. Und da wäre ich gern der erste. Aber nur, wenn du es willst.«

Ich lächelte. »Genau dasselbe habe ich auch gerade gedacht. Es geht nur, wenn ich es will, und jetzt will ich es nicht.«

»Du darfst diesem ersten Mal nicht so große Bedeutung beimessen. Ich glaube, die Vorstellung, daß der erste Mann, der eine Frau nimmt, absolute Macht über sie besitzt, wurde von den Leuten erfunden, die ihre Töchter für die Ehe bewahren wollten. Ich halte das für Aberglauben, der die Frauen vor der Promiskuität bewahren sollte. In Wirklichkeit trifft es nicht zu. Wenn es einem Mann gelingt, in der Frau Liebe zu wecken, sie in Erregung zu versetzen, wird sie sich zu ihm hingezogen fühlen. Aber um das zu erreichen, genügt es nicht, ihr die Jungfräulichkeit zu nehmen. Das kann jeder Mann, ohne die Frau richtig zu erregen. Wußtest du, daß viele Spanier ihre Frauen nur so nehmen und ihnen viele Kinder machen, ohne sie sexuell jemals richtig zu wecken, nur damit sie sich auf ihre Treue verlassen können? Das Vergnügen hebt sich der Spanier für seine Mätresse auf. Ja, wenn er sieht, daß seine Frau die Sinnenfreude genießt, verdächtigt er sie sofort, treulos oder sogar eine Hure zu sein.«

Die Worte des Illustrators verfolgten mich tagelang.

Dann jedoch stand ich vor einem neuen Problem. Der Sommer war gekommen, und die Maler zogen aufs Land, ans Meer, an ferne Orte in alle Himmelsrichtungen. Ich hatte nicht genug Geld, ihnen zu folgen, und war auch nicht sicher, wie viele Engagements ich bekommen würde. Eines Vormittags stand ich Modell für einen Illustrator namens Ronald. Nach der Arbeit setzte er das Grammophon in Gang und bat mich, mit ihm zu tanzen. Beim Tanzen sagte er: »Hättest du Lust, eine Zeitlang mit aufs Land zu kommen? Das würde dir gut tun, du würdest genug Arbeit finden, und ich zahle dir die Reise. Es gibt nur sehr wenige gute Modelle dort. Ich bin sicher, daß du viel zu tun haben wirst.«

Also fuhr ich.

In einem Farmhaus nahm ich mir ein kleines Zimmer. Dann ging ich zu Ronald, der ein Stück weiter die Straße entlang in einer Hütte wohnte, in die er ein großes Fenster hatte einbauen lassen. Zur Begrüßung blies er mir Zigarettenrauch in den Mund. Ich hustete.

»Ach«, sagte er, »du kannst ja nicht mal inhalieren!«

»Das interessiert mich nicht.« Ich stand auf. »Welche Pose soll ich einnehmen?«

»Ach was!« wehrte er lachend ab. »Hier draußen arbeiten wir nicht so fleißig. Du mußt lernen, dich ein bißchen zu amüsieren. Also, jetzt nimmst du mir den Rauch aus dem Mund und dann inhalierst du ihn...«

»Ich will aber nicht inhalieren.«

Er lachte abermals. Er versuchte mich zu küssen. Ich entzog mich ihm.

»Oho!« sagte er. »Du willst mir also nicht den Aufenthalt hier verschönern. Du weißt doch, daß ich dir die Reise bezahlt habe, und ich fühle mich hier sehr einsam. Wo ist dein Koffer?«

»Ich habe ein Zimmer in der Nähe.«

»Aber ich hatte dich eingeladen, hier zu wohnen«, protestierte er.

»Ich dachte, ich sollte Ihnen Modell stehen.«

»Ich brauche jetzt etwas anderes als ein Modell.«

Ich wollte gehen. »Weißt du«, sagte er, »es gibt hier eine stillschweigende Übereinkunft im Hinblick auf Modelle, die sich nicht amüsieren wollen. Wenn du dich so verhältst, wird dir niemand Arbeit geben.«

Ich glaubte ihm nicht. An nächsten Vormittag begann ich an die Türen aller Künstler zu klopfen, die ich ausfindig machen konnte. Aber Ronald war mir zuvorgekommen. Daher wurde ich sehr kühl empfangen, wie ein Mensch, der einem anderen einen üblen Streich gespielt hat. Ich hatte weder Geld genug, um nach Hause zu fahren, noch Geld, um mein Zimmer zu bezahlen. Ich kannte niemanden. Die Gegend war wunderschön, bergig, aber ich konnte sie nicht genießen.

Am folgenden Tag, auf einem langen Spaziergang, stieß ich an einem Fluß auf eine Blockhütte. Draußen, im Freien, sah ich einen Mann sitzen und malen. Ich sprach ihn an. Ich erzählte ihm meine Geschichte. Er kannte Ronald nicht, wurde aber sehr zornig auf ihn. Er wollte versuchen, mir zu helfen, erklärte er. Ich erwiderte, ich wollte nur gerade genug verdienen, um nach New York zurückkehren zu können.

Und so begann ich für ihn zu posieren. Sein Name war Reynolds. Er war ungefähr vierzig, mit schwarzem Haar, sehr sanften schwarzen Augen und einem strahlenden Lächeln – ein Eremit. Nie ging er ins Dorf – höchstens, um Lebensmittel einzukaufen –, er besuchte weder die Restaurants noch die Bars. Sein Gang war leicht, seine Geste gelöst. Er war zur See gefahren, als Matrose auf

Trampfrachtern, um fremde Länder kennenzulernen. Er war immer ruhelos.

Er malte, was er auf seinen Reisen gesehen hatte, aus dem Gedächtnis. Jetzt saß er unter einem Baum, hob nie den Blick, sondern malte ein Stück wilden, südamerikanischen Dschungel.

Einmal, erzählte mir Reynolds, als er mit seinen Freunden im Dschungel war, hatten sie eine so starke Raubtierwitterung wahrgenommen, daß sie alle dachten, gleich würde irgendwo ein Panther auftauchen, doch aus dem Gebüsch war mit unglaublicher Geschwindigkeit eine Frau hervorgesprungen, eine nackte Wilde, die sie mit verschreckten Tieraugen anstarrte, davonlief – wobei sie diesen kräftigen Tiergeruch ausströmte –, sich in den Fluß warf und davonschwamm, ehe die Männer wieder zu Atem gekommen waren.

Ein Freund von Reynolds hatte eine solche Frau eingefangen. Nachdem er ihr die rote Farbe abgewaschen hatte, mit der sie bedeckt war, war sie sehr schön. Wurde sie gut behandelt, gab sie sich sanft, ließ sich von Holzperlen und Schmuckgegenständen beschwichtigen.

Ihr durchdringender Geruch stieß Reynolds ab, bis ihm sein Freund einmal vorschlug, eine Nacht mit ihr zu verbringen. Dabei, stellte er fest, war ihr schwarzes Haar so fest und stach so sehr wie ein Männerbart. Der Raubtiergeruch vermittelte ihm das Gefühl, neben einem Panther zu liegen. Und sie war soviel stärker als er, daß er sich nach einer Weile beinahe wie eine Frau verhielt, während sie diejenige war, die ihn nach ihren Launen dirigierte. Sie war unermüdlich und schwer in Erregung zu bringen. Sie konnte mühelos Liebkosungen hinnehmen, die ihn erschöpften, und so schlief er in ihren Armen ein.

Dann spürte er, wie sie in bestieg und ein wenig Flüssigkeit auf seinen Penis träufelte, etwas, das zuerst brannte und ihn dann in furiose Erregung versetzte. Er hatte Angst. Sein Penis schien mit Feuer gefüllt zu sein, oder mit scharfen Paprika. Er rieb sich an ihr – eher, um das Brennen zu lindern, als aus Begierde.

Er war wütend. Sie lachte leise. Dann nahm er sie voll Raserei, getrieben von der Furcht, daß das, was sie ihm angetan, ihn zum letztenmal erregt hatte, daß es eine Art Zauber war, der das Maximum an Kraft aus ihm herausholen sollte, bis er starb.

Lachend legte sie sich zurück; ihre weißen Zähne blitzten, ihr Raubtiergeruch übte auf ihn jetzt die erotische Wirkung des Moschusduftes aus. Sie bewegte sich so heftig, daß er vermeinte, sie werde ihm den Penis ausreißen. Doch jetzt verlangte es ihn, sie zu unterjochen. Gleichzeitig liebkoste er sie.

Das überraschte sie. Noch nie schien jemand so etwas mit ihr gemacht zu haben. Als er nach zwei Orgasmen müde war, sie zu nehmen, fuhr er fort, ihre Klitoris zu reizen, und sie genoß es, bat um mehr, öffnete die Beine weit. Dann drehte sie sich auf einmal um, kniete sich aufs Bett und schob ihm ihr Hinterteil in einem unglaublichen Winkel entgegen. Sie erwartete, daß er sie abermals nahm, aber er fuhr nur fort, sie zu liebkosen. Von da an war es nur seine Hand, die sie begehrte. Sie rieb sich daran wie eine riesige Raubkatze. Wenn sie ihm tagsüber begegnete, rieb sie verstohlen ihr Geschlechtsteil an seiner Hand.

Reynolds sagte, seit jener Nacht kämen ihm die weißen Frauen schwächlich vor. Er lachte, als er die Geschichte erzählte.

Sein Bild hatte ihn daran erinnert, wie die Wilde sich im Gebüsch versteckt und wie eine Tigerin gewartet hatte, bis sie dann aufsprang und vor den Männern mit den Gewehren davonlief. Er hatte sie hineingemalt, mit ihren schweren spitzen Brüsten, mit ihren schönen langen Beinen und mit ihrer schmalen Taille.

Ich wußte nicht, wie ich für ihn posieren sollte. Aber er hatte ein anderes Bild im Sinn. »Ganz einfach«, sagte er. »Ich möchte, daß du einschläfst. Aber du mußt dich in weiße Laken wickeln. Einmal habe ich in Marokko etwas gesehen, das ich schon immer malen wollte. Eine Frau war inmitten ihrer Seidengarnrollen eingeschlafen und hielt ihren Seidenwebrahmen mit den hennagefärbten Füßen. Du hast wunderschöne Augen, aber sie müssen geschlossen sein.«

Er ging in die Hütte und holte Laken heraus, die er wie ein Talar um mich drapierte. Er setzte mich an eine Holzkiste, rückte mir Körper und Hände zurecht, wie er es sich vorstellte, und begann sofort zu zeichnen. Es war sehr heiß. Die Laken machten mich warm, und die Pose war so träge, daß ich tatsächlich einschlief – wie lange, weiß ich nicht. Ich fühle mich schlaff und unwirklich. Und dann spürte ich eine sanfte Hand zwischen den Beinen, eine sehr sanfte Hand, die mich so zart streichelte, daß ich wach werden mußte, um mich zu vergewissern, ob ich tatsächlich berührt worden war. Reynolds stand über mich gebeugt, aber mit einem Ausdruck so glückstrahlender Zärtlichkeit, daß ich mich nicht rührte. »Nur einmal streicheln«, sagte er. »Nur einmal streicheln.«

Ich rührte mich nicht. Ich hatte noch nie so etwas gefühlt wie diese Hand, die sanft, so sanft die Haut zwischen meinen Beinen streichelte, ohne mein Geschlecht zu berühren. Er berührte lediglich die Spitzen meiner Schamhaare. Dann glitt seine Hand hinab in das Tal rings um mein Geschlecht. Ich wurde ganz schlaff und weich. Er beugte sich herüber und legte seinen Mund auf den meinen, berührte ganz leicht meine Lippen, bis mein Mund reagierte; erst dann berührte er meine Zungenspitze mit der seinen. Seine Hand bewegte sich, forschte, aber so sanft, daß es fast quälend für mich war. Ich war feucht, und ich wußte, wenn er sich ein wenig weiterbewegte, mußte er das spüren. Die Schlaffheit breitete sich in meinem ganzen Körper aus. Jedesmal, wenn er mit seiner Zunge die meine berührte, hatte ich das Gefühl, als stecke eine andere kleine Zunge in mir, die herauszuckte und ebenfalls berührt werden wollte. Seine Hand bewegte sich nur um mein Geschlecht herum, und dann über mein Hinterteil, und es war, als magnetisierte er das Blut, bis es der Bewegung seiner Hände folgte. Ganz sacht berührten seine Finger die Knospe, dann glitt er zwischen die pulsierenden Lippen. Er spürte die Feuchtigkeit. Er betastete sie erfreut, küßte mich, lag jetzt auf mir, und ich rührte mich nicht. Die Wärme, der Geruch der Pflanzen ringsum, sein Mund auf dem meinen – das alles wirkte auf mich wie eine Droge.

»Nur einmal streicheln«, wiederholte er leise, und sein Finger spielte mit meiner Klitoris, bis sie anschwoll und hart wurde. Dann hatte ich das Gefühl, als platze ein Samengefäß in mir – eine Freude, die mich unter seinen Fingern aufkeuchen ließ. Ich küßte ihn dankbar. Er lächelte. »Möchtest du mich streicheln?« fragte er.

Ich nickte, aber ich wußte nicht, was er von mir wollte. Er öffnete seine Hose, und ich sah seinen Penis. Ich nahm ihn in beide Hände. »Fester anfassen«, verlangte er. Dann merkte er, daß ich nicht weiter wußte, wie. Er nahm meine Hand in die seine und führte mich. Der weiße Schaum ergoß sich über meine Hand. Er bedeckte sich. Er küßte mich mit dem gleichen dankbaren Kuß, den ich ihm gegeben, nachdem ich mein Vergnügen gehabt hatte.

»Wußtest du, daß ein Hindu seine Frau zehn Tage lang vorbereitet, bis er sie endlich nimmt?« sagte er. »Zehn Tage lang streicheln und küssen die beiden einander nur.«

Der Gedanke an Ronalds Verhalten ärgerte ihn immer wieder – der Gedanke an die Art, wie er mich in aller Augen beleidigt hatte. »Sei nicht böse«, bat ich ihn. »Ich bin froh, daß er es getan hat, denn sonst wäre ich nie hierher gekommen.«

»Ich habe dich sofort geliebt, als ich dich mit deinem Akzent sprechen hörte. Ich kam mir vor, als sei ich wieder auf Reisen. Dein Gesicht ist so anders, dein Gang, deine Art... Du erinnerst mich an das Mädchen, das ich in Fes malen wollte. Ich habe sie nur einmal gesehen – schlafend. Aber ich habe immer davon geträumt, sie zu wekken, wie ich dich geweckt habe.«

»Und ich habe immer davon geträumt, mit einer solchen Liebkosung geweckt zu werden«, entgegnete ich.

»Wärest du wach gewesen, ich hätte es nicht gewagt.«

»Du, der Abenteurer, der mit einer Wilden zusammengelebt hat?«

»Ich habe gar nicht richtig mit ihr zusammengelebt. Das war mein Freund. Aber er redete immer davon, deswegen erzähle ich es stets so, als wäre es mir passiert. In Wirklichkeit bin ich Frauen gegenüber schüchtern. Ich kann Männer niederschlagen, mich prügeln, mich betrinken, aber Frauen schüchtern mich ein, sogar Huren. Sie lachen mich aus. Aber dies ist genauso geschehen, wie ich es immer geplant hatte.«

»Nur werde ich in zehn Tagen wieder in New York sein«, sagte ich lachend.

»In zehn Tagen werde ich dich nach Hause fahren, wenn's unbedingt sein muß. Bis dahin bleibst du meine Gefangene.«

Zehn Tage lang arbeiteten wir draußen im Freien, lagen wir in der Sonne. Die Sonne wärmte meinen Körper, während Reynolds wartete, bis ich die Augen schloß. Manchmal tat ich, als wünschte ich mir, er täte mehr. Ich dachte, wenn ich die Augen zumachte, würde er mich nehmen. Es gefiel mir, wie er auf mich zukam, lautlos wie ein Jäger, und sich an meine Seite legte. Dann berührte er mich ganz leicht, als wolle er mich nicht wecken – bis ich feucht wurde. Seine Finger wurden drängender. Wir preßten die Lippen aufeinander, liebkosten uns mit den Zungen. Ich lernte, seinen Penis in den Mund zu nehmen. Das erregte ihn ungeheuer. Er vergaß all seine Sanftheit und stieß mir seinen Penis in den Mund, bis ich zu ersticken glaubte. Einmal biß ich ihn, tat ihm weh, aber es machte ihm nichts aus. Ich schluckte den weißen Schaum. Als er mich küßte, waren unsere Gesichter davon bedeckt. Der herrliche Geruch des Sex haftete an meinen Fingern. Ich mochte mir nicht die Hände waschen.

Ich spürte, daß ein magnetischer Strom uns verband, zugleich aber, daß wir darüber hinaus nichts gemeinsam hatten. Reynolds hatte versprochen, mich nach New York zurückzubringen. Er konnte nicht länger auf dem Land bleiben. Und ich mußte mir Arbeit suchen.

Auf der Heimfahrt hielt Reynolds den Wagen an, und wir legten uns im Wald auf eine Decke, um auszuruhen. Wir liebkosten uns. »Bist du glücklich?« fragte er.

»Ja.«

»Könntest du glücklich bleiben, so, wie alles jetzt ist? Wie es mit uns steht?«

»Warum, Reynolds? Was ist los?«

»Hör zu, ich liebe dich. Das weißt du. Aber ich kann dich nicht nehmen. Das habe ich einmal bei einem jungen Mädchen getan; sie wurde schwanger und ließ eine Abtreibung machen. Sie ist verblutet. Seitdem habe ich keine Frau mehr nehmen können. Ich habe Angst. Wenn dir das gleiche passieren sollte, würde ich mich umbringen.«

An derlei Dinge hatte ich nie gedacht. Ich schwieg. Wir küßten uns lange. Zum erstenmal küßte er mich zwischen den Beinen, statt mich zu liebkosen, küßte mich, bis ich den Orgasmus verspürte. Wir waren glücklich. »Diese kleine Wunde, die die Frauen haben... Sie flößt mir Angst ein«, sagte er.

In New York war es heiß, und die Künstler waren noch alle fort. Ich stand ohne Arbeit da. Deswegen begann ich, in Modegeschäften Kleider vorzuführen. Diese Art Arbeit war leicht zu bekommen, doch wenn man von mir verlangte, ich solle abends mit den Einkäufern ausgehen, weigerte ich mich und verlor die Stelle. Schließlich landete ich bei einer großen Firma in der Nähe der Thirty-fourth Street, die sechs Mannequins beschäftigte. Das Gebäude war furchteinflößend und grau. Es gab lange Reihen von Kleidern und ein paar Bänke, auf denen wir sitzen konnten. Wir warteten im Unterrock, immer bereit, uns möglichst schnell umzuziehen. Wenn unsere Nummer aufgerufen wurde, halfen wir uns gegenseitig beim Ankleiden.

Die drei Männer, die die Kleiderentwürfe verkauften, versuchten oft, uns anzufassen, zu kneifen. Abwechselnd blieben wir während der Mittagspause dort. Meine größte Angst war, mit dem Mann allein gelassen zu werden, der sich am hartnäckigsten erwies.

Einmal, als Stephen anrief und fragte, ob wir uns am Abend treffen könnten, trat der Mann hinter mich, schob die Hand in meinen Unterrock und betastete meine Brüste. Da ich nicht wußte, was ich sonst tun sollte, trat ich ihn kräftig, während ich den Telefonhörer hielt und versuchte, die Unterhaltung mit Stephen weiterzuführen. Er ließ sich nicht entmutigen, sondern versuchte, meinen Popo zu betasten. Ich trat ihn noch einmal.

Stephen fragte: »Wie? Was hast du gesagt?«

Ich beendete das Gespräch und drehte mich zu dem Mann um. Er war fort.

Die Einkäufer bewunderten unsere körperlichen Attribute nicht minder als die Kleider. Der Verkaufsleiter war sehr stolz auf mich und sagte oft, die Hand auf meinem Kopf: »Sie ist eigentlich Malermodell.«

Das bewirkte, daß ich mich nach dem Modellstehen zurücksehnte. Ich wollte nicht, daß Reynolds oder Stephen mich hier in einem häßlichen Bürogebäude fanden, wo ich vor häßlichen Verkäufern und Einkäufern Kleider vorführen mußte.

Schließlich wurde ich aufgefordert, im Atelier eines südamerikanischen Malers Modell zu stehen. Er hatte ein feminines Gesicht, bleich, mit riesigen schwarzen Augen, langes schwarzes Haar, und seine Gesten waren schlaff und weibisch. Sein Atelier war wunderschön: luxuriöse Teppiche, große Gemälde von nackten Frauen, seidene Vorhänge; außerdem brannte Räucherwerk. Er erklärte, ich müsse eine sehr schwierige Pose einnehmen. Als er mich fragte, ob ich schon einmal geritten sei, antwortete ich, ja, als kleines Mädchen.

»Wunderbar!« sagte er. »Genau, was ich suche. Also, hier habe ich einen Apparat konstruiert, der mir genau den Effekt verschafft, den ich benötige.«

Es war eine Pferdeattrappe ohne Kopf, nur Körper und Beine mit dem Sattel.

»Leg zuerst die Kleider ab, dann werde ich's dir zeigen«, sagte er. »Ich habe Schwierigkeiten mit diesem Teil der Pose. Die Frau wirft den Oberkörper zurück, weil das Pferd mit ihr durchgeht – so.« Er setzte sich auf die Pferdeattrappe und zeigte es mir.

Inzwischen hatte ich die Scheu beim Nacktposieren verloren. Ich zog mich aus, setzte mich auf das Pferd und lehnte mich weit zurück, die Arme emporgeworfen, die Beine um die Flanken des Pferdes geklammerte, um nicht zu fallen. Der Maler war einverstanden. Er trat zurück und betrachtete mich. »Die Pose ist schwierig, daher erwarte ich nicht, daß du sie sehr lange hältst. Sag mir Bescheid, wenn du müde wirst.«

Er studierte mich von allen Seiten. Dann kam er zu mir und erklärte: »Als ich die Skizze anfertigte, war dieser Körperteil hier, zwischen den Beinen, deutlich zu sehen.« Er berührte mich ganz leicht, als gehöre das zu seiner Arbeit. Ich zog den Bauch ein wenig ein und schob die Hüften vor. »Jetzt ist es großartig«, lobte er. »Bleib so.«

Er begann zu zeichnen. Während ich dasaß, fiel mir auf, daß der Sattel eine ganz besondere Eigenheit hatte. Die meisten Sättel sind so geformt, daß sie den Konturen des Gesäßes folgen, und wölben sich dann zum Sattelknauf, an dem sich das Geschlecht der Reiterinnen zuweilen reibt. Ich hatte beides, die Vor- und die Nachteile dieser Stütze dort, oft genug selber erlebt. Einmal löste sich mein Strumpfband vom Strumpf und begann in der Reithose umherzutanzen. Meine Begleiter galoppierten, und ich wollte nicht zurückbleiben, also ritt ich weiter. Das Strumpfband rutschte schließlich zwischen mein Geschlecht und den Sattel und tat mir weh. Mit zusammengebissenen Zähnen ritt ich weiter. Der Schmerz war seltsamerweise mit einem Gefühl untermischt, das ich nicht definieren konnte. Ich war damals ein sehr junges Mädchen und wußte noch gar nichts über den Sex. Ich dachte, das Geschlecht einer Frau befinde sich innerhalb ihres Körpers, und hatte keine Ahnung von der Klitoris.

Nach dem Ritt hatte ich Schmerzen. Das erwähnte ich einem Mädchen gegenüber, das ich gut kannte, und wir begaben uns beide ins Bad. Sie half mir aus der Reithose, aus dem kleinen Strumpfhaltergürtel und fragte dann: »Bist du verletzt? Das ist eine sehr empfindliche Stelle. Wenn du da verletzt bist, kannst du vielleicht niemals mehr Lust empfinden.«

Ich ließ sie nachsehen. Die Stelle war rot und ein wenig geschwollen, aber es tat nicht sehr weh. Am meisten beunruhigte mich das, was sie gesagt hatte: daß mich diese Verletzung großer Freuden berauben könnte, großer, mir noch unbekannter Freuden. Sie bestand darauf, die Stelle mit feuchter Watte zu betupfen, streichelte mich und küßte mich schließlich, damit »alles gut« wurde.

Ich wurde mir dieses Körperteils sehr bewußt. Vor allem, wenn wir lange in großer Hitze ritten, empfand ich eine so starke Wärme, eine so starke Regung zwischen den Beinen, daß ich mir nur noch wünschte, absitzen und mich wieder von meiner Freundin pflegen lassen zu können. Immer wieder fragte sie mich: »Tut's weh?«

Daher antwortete ich einmal: »Ein bißchen.«

Wir saßen ab und gingen ins Bad, wo sie die wunde Stelle mit Watte und kühlem Wasser betupfte.

Und mich abermals befingerte. »Aber es sieht nicht mehr wund aus«, stellte sie fest. »Vielleicht wirst du doch noch Lust empfinden können.«

»Ich weiß nicht«, entgegnete ich. »Glaubst du, es ist alles... gefühllos geworden... von den Schmerzen?«

Meine Freundin beugte sich sehr behutsam über mich und berührte mich. »Tut das weh?«

Ich lehnte mich zurück. »Nein«, antwortete ich. »Ich fühle gar nichts.«

»Fühlst du das hier?« erkundigte sie sich besorgt und drückte mit den Fingern auf den Lippen herum.

»Nein«, antwortete ich, ohne den Blick von ihr zu lassen. »Und das?« Jetzt fuhr sie mit den Fingern in winzigen Kreisen rings um die Spitze der Klitoris.

»Ich fühle überhaupt nichts.«

Immer eifriger prüfte sie, ob ich mein Gefühl völlig verloren hatte, steigerte ihre Liebkosungen und rieb meine Klitoris mit der einen Hand, während sie mit der anderen die Spitze vibrieren ließ. Sie keuchte, beobachtete mich genau und sagte schließlich: »Schön, schön, hier kannst du noch fühlen...«

An diese Begebenheit mußte ich denken, als ich auf der Pferdeattrappe saß und bemerkte, daß der Sattelknauf besonders stark ausgebildet war. Damit der Maler sehen konnte, was er malte, rutschte ich ein wenig nach vorn, und als ich das tat, rieb sich mein Geschlecht an dem Lederbuckel. Der Maler beobachtete mich aufmerksam.

»Gefällt dir mein Pferd?« fragte er. »Weißt du, daß ich es in Bewegung setzen kann?«

»Wirklich?«

Er kam herüber, setzte die Attrappe in Bewegung, und tatsächlich, sie war so konstruiert, daß sie sich genauso bewegte wie ein Pferd.

»Das gefällt mir«, sagte ich. »Es erinnert mich an damals, wie ich als kleines Mädchen ausgeritten bin.« Er hatte aufgehört zu malen und beobachtete mich nur noch. Die Bewegung des Pferdes preßte mein Geschlecht noch fester gegen den Sattel und verursachte mir großen Genuß. Da ich glaubte, er werde es bemerken, verlangte ich:

»Anhalten!« Aber er lächelte nur und hielt es nicht an. »Gefällt es dir nicht?« fragte er. Es gefiel mir. Mit jeder Bewegung wurde das Leder an meine Klitoris gepreßt, und ich glaubte einen Orgasmus nicht länger zurückhalten zu können. Ich bat ihn, das Pferd endlich anzuhalten. Mein Gesicht war gerötet.

Der Maler betrachtete mich genau, studierte jede Regung der Lust, die ich nicht unterdrücken konnte und die sich jetzt so sehr steigerte, daß ich mich ganz den Bewegungen des Pferdes hingab, die Reibung am Leder genoß, bis ich den Orgasmus einsetzen fühlte und vor seinen Augen kam.

Erst da wußte ich, daß er genau das erwartet, daß er das alles nur getan hatte, um zu sehen, wie ich es genoß. Er wußte, wann er die Maschine anhalten mußte. »Du kannst dich jetzt ausruhen«, sagte er.

Bald darauf posierte ich für eine Illustratorin, Lena, die ich auf einer Festlichkeit kennengelernt hatte. Sie liebte Gesellschaft. Schauspieler und Schauspielerinnen kamen sie besuchen, auch Schriftsteller. Sie malte Titelseiten für Zeitschriften. Ihre Tür stand immer offen. Die Gäste brachten etwas zu trinken mit. Die Gespräche waren scharf, grausam. Mir schien, daß alle ihre Freunde Karikaturisten waren. Jedermanns Schwächen wurden bloßgestellt. Oder sie stellten sich selber bloß. Ein schöner junger Mann, mit großer Eleganz gekleidet, machte kein Geheimnis aus seinem Beruf. Er saß in großen Hotels herum, wartete auf alte Damen, die allein waren, und führte sie zum Tanz. Sehr oft luden sie ihn auf ihr Zimmer ein.

Lena zog ein schiefes Gesicht. »Wie kannst du das nur tun?« fragte sie ihn. »So alte Frauen, wie kannst du da bloß eine Erektion bekommen? Wenn ich eine solche Frau auf meinem Bett liegen sähe, würde ich davonlaufen.«

Der junge Mann lächelte. »Da gibt es viele Möglichkeiten. Ich kann die Augen schließen und mir vorstellen, es wäre keine alte Frau, sondern eine junge, die mir gefällt, und wenn meine Augen geschlossen sind, denke ich daran, wie angenehm es sein wird, am nächsten Tag meine Miete zahlen oder einen neuen Anzug kaufen zu können, oder auch nur seidene Hemden. Dabei streichle ich dann immer das Geschlecht der Frau, ohne hinzusehen, weißt du, und bei geschlossenen Augen fühlen sie sich alle mehr oder weniger gleich an. Manchmal jedoch, wenn es mir schwerfällt, nehme ich Drogen. Ich weiß natürlich, daß meine Karriere auf diese Weise ungefähr fünf Jahre dauern wird, und daß ich anschließend nicht mal mehr für eine junge Frau von großem Nutzen sein werde. Aber bis dahin bin ich zweifellos froh, wenn ich nie wieder eine Frau ansehen muß.

Ich beneide meinen argentinischen Freund, meinen Wohnungsgenossen. Ein gut aussehender, aristokratischer Mann, absolut saft- und kraftlos. Frauen würden ihn wahrscheinlich lieben. Wenn ich unsere Wohnung verlasse, weißt du, was er dann tut? Er erhebt sich vom Bett, holt ein kleines elektrisches Bügeleisen sowie ein Bügelbrett heraus, nimmt seine Hose und bügelt sie. Während des Bügelns stellt er sich vor, daß er untadelig gekleidet ein Haus verläßt, die Fifth Avenue entlangspaziert, irgendwo eine schöne Frau entdeckt, viele Häuserblocks weit dem Duft ihres Parfums folgt und ihr in dicht besetzte Fahrstühle nachgeht, wo er sie beinahe berührt. Die Frau trägt immer einen Schleier und einen Pelz um den Hals. Ihr Kleid betont ihre Figur.

Nachdem er ihr so durch die Geschäfte gefolgt ist, spricht er sie schließlich an. Sie sieht, wie sein hübsches Gesicht sie anlächelt, und bemerkt, wie chevaleresk er sich verhält. Die beiden gehen gemeinsam weiter, nehmen irgendwo den Tee und begeben sich dann in ihr Hotel. Sie fordert ihn auf, mit hinaufzukommen. Im Zimmer ziehen sie die Rouleaus herunter, legen sich hin und lieben sich im Dunkeln.

Während mein Freund sorgfältig, gewissenhaft seine Hose bügelt, stellt er sich vor, was er mit dieser Frau macht – und das erregt ihn. Er weiß genau, wie er sie packen würde. Er liebt es, seinen Penis von hinten einzuführen, die Beine der Frau anzuheben und sie ein klein wenig umzudrehen, damit er sehen kann, wie er sich heraus- und hineinbewegt. Er liebt es, wenn die Frau gleichzeitig die Wurzel seines Penis drückt; ihre Finger üben stärkeren Druck aus als die Öffnung ihres Geschlechts, und das erregt ihn. Außerdem berührt sie seine Hoden, wenn er sich bewegt, und er berührt ihre Klitoris, weil ihr das doppelten Genuß verschafft. Er bringt sie so weit, daß sie keucht, von Kopf bis Fuß zittert und um mehr bettelt.

Während er sich all das vorstellt und dabei halb nackt seine Hose bügelt, bekommt mein Freund eine Erektion. Mehr will er nicht. Er räumt Hose, Bügeleisen und Bügelbrett weg, geht wieder zu Bett, streckt sich lang aus, raucht und denkt über diese Szene nach, bis jede Einzelheit perfekt gestaltet ist und oben an seinem Penis, den er massiert, während er daliegt, raucht und davon träumt, wie er anderen Frauen folgt, ein Tropfen Sperma erscheint.

Ich beneide ihn, weil er allein durch den Gedanken an all das so erregt wird. Er fragt mich aus. Er will wissen, wie meine Frauen gebaut sind, wie sie sich verhalten…«

Lena lachte. »Es ist heiß«, sagte sie. »Ich werde meine Korsage ausziehen.« Und sie verschwand im Nebenraum. Als sie zurückkam, wirkte ihr Körper frei und entspannt.

Sie setzte sich, schlug ihre bloßen Beine übereinander. Ihre Bluse stand halb offen. Einer ihrer Freunde saß so, daß er ihre Brüste sehen konnte.

Ein anderer, ein gutaussehender Mann, stand in meiner Nähe, während ich posierte, und flüsterte Komplimente. »Ich liebe Sie, weil Sie mich an Europa erinnern, vor allem an Paris«, sagte er. »Ich weiß nicht, was Paris an sich hat, aber es liegt dort eine gewisse Sinnlichkeit in der Luft. Die ist ansteckend. Es ist eine so menschliche Stadt. Vielleicht kommt das daher, daß sich überall die Pärchen küssen, auf der Straße, an den Cafétischen, im Kino, in den Parks. Sie umarmen einander ungeniert. Sie bleiben mitten auf dem Trottoir, in den Métro-Eingängen stehen und tauschen lange Küsse. Vielleicht kommt es daher, oder von der weichen Luft. Ich weiß es nicht. Im Dunkeln stehen in jedem Hauseingang abends ein Mann und eine Frau, die fast miteinander verschmelzen. Die Huren sehen dich einen Moment an... Sie berühren dich.

Eines Tages stand ich auf der Plattform eines Busses und blickte müßig zu den Häusern empor. Ich sah ein offenes Fenster, hinter dem ein Mann und eine Frau auf einem Bett lagen. Die Frau saß auf dem Mann.

Um fünf Uhr nachmittags wird es unerträglich. Liebe und Begehren liegen in der Luft. Alle Welt ist auf der Straße. Die Cafés sind überfüllt. Im Kino gibt es kleine Logen, die vollkommen dunkel und durch Vorhänge abgeteilt sind, so daß man sich während der Vorstellung auf dem Fußboden lieben kann, ohne gesehen zu werden. Es ist alles so frei, so leicht. Es gibt keine Polizisten. Eine Bekannte von mir, die von einem Mann verfolgt und belästigt wurde, beschwerte sich bei dem Polizisten an der Ecke. Er lachte nur und antwortete: ›Es wird Ihnen eines Tages noch unangenehmer sein, wenn kein Mann Sie mehr belästigen will, oder? Sie sollten dankbar sein, statt sich zu ärgern.‹ Und er weigerte sich, ihr zu helfen.«

Dann fragte mein Bewunderer mit gesenkter Stimme: »Würden Sie heute mit mir essen und anschließend ins Theater gehen?«

Er wurde mein erster richtiger Liebhaber. Reynolds und Stephen hatte ich bald vergessen. Sie kamen mir nun wie Kinder vor.

JENNY DISKI

Dschungelfantasien

Wieder in ihrer Lichtung, in ihrem Zelt, unter dem Moskitonetz dachte Mo zunächst an gar nichts, außer an ihre Arbeit natürlich. Aber eines Nachts, wenige Tage nach ihrer Rückkehr aus dem Basislager, legte sie ihr Buch beiseite und schlüpfte in ihren Schlafsack, um sich vom Summen und Brüllen des Waldes in den Schlaf lullen zu lassen. Sie lag da und lauschte den trommelnden Rhythmen, nur von den gelegentlichen Schreien und Klagerufen größerer Tiere unterbrochen, und machte Pläne für den kommenden Tag, wobei sie langsam der Bewußtlosigkeit entgegentrieb. Sie spürte, wie ihre Muskeln sich entspannten und das Wohlsein in ihrem Körper, der sein ganzes Gewicht in das Feldbett versinken ließ und nicht länger verantwortlich war für seine Last. Sie hatte einen Arm unter den Kopf gelegt und ließ den anderen in ihren Schlafsack, unter den elastischen Hosenbund ihres Trainingsanzugs gleiten, wo er auf der Innenseite ihres Schenkels wohlig liegenblieb. Ihr Gehirn und ihr Körper hatten sich für die Nacht geschlossen und entspannten sich im dichten Dunkel zu einer friedlichen Passivität, empfingen äußere Reize – die Geräusche des Waldes, das Gefühl ihrer Hand auf dem Schenkel – wie aus einer gewaltigen Entfernung, wie im Leerlauf, ohne zu analysieren oder zu benennen, was sie aufnahmen.

Ihre Hand strich über die glatte Haut wie ein Kind, das mit einem Stück Seide spielt, ließ den Daumen ganz leicht

KRAUS

über die Struktur des Stoffes gleiten, so daß keine Reibung das glatte Gefühl der Seide an den Nervenenden unter der Oberfläche der Haut ablenkte. Ihre Hand machte langsame Auf- und Abbewegungen über ihrem Schenkel, die Mo an den Rand des Schlafes brachten, und sie nahm kaum wahr, daß sie sich ganz leicht hinauf bewegte, bis ihre Finger ihre Vagina fanden. Einen Augenblick lang hielten sie inne, zögerten zwischen ihren Beinen, als wären sie überrascht über den Kontrast zwischen der seidigen Haut und dem groben, drahtigen Gewirr, dem sie nun begegneten. Der Wald schwirrte außerhalb des Zeltes, und Mos schlaftrunkenes Gehirn wurde zur Sambarhirschkuh, die sie auf der ersten Flußfahrt zu ihrem Nebenlager gesehen hatte. Sie brach durch das dichte Laubwerk ans Ufer des Flusses, wo das Licht nicht vom sonnenverdunkelnden Walddach abgehalten wurde. Sie stieß und schob die hängenden Lianen aus dem Weg, trampelte Barrikaden von schwertförmigen Farnen und klingengleichen Gräsern nieder, trat Schößlinge von der Dicke nur eines Fingers, jedoch verzweigt und beladen mit herzförmigen Blättern, mit ihren zarten, aber entschlossenen Hufen nieder. Sie teilte das verschlungene Unterholz des Waldes und brach hindurch bis ins helle Tageslicht des Flusses, der in der Sonne glitzerte und sich seinen Weg zwischen den suchenden Ufern bahnte, Äste hingen schwer ins Wasser zu beiden Seiten, als wollte sie den klaffenden Spalt verbergen. Die Hirschkuh senkte den Kopf und trank vom strömenden Wasser, tauchte ihr Maul immer wieder hinein und hob jedesmal den Kopf, um das überflüssige Wasser abzuschütteln, und ließ Tropfen aufblitzen, die durch die Luft sprühten, um sich wieder mit dem Flußwasser zu vermischen. Die Hirschkuh trank und tollte am Fluß im geisterhaften Licht von

Mos schlafendem Gehirn, während ihre Finger ihr Schamhaar teilten und mit ihrer Klitoris zu spielen begannen und sich im Rhythmus des Waldes bewegten.

Sie streichelte sich im Takt der zirpenden Zikaden, dann, als ihr Atem das pochende Tempo des Froschgesangs annahm, schob sie, naß und erregt, einen Finger tief in sich und bewegte die Hüften gegen den Takt von Finger und Atmung; kontrapunktisch zum Rhythmus des Waldes und doch verbunden, eingeschlossen in ein Muster von Geräusch und Bewegung, das zugleich innen und außen und dann schließlich keines von beidem war. Ihre Finger waren flink und bewegten sich mit äußerster Subtilität, um den wachsenden Druck der Lust aufrechtzuerhalten, ohne ihm zu gestatten, zur Erfüllung zu kommen; sie verminderte die Intensität, als sie spürte, daß ihr Körper bereit war, der sich steigernden Spannung zum Ausbruch zu verhelfen, wartete eine Sekunde, weil sie noch nicht bereit war und noch mehr wollte.

Der Augenblick war noch nicht gekommen.

Der Wald hatte die Fuge, die sie spielte, registriert, und sie wartete in nervöser Spannung, die Erregung gezügelt, doch bereit für die Lösung, derer sie sicher war. Ein plötzlicher schriller Ruf durchbrach den regelmäßigen Puls des Waldes, als ein Tier einen gedehnten Schrei des Todes oder Triumphes ausstieß; eine Stimme aus dem nächtlichen Wald, die Mos behutsam modulierten Rhythmus zerriß und ihre eigenen unbändigen Schreie, ein Echo der dunklen wilden Welt außerhalb ihres Zeltes, auslöste. Der Rhythmus in ihrem Innern schwoll an und beschleunigte sich zum Höhepunkt, dessen Signal sie vom Wald erwartet hatte. Ihre Stimme wurde schrill und drang durch die Wände ihres Zeltes in den Wald und vermischte sich mit den anderen Schreien. Sie wollte einen

Namen in den Wald hineinrufen und wußte nicht, welchen, nur daß der Name, widerhallend in der feuchten, heißen Nacht, dort draußen hingehörte.

Mo schlief ein, nachdem sie den Wald in sich aufgenommen hatte, und träumte grüne Träume von sich und dem Wald, verschlungene, verstrickte, ineinander zerfließend wie unwirkliche Lebewesen ohne Konturen, eine neue Geometrie in flüssiger Form.

Doch der Wald ließ sich nicht täuschen. Mos Schreie hatten ihn durchdrungen und verändert wie alle Aktivitäten aller Wesen, die innerhalb seiner Grenzen existierten. Doch für den Wald waren Mos Schreie nicht mehr als ein Geräusch von sich gebendes Wesen. Während andere Dinge den Wald bewohnten, lebten, Nahrung suchten und sich paarten, Leben zur Welt brachten und starben, blieb dieses Wesen immer abgesondert. Sie entnahm dem Wald Dinge, tat Dinge mit ihm, beobachtete ihn, als gehörte sie gar nicht dazu. Kein anderes lebendes Ding stand so außerhalb seiner selbst. Sogar die Nutzung der Waldgeräusche zu ihrer eigenen Erregung entsprang der Struktur ihres eigenen Geistes, der getrennte, ungeordnete Laute in eigene Muster zwang. Eine Vereinfachung, die aus vielen Dingen eines machte – einen Rhythmus, ein Tempo, nicht eine Million einzelner Stimmen, die mit nichts anderem beschäftigt waren, als sich am Leben zu erhalten.

Das Facettenauge des Waldes registrierte, wie Mo sich berührt hatte um der Lust willen, die er ihr bereitet hatte, so wie viele Wesen es taten, die genug Hirn hatten, um eine Wahl zu haben, sich berührten und spielten. Er nahm ein Begehren in ihr wahr, das er als das Bedürfnis deutete, vergleichbar mit dem, wenn die Körperfunktionen eines Tieres nach Paarung verlangten; wenn die männliche Termite ihren Flug aufgab und, geleitet von einer Wolke aus Duft, zurück auf den Boden glitt. Der Wald kannte die Notwendigkeit, jedoch nicht das Geheimnis, das Mo zwang, halb bewußtlos zu sein, bevor das Verlangen befriedigt wurde. Ebensowenig verstand er, daß sie den Wald für das verantwortlich machte, was sie für sich selbst getan hatte. Auch wenn Mo endlich begriffen hatte, daß der Wald etwas anderes war als ein zu messendes Ökosystem, so war sie doch noch nicht zu dem Verständnis gelangt, das der Wald von sich selbst hatte.

Das Auge des Waldes beobachtete Mo, die ihn beobachtete und verkannte, und langte wortlos nach dem Teil von ihr, der gegen alles außer Worten taub war. Und Mo, in ihrem Schlaf, verstrickt in den Wald, spürte etwas, obwohl sie nichts begriff. Sie war berührt, so wie sie früher von Gefühlen berührt gewesen war, die, sobald sie erwachte, überhaupt keinen Sinn ergaben.

So schlummerte der Wald in Mo, während sie ihren Tätigkeiten nachging, und wartete, ohne sie zu verstehen, daß sie ihn verstand. Mo wachte früh beim morgendlichen Konzert der Gibbons auf, den unheimlichen Schreien, die Mos und ihren Tag einleiteten, und wie eine Geräuschkrone unter dem hohen Walddach hallten. Ein Bild von Joe, nackt und muskulös, lag auf ihren Lidern, und sie erinnerte sich an das Duett, das sie nachts mit dem Wald gespielt hatte. Sie verscheuchte das Bild, beschämt und verwirrt, daß sie sich solch törichten Fantasien hingegeben hatte. Die Laute des Waldes waren dort draußen in der sonnendurchfluteten Lichtung, waren nur die Geräusche der Welt, die sie studierte und die nicht wirklich mit ihr oder ihrem Körper in Beziehung standen, der, frisch und ausgeruht, den Schlafsack und die Erinnerung an die vergangene Nacht abstreifte und sich auf einen arbeitsreichen Tag vorbereitete.

Sie schlüpfte in ihre noch immer feuchten Arbeitsjeans und ihr Hemd und machte sich, wieder ganz sie selbst, ihr Frühstück. Sie war, wer sie war, die Welt lag nun draußen im hellen Tageslicht. Und die letzte Nacht war Vergangenheit, bereits vergessen. Und dennoch, als sie aus ihrem Zelt in die winzige Lichtung trat und die Bäume betrachtete, die ringsumher dem Himmel entgegenstrebten, war etwas Befremdliches, Harsches, fast Triumphierendes an ihnen. Unsinn, sagte sie laut, als sie mit dem Rucksack zu ihren Waldquadraten aufbrach.

Mo hatte den größten Teil des Morgens damit zugebracht, ihre Wachstumsfelder am Standort 1 zu überprüfen. Sie kniete in der Mitte von Quadrat 6 H und maß den Stammumfang eines jüngeren Baums, auf dem sich eine Drosselfeige angesiedelt hatte. Dann prüfte sie die Länge der Luftwurzeln des Parasiten, die den Baum zu umschlingen begonnen hatten und jetzt zum Boden strebten. Wenn sie erst einmal fest genug im Erdreich verankert wären, würde der Feigenbaum autark und fähig sein, aus seiner vorteilhaften Stelzenposition zum Licht emporzuwachsen; der Wirtsbaum würde, nachdem seine eigenen Wurzeln von denen des ungeladenen Gastes erstickt worden waren, langsam sterben. Mo vermerkte die Ergebnisse in dem Notizbuch, das neben ihr lag.

Sie wurde beobachtet.

Wie immer wurde sie vom Facettenauge des Waldes verfolgt: vom todgeweihten Baum und von der Drosselfeige; von den Tausendfüßlern, die durch Gewicht und Struktur ihres khakibedeckten Knies am Boden umgeleitet worden waren; von den ruhigen glänzenden Blättern des Walddaches über ihrem Kopf, das sich dem durch ihre Gegenwart veränderten CO_2-Niveau anpaßte. Doch so wie sie der ständigen Überwachung des Waldes ausgesetzt war, wurde sie auch tatsächlich *beobachtet*. Das heißt, ein Augenpaar konzentrierte sich willentlich auf Mo, und, anders als der neutrale Blick, den der Wald, hätte er Augen besessen, auf sie gerichtet hätte, funkelten diese Augen von kühlem Azurblau, sonst nirgendwo in dieser Umwelt zu finden, vor Belustigung und verengten sich, während sich die Brauen darüber amüsiert und abschätzend leicht anhoben.

Sie erblickten Mo, von Wald umgeben, in der Mitte eines abgesteckten Systems von Quadraten auf Knien, behutsam ein Fleckchen Erde mit den Fingernägeln fortkratzend. Sie suchte, um sie auf ihrem Plan vermerken zu können, nach Schößlingen, die durch das Erdreich ans Tageslicht vordringen wollten. Ihr Haar wurde von einer Spange zurückgehalten, und ein Stirnband verhinderte, daß ihr bei der Arbeit der Schweiß in die Augen rann. Sie trug ein graukariertes Baumwollhemd, das in weite Militärhosen gesteckt war, die, zum Schutz gegen Insekten und Blutegel, in festen Dschungelstiefeln steckten. Die Augen sahen, wie sie die Erde mit den Fingern lockerte und gelegentlich eine Krume aufhob und behutsam beiseite legte, so daß sie sie nach genauer Untersuchung wieder an ihren alten Platz zurückgeben konnte.

Der Mund unter den Augen verzog sich zu einem spöttischen Lächeln.

»Ich sehe, du räumst noch immer auf. Wenn ich das geahnt hätte – ich hätte glatt Besen und Kehrblech mitgebracht. Aber ich hab' etwas Salz im Rucksack, für den Fall, daß du Probleme mit Weinflecken hast.«

Mo hob jäh den Kopf und hockte sich auf die Fersen,

während sie das dämmrige Licht nach dem Besitzer der Stimme absuchte. Sie begriff die Worte sofort, doch ihre Augen vermochten nur vage und verschwommen eine menschliche Gestalt hinter einem Gewirr aus Farnen und belaubten Ästen, etwa zehn Meter entfernt, auszumachen. Sie blieb hocken, spähte in die Richtung und weigerte sich, das, was sie schon wußte, zuzugeben, ehe ihre Augen es bestätigt hatten.

Joe bog die Zweige auseinander und trat, ohne Frage er selbst in Person, an den Rand des Gittersystems.

»Hallo«, lächelte er. Mo richtete sich auf, blieb aber in ihrem Quadrat.

»Joe?« fragte sie, als bestünde noch eine geringe Chance, daß er's nicht wäre. Er nickte zustimmend, und seine Lippen verzogen sich wieder in der vertrauten Mischung aus Spott und Belustigung.

»Hast du mich etwa nicht erwartet? Halt, nicht bewegen.« Für den Bruchteil einer Sekunde flammte ein gleißender Blitz auf. »›Mo beim Aufräumen des Dschungels‹, ein passender Titel.« Er zog ein Foto aus der Polaroid-Kamera und ließ es an einer Ecke baumeln, ohne auf die Umrisse zu achten, die sich darauf abzuzeichnen begannen. Es dauerte eine Weile, bis Mos Augen sich wieder an das Dunkel gewöhnt hatten.

»Was machst du hier?«

»Ich wollte einfach mal vorbeischauen und dir einen kleinen Besuch abstatten. Wollte sehen, wie du so zurechtkommst. Ich hatte keine besonderen Pläne für die Sommerferien und fand, ein bißchen rumreisen wäre nicht schlecht. Dann hab' ich meinen Kompaß nach Osten gerichtet, und da warst du mehr oder weniger auf meiner Route.«

Mo trat vorsichtig über die 1,5 Quadratmeter großen

Felder. Sie streifte ihr Stirnband ab und wischte sich damit den Schweiß aus dem Gesicht.

»Wie bist du hierher gekommen?«

»Auf demselben Weg wie du. Ich habe deinen genauen Standort mit Sallys Hilfe im Sekretariat ausfindig gemacht, bin zur Forschungsstation gekommen, und Leloh war so nett, mir sein Boot zu leihen und mir die Richtung anzugeben. Er schien sich darüber zu freuen, daß du Besuch kriegst. Er sagt, es sei schlecht für Frauen, zu lange allein im Wald zu bleiben. Willst du mir keinen Tee anbieten?«

Mo stand noch eine Weile wie angewurzelt da und starrte ihn ungläubig an.

»Das ist doch lächerlich. Absolut lächerlich. Du hast kein Recht…«

Sie hielt inne, das Echo eines früheren Gesprächs, bei dem sie nicht gut weggekommen war, klang in ihr nach. Sie rieb sich die Erde von den Händen. »Wir gehn jetzt wohl besser zur Lichtung zurück«, sagte sie schroff und packte ihre Sachen in den Rucksack. »Hier lang.«

Joe hob ironisch, wie zum Salut, die Hand, und sie machten sich im Gänsemarsch schweigend auf den Rückweg.

Im Zelt riß sich Joe seinen Rucksack von den Schultern und ließ ihn am Boden liegen. Dann warf er sich stöhnend aufs Feldbett. »Gott, bin ich kaputt. Hatte total vergessen, wie einem das Klima hier zu schaffen macht.«

Mo zündete den Campingkocher an und setzte Wasser auf. »Es kann sehr gefährlich sein, wenn man nicht dran gewöhnt ist. Aber das weißt du wohl selbst«, fügte sie schnell hinzu, denn ihr war eingefallen, daß dies nicht sein erster Besuch im Regenwald war. Sie wandte sich um, wollte fragen, weshalb er gekommen war.

Joe schlief schon.

Mo löste das Moskitonetz und ließ es wie ein Leichentuch um ihn fallen. Dann goß sie den Tee auf, ließ sich auf dem Klappstuhl nieder und musterte ihren schlafenden Besucher.

Vielleicht, dachte sie, hab' ich Halluzinationen. Vielleicht hat mich der Dschungelkoller erwischt. Doch sie wußte, daß der, der dort in seiner olivgrünen Kluft, die Arme um das Kopfkissen geschlungen, ausgestreckt lag, real war, sehr real, *hier* war.

Sie wußte freilich nicht warum, was er wollte. Wäre ihr Vater noch am Leben, er hätte sie besucht, aber das wäre verständlich gewesen – intellektuelle Neugier. Vielleicht war das auch der Grund, weshalb Joe hier war, doch sie wußte, das war nicht *alles*. Da mußte noch etwas anderes sein.

Joes leicht fiebernder Traum sickerte in den Wald hinein. Der reale Wald außerhalb des Zeltes absorbierte seine alptraumhaften Erinnerungen an einen anderen Wald. Er nahm seine menschlichen Bilder vom marginalen und sinnlosen Tod in sich auf und schauderte vor der menschlichen Erinnerung an menschliches Leid zurück. Schreiende Münder, angsterfüllte Augen, die Hoffnungslosigkeit von Jahren erbitterter Anstrengung, ein Kind zu ernähren, und dann mit ansehen zu müssen, wie es von einer Kugel dahingerafft wurde, die einem anderen gegolten hatte. Der Wald nahm das Bedürfnis des Menschen nach einem Sinn auf, einem Sinn des Lebens und des Todes, und die Trostlosigkeit des Wesens, das entdeckt, daß es keinen gibt, und er konnte einen solchen Schmerz nicht im geringsten begreifen. Die Bilder in Joes Traum waren nichts als Wirrwarr für den Wald, der nichts von Leiden oder Sinn wußte, und deshalb einfach nur war oder nicht war. Er wandte den Blick ab und dauerte nur fort, so wie Joe es zu tun versucht hatte. Da Joe aber ein Mensch war und nichts anderes hatte, das er anschauen konnte, hatte er Distanz mit Gleichgültigkeit verwechselt und stand deshalb abseits von allem.

Drei Stunden später, als Mo an ihrem Schreibtisch saß, wachte Joe auf. Er räkelte sich und gähnte. »Zum Träumen ist das hier die Hölle.« Er streckte den Arm nach Mo aus. »Komm her«, sagte er ruhig. »Ich will dich in deinem Urwald vögeln.«

Und kaum daß er's gesagt hatte, schien für Mo kein Zweifel daran zu bestehen, daß er's tun würde. Vielleicht hatte er recht, dachte sie, vielleicht hatte sie auf ihn gewartet.

Sie hob das Moskitonetz, setzte sich kerzengerade auf den Bettrand und sah ihn nicht an, während er, ohne aufzustehen, aus seinen Kleidern schlüpfte. Dann zog er Mo aus, die sich nicht rührte, als er ihre Knöpfe öffnete, ihre Stiefel aufschnürte, sie leicht anhob, um ihre Hose abzustreifen, und, als sie nackt war, aufs Bett klopfte und sie anwies, sich neben ihn zu legen.

Einen Augenblick lagen sie schweigend Seite an Seite und lauschten auf das Knistern und Plappern des Waldes. Dann drehte sich Joe zu ihr und begann sehr behutsam, die Konturen ihres Körpers mit dem Zeigefinger nachzuzeichnen. Er begann an ihrem Hals, bewegte sich hinab und umriß ihre Formen mit der Fingerspitze, die leicht über ihre feuchte, schweißbedeckte Haut glitt. Sie strich langsam hin und her, über eine Brust, wieder hinab über die Linien ihrer Rippen und die leichte Erhebung ihres Magens und verweilte einen Augenblick an der Senke ihres Bauchnabels. Dann weiter hinunter, um den Winkel ihrer Scham zu skizzieren, und, die Linie ihrer geschlossenen Schenkel entlangfahrend, zum Knie, zur Wade zu gelangen und schließlich am Fußgelenk anzuhalten, das er, die anderen Finger ausstreckend, mit festem Griff umklammerte.

»Erinnerst du dich an mich?« fragte er, nachdem seine Hand auf gleichem Weg wieder zu ihrem Hals gelangt war, wo sie locker liegenblieb.

Mo und der Wald erinnerten sich an ihr Verlangen. Einmal hatte sie den Wald zu ihrem Geliebten gemacht. Jetzt schlug der Puls des Waldes heftig, und er, Joe, war hier, so wirklich wie die Geräusche außerhalb des Zeltes, streichelte und spielte mit ihrem Körper zu einem Rhythmus, den sie nicht mehr einzuordnen vermochte. Seiner, ihrer oder der des Waldes – es war gleichgültig.

Sie liebten sich den ganzen Nachmittag, ihre Körper, naß vor Anstrengung und Hitze, glitten gegeneinander. Joes erfahrene Hände spielten auf ihr, steigerten ihre Lust, verzögerten sie und erfüllten sie, wie ein Komponist, der Noten niederschreibt, die er schon im Ohr hat, bis Mo einen eigenen Rhythmus verspürte und ihre eigene Melodie mit Händen, Mund und Becken zu komponieren begann, so daß es eine andere Fuge wurde, ähnlich der, die sie mit dem Wald gespielt hatte. Ein Muster von gegensätzlichen und doch zusammenfallenden Rhythmen.

Später lagen sie ruhig da und lauschten dem Abendgewitter, das in der Ferne grollte und immer näher kam. Als der Donner mit ohrenbetäubendem Lärm über ihren Köpfen toste und die ersten dicken Regentropfen fielen, stand Joe auf.

»Weil ich ein sauberer und gesunder Bursche bin, werd' ich mich jetzt richtig waschen.«

Er trat aus dem Zelt und stand nackt in der Lichtung

mitten im Wolkenbruch, ließ den Regen auf seinen Körper prasseln, hob die Arme, um ihn daran hinabfließen zu lassen, drehte sich mehrmals, strich mit den Fingern durch sein tropfendes Haar und rieb den ganzen Körper mit den Handtellern ab. Die Kraft, die den Wald aufrechterhielt, wurde zu seiner privaten Dusche, und er genoß den Scherz in vollen Zügen. Er paßte die Energie des Gewitters seiner eigenen an, machte eine Waschgelegenheit aus der Sintflut, die anderswo dreißig Meter hohe, jahrhundertealte Bäume entwurzelte, Lebewesen ertränkte, die zu klein oder langsam waren, um zu entkommen, und dem Wald dennoch Leben schenkte. Mo erhob sich, um ihm zuzusehen, stand nackt auf der Schwelle des Zeltes und beobachtete seine Parodie. Auch sie fand seinen Scherz amüsant und lächelte, fühlte aber gleichzeitig die Geringschätzung, die seinem Spiel zugrunde lag. Alles war Spiel für ihn, alles. Was war wichtig genug, um ernst genommen zu werden? Sie schob den Gedanken beiseite und wollte, als er sie herbeirief, daran teilnehmen. Feucht von Schweiß und Sex sank sie in der gewitterdurchnäßten Lichtung in seine ausgestreckten Arme. Er wusch sie im Regen, der wie aus riesigen Schleusen vom Himmel fiel, drehte sie wie einen Kreisel herum, damit er jeden Teil ihres Körpers erreichen konnte. Der Regen rann aus ihrem angeklatschten Haar in ihr Gesicht, so daß sie kaum sehen konnte, wie er lachend den Regen ausspuckte, der ihm in den Mund strömte. Mo lachte auch und versuchte, das Wasser aus seinem Gesicht zu reiben. Es war herrlich, nackt in der Lichtung des Urwalds zu stehen und sich vom Gewitter waschen zu lassen.

Noch nie hatte sie den Wald so nah an sich herankommen, Teil von sich selbst werden lassen – bei ihm sein, ihn benützen, seine Kraft auf sich spüren. Sie beobachtete weder ihn noch sich selbst und war im Augenblick glücklich, hier zu sein mit ihrem Geliebten, mit dem der Sex zu einer Entdeckung von Lust und innerer Ausgeglichenheit wurde. Sie fühlte sich hübsch, und ihre geschmeidigen, aufs Praktische gerichteten Glieder bewegten sich mit einer neuen Anmut, die immer schon da gewesen war und darauf gewartet haben mußte, sich zu zeigen. Joe begann mit kräftigem Tenor ein Sammelsurium von Badezimmerliedern zu singen, und sie tanzte im Regen mit ihm wie jemand, der diese neue und völlig sinnlose Betätigung für seinen Körper soeben erfunden hatte. Er war nicht länger an einen Zweck gefesselt: laufen, um von hier nach dort zu gelangen... sitzen, um dies oder jenes zu tun... Er bewegte sich zum eigenen Vergnügen auf eine Art, ohne nach einem Sinn zu fragen, und war entzückt über sein Talent zur Schönheit.

Als das Gewitter vorübergezogen war, gingen sie ins Zelt zurück, rieben sich gegenseitig lachend und zitternd trocken und schlüpften in saubere Kleider. Mo bereitete ein Essen vor, während Joe, den Arm um ihre Schulter gelegt, neben ihr auf dem Bett saß und hin und wieder geistesabwesend über ihre Wange strich. Sie hockte am Boden und starrte auf den Reis, der im sprudelnden Wasser auf dem Gaskocher tanzte. Sie fühlte sich erschöpft und wohlig träge. Sie war ein steinernes Bildnis, dessen Äußeres verwitterte und, während die Spuren von Zeit und Wetter die von Meißel und Vorstellung eines anderen geprägte Form verwischten, dem, was sie wirklich war, immer näher kam. Innerhalb des neugeschaffenen Bildes befand sich eine echte Form, der Stein selbst. Ihr war, als wären ihre Kanten abgeschliffen worden, und sie hatte zum erstenmal das Gefühl, die äußere Form sei vielleicht nicht das Wesentliche, und es gäbe eine glühende

Stelle in ihrem Innern, die sie wachsen lassen dürfte. Sie spürte diese Stelle körperlich irgendwo unter dem Knoten des Zorns, der Faust, die sich ballte, als sie den Brief ihrer Mutter las oder an Liams Torheit dachte. Und genau darunter gab es etwas, das leben wollte. Mo und der Wald waren sich plötzlich sehr nah. Die Termitenkönigin flüsterte etwas von Bedürfnissen, und die Kriechpflanzen, noch immer durchtränkt und tropfend, raunten Mo von der Stelle unterhalb der geballten Faust und vom Wald her etwas von komplexen Mustern und geheimen Verbindungen zu. Und Mo hörte sie beinahe, während sie auf das Zischen des Gaskochers lauschte. Jedenfalls wußte sie, daß es etwas gab, das sie hören mußte.

Die Ereignisse des Tages hatten sie aus der Bahn geworfen. Die nüchterne, vernünftige Mo fühlte, daß sie die Orientierung verloren hatte, daß sie im Niemandsland dahintrieb, fort von sich selbst. Nicht mehr sie selbst, nichts mehr. Ihre Arbeit im Wald schien nicht mehr ganz im Zentrum zu stehen. Es war, als sei eine neue Aufgabe in Reichweite; Dinge, an die sie sich erinnern, Verbindungen, die sie neu herstellen müßte, um sich wieder in ihrem wirklichen Selbst zu fühlen. Doch sie war in diesem Augenblick nicht sicher, was dieses Selbst war. Sie wußte, daß die Mo, die sie heute morgen an ihrem Gittersystem zurückgelassen hatte – herausgeschlüpft aus ihrer alten Haut wie eine Schlange –, sie verachten würde. Solch ein Theater um Sex. Mehr war es nicht. Sie hörte sich selbst, doch nur aus der Ferne, jenseits des Weges, den sie sich durch den Wald zu ihren Gittern gebahnt hatte. Nun, es stimmte. Man konnte es nicht anders beschreiben. Verlangen. Begehren. Seine starke physische Gegenwart und die Tatsache, daß er im Bett so ganz zu ihr *paßte,* nicht nur auf die offensichtliche Weise, sondern alles an ihm, so daß sie glaubte, etwas von sich selbst zu finden, das sie verloren hatte, ohne vorher von seiner Existenz gewußt zu haben.

Natürlich würde die Mo der Gitter das mißbilligen. Es war sinnlos, nicht vernünftig. Doch die Mo, die ihre Orientierung verloren hatte, wußte etwas von Bedürfnissen, die der anderen unbekannt waren. Es ging ihr durch den Sinn, daß sie vielleicht morgen Marjories Brief noch einmal lesen würde und daß Liam, wenn auch nicht ihr Mitleid, so doch mehr Aufmerksamkeit verdiente. Vielleicht mußte man sich manchmal einfach nehmen, was man wollte, und die chaotischen Folgen dazu. Doch was geschah dann mit den anderen Menschen, was mit den sorgsam konstruierten Gefügen, der Kohärenz der Dinge? Warum zerstörte Liam mutwillig alles um ihn herum? In dieser Situation wurde jeder verletzt. Wie konnte man das zulassen? Sie erblickte im tanzenden Reis ein Bild des Wohnzimmers in Sussex. John, Marjorie und Mo, stumm dasitzend beim Ticken der Uhr; ein erstarrtes Familienbild. Was wären, hätte jeder sich genommen, was er wollte, die Folgen für dieses Bild gewesen? Hatten sie nicht alle ihre unerfüllten Sehnsüchte überdauert? Doch jetzt wußte sie nicht mehr mit Sicherheit, was ihre Eltern wirklich gewollt hatten. Sie wußte, sie hatte die beiden immer nur in Beziehung zu ihr, Mo, gesehen. Sie waren zwei zusammenlaufende Linien gewesen, deren Schnittpunkte sie selbst war. Jetzt schien es, als hätte es drei getrennte Linien gegeben, keine davon gerade, alle an gewissen Punkten miteinander verbunden, doch jede mit einer eigenen Richtung. Sie überdachte all den Zorn, den Ärger und die Sehnsüchte ihrer Kindheit und erkannte, daß das, was sie gewollt hatte – und das sie immer noch nicht richtig benennen konnte –, die zerbrechliche Struktur ihrer

Familie wie ein Kartenhaus hätte zusammenfallen lassen. Jeder hätte in dem entstehenden Durcheinander alles verloren. Wenn sie die Gefahr als Kind auch nicht genau erkannt hatte, so hatte sie doch gewußt, daß sie da war, und ein schützendes Gerüst darum errichtet, das dann irgendwie die Sache selbst geworden war. Ohne sein peinlich genaues Muster geriet alles in Gefahr, zusammenzubrechen. Sie glaubte, dafür gesorgt zu haben, daß alles seinen sicheren Gang nahm, aber vielleicht war es gar nicht so gewesen, und es schien ihr jetzt, als hätte sie das Gerüst um sich selbst errichtet und nicht, wie sie geglaubt hatte, zum Schutz der anderen.

»Laß uns essen«, unterbrach Joe, und Mos Träumereien verflogen, als die Gegenwart ihre Aufmerksamkeit wieder in Anspruch nahm. Sie trug den Reis auf und reichte Joe seine Schale, und sie plauderten ruhig über das, was sich am College zugetragen hatte und wie Joes Kurs verlaufen war. Und im September, wenn Mo nach London zurückkam? Joe zuckte die Achseln. Er stellte seine leere Schale auf die Kiste neben dem Bett.

»Ich dreh' 'ne Runde«, sagte er plötzlich und blieb fast zwei Stunden fort. Mo beschloß, sich keine Sorgen um ihn zu machen, schließlich kannte er sich im Regenwald aus.

Als er zurückkam, wirkte er erschöpft und abgespannt, brachte aber dennoch ein vages Lächeln zustande. »Gehn wir ins Bett. Du hast einen anstrengenden Arbeitstag vor dir.«

Trotz des lockeren Tonfalls seiner Stimme liebte er sie auf zornige Weise. Er bewegte sich heftig und hastig in ihr, und sie sah in seinen Augen nur ein blaues Spiegelbild ihres eigenen angsterfüllten Gesichts. Mo hielt ihn umarmt, doch er war nicht bei ihr, und nach dem Orgasmus schlief er gleich ein. Sie lag neben ihm auf dem schmalen Bett und lauschte auf das Quaken der Frösche und das Summen der Insekten. Der Wald draußen schien plötzlich wild und bedrohlich. Sie spürte ihn an ihrem Leib zerren, als könnte er die Abgrenzungen ihres Körpers nicht ertragen, als suchte er einen Weg, sie aufzulösen. Sie betrachtete Joe und fragte sich, was er wohl träumte.

Morgens nach dem Frühstück zog Mo ihre Karten und Diagramme aus dem Karton neben ihrem Schreibtisch. Joe war spät aufgewacht und schien recht gut gelaunt.

»Ich zeig' dir jetzt mal, wie ich vorgehe. Dann verstehst du den Sinn der Gitter besser, wenn du sie nachher siehst.«

Joe erhob sich vom Bett und stellte sich neben Mos Stuhl, eine Hand auf die Kante des Schreibtisches gestützt, während sie erklärte, nach welcher Methode sie die Daten aufs Papier übertrug. Sie hatte ein Diagramm erläutert und wollte eben eine zweite Papierrolle aus dem Karton ziehen, als Joe sie unterbrach. »Sieht ja alles großartig aus. Du mußt geschuftet haben wie ein Tier.« Er entfernte sich vom Tisch und begann, seinen Rucksack zu packen.

»Warte, ich bin noch nicht fertig«, rief Mo. »Du wirst aus den Gittersystemen erst schlau, wenn du die Wachstumsmuster gesehen hast.«

»Mich interessiert das alles nicht so wie dich«, sagte er, weiter mit seinem Rucksack beschäftigt. »Läßt mich ziemlich kalt, das Ganze. Außerdem kann ich dich nicht begleiten. Ich muß zurück.«

»Zurück?« Mo begriff nicht, was er meinte. »Ich dachte, du bleibst ein paar Tage. Wohin mußt du zurück?«

»Ich wollt' dir nur mal schnell guten Tag sagen.« Er

verschnürte den Rucksack. »Wir sind unterwegs nach Sydney.«

»Wir?« fragte Mo und wußte, was kommen würde.

»Ich reise mit Mariana. Du weißt, sie hat ihre Doktorarbeit in Anthropologie geschrieben. Ich hab' sie auf der Forschungsstation zurückgelassen, damit sie Derek ein paar Kontaktadressen in Australien abluchst. Vielleicht bleib' ich ein Weilchen dort. Mal sehen.«

Er mustere sie kühl. Sein Tonfall sollte andeuten, daß ihm diese letzte Bemerkung eben erst in den Sinn gekommen war. Nicht von großer Bedeutung.

Mo stand von ihrem Schreibtisch auf. »Und gestern? Letzte Nacht?«

»War 'n Riesenspaß. Etwa nicht? Hab' mich bestens amüsiert, Mo. Mein kleiner Abstecher hat sich gelohnt. Du willst doch wohl nicht, daß ich dich von der Arbeit abhalte?«

»Warum hast du mir das nicht vorher gesagt?«

»Was gesagt? Ich hab' dir nichts vorgemacht. Wir sind beide erwachsen, Mo. Wir haben gevögelt und hatten unsern Spaß dabei. Mehr nicht. Also keine Probleme.« Diese letzten Worte waren nachdrücklich, endgültig. Er schwang seinen Rucksack über die Schultern. »Eines allerdings wollt' ich dich noch fragen zu deinen Gittern und deiner Suche nach der letzten Wahrheit über den Regenwald. Was, wenn sie nun an der falschen Stelle sind, deine Quadrate. Was, wenn sie genau an der falschen Stelle sind, die dir *kein* repräsentatives Bild vom gesamten Wald vermitteln? Was«, fuhr er unvermittelt lachend fort, als wäre ihm der Gedanke eben erst gekommen, »wenn die Wahrheit, die du suchst, *zwischen* den Quadraten liegt oder verborgen unter den Linien, die den Rahmen des Gitters ausmachen? All diese Papierstapel wären dann bedeutungslos, oder?« Er kam auf sie zu, küßte sie auf die Wange, trat zurück und musterte ihr fassungsloses, unbewegtes Gesicht. »Keine Bange. War nur 'n Scherz. Mach's gut. Bis bald.« Damit wandte er sich um und trat, lässig mit dem Handrücken winkend, ins Freie.

Mo schlüpfte aus ihren trockenen Sachen in die feuchte Arbeitskluft mit ihren verschiedenen schützenden Schichten. Eine Gedankenverbindung, die sich schon einmal vorher in ihr geformt hatte, tauchte jetzt wieder auf und setzte sich fest. Joe und der Wald. Sie waren ein und dasselbe. Beide waren gefährlich, verführten den Unbesonnenen, seine Wachsamkeit aufzugeben. Beide bargen grausame und unvorhersehbare Überraschungen. Mo wußte, daß sie die wirklichen Gefahren des Waldes überlebt hatte, weil sie sich bewußt gewesen war, daß die Dinge nicht waren, was sie schienen.

Schlangen und giftige Insekten; Blutegel und Fieber, Unfall, Infektion, Geistesverwirrung. Sie lauerten, warteten auf die Achtlosigkeit des Unbesonnenen. Sie hatte den Wald überlebt, weil sie ihn kannte, weil sie ihn beobachtete und prüfte und in seine einzelnen Bestandteile gliederte. Ihm war nie zu trauen. Wenn man erst einmal die Kontrolle über ihn verloren hatte, konnte alles passieren. Die Gedankenverbindung von Joe und dem Wald war unwiderstehlich. Beide waren zerstörerisch, beide gleichgültig. Sie schnürte ihre Stiefel fest um ihre Hosenbeine und entsann sich, wo und wer sie war. Sie war, glaubte sie, wieder in ihrer Arbeitskleidung, wieder in ihrem eigenen Selbst. Mo, die Wissenschaftlerin, die Mo der Gitter. Drei Quadrate von Gittersystem 2 waren gestern nicht geprüft worden. Ihr effizienter Zeitplan war unterbrochen worden. Nun mußte sie zu ihrer wirklichen Aufgabe zurückkehren.

Tatsächlich aber war sie nie weiter von der objektiven, Daten sammelnden Wissenschaftlerin entfernt gewesen als jetzt. Sie hatte aus ihrem eigenen inneren Durcheinander einen neuen Wald geschaffen; ihm ein Gesicht, einen Namen und Eigenschaften aufgeprägt, die nicht der Realität des Waldes entsprachen, sondern dem persönlichen Chaos, das sie zu verschlingen drohte.

BENOÎTE UND FLORA GROULT

Eine Jugendliebe

Juliette

SEPTEMBER

Ich habe aufgemacht, er lehnte mit dem Anflug eines Lächelns um den Mund am Türpfosten.

Er ist eingetreten; wie ein Tablett hielt er eine Hand hoch, auf der sich eine gewaltige blaue Traube türmte. Er hat mich nicht geküßt, er hat nur gesagt:

»Guten Abend, Jule.«

Ich habe gespürt, daß etwas vorging, und ein Hauch rosiger Erregung überzog mein Gesicht. Ich wollte aber nicht, daß er das sähe, und Zeichen deuten wollte ich auch nicht.

Aber dieser Name, den ich von Jean schon so lange nicht mehr gehört hatte, dieser symbolischer Name, Bestandteil unserer Jugend, schien aus einer tiefen Vergangenheit aufzutauchen, um zum Schlüsselwort eines Rätsels zu werden, das zu verstehen ich mich bisher vergeblich bemüht hatte.

Damals nannte er mich Jule. »Jule ohne S wie George Sand«, sagte er, und das ärgerte mich. Mit vierzehn Jahren hielt ich mich für einen Vamp. Ich arbeitete mit Wimpern, Brauen, Augendeckeln, Popo und Haarsträhne und wartete auf den Erfolg. Jule genannt zu werden war das letzte, was ich anstrebte. Ich war sehr verliebt in Jean; seit meiner Kindheit liebte ich ihn still vor mich hin, ohne es ausdrücken zu können, und ein bißchen von dieser Liebe gab er mir zurück.

KRAUSS

Sein Jugendcharme war schon von jener Unbekümmertheit geprägt, die seinen Erwachsenencharme ausmacht. Er nannte mich »Kleines«; er küßte mich auf die Nase, machte meine lateinischen Hausaufgaben, mokierte sich, wurde dann plötzlich sehr ernst, nahm mich beim Arm und sagte: »Es ist mathematisch bewiesen, daß wir uns später heiraten werden.«

Ich glaubte es. Ich betrachtete mich als geweiht, versprochen, verlobt.

Ich kehrte nach Paris zurück und verbrachte die Schulstunden damit, daß ich meine Kladden mit unseren Zwillingsinitialen verzierte: J. J. Vor dem Einschlafen rief ich mich ganz leise bei seinem Namen: »Juliette Dastier«, und ich lächelte. Zwischen den Ferien schrieb er mir nie. Wenn wir zusammen waren, drückte er mir auf dem Rückweg vom Strand kleine Briefchen in die Hand, und ich habe sie Jahr um Jahr aufbewahrt und so getan, als seien es Liebesbriefe. Zwischen zwei kleinen Botschaften gab er mir einen Rippenstoß, sorgte dafür, daß ich vom Sprungbrett fiel und lauthals lachte, wenn es eine Bauchlandung wurde; oder er tat mir kund, ich hätte »miese Beine«, um dann ins Strandhotel zu verschwinden und dort mit Mädchen, die älter waren als er, einen Aperitif zu trinken. Ich wollte ihm folgen, aber Mamybel, meine Großmutter, sagte: »Vierzehnjährige Mädchen haben in Bars nichts zu suchen.« Ich fühlte, wie mein Blick sich verfinsterte, ich zerkaute meine Fingernägel, ich war wütend.

Während ich den Strand der Länge und Breite nach durchpflügte, stellte ich eine Liste der Strafen auf, die ich bei seiner Rückkehr über ihn verhängen würde. Und dann kam er zurück, er schob seinen Arm trotz meines schmollenden Widerstands unter den meinen und sagte:

»Na, Jule, gehen wir auf den Deich angeln?«

Ich verzichtete jedesmal auf die Strafen und schwamm in schierer Glückseligkeit zum Deich.

In Eastbourne, drei Jahre später, habe ich wirklich geglaubt, daß unsere Liebe »hielt« und der Zeit widerstehen würde; er nannte mich immer noch Jule, aber es war ein Wort voller Süßigkeit geworden, das poetischste, zu dem Buchstaben sich vereinen können. Tatsächlich habe ich es den anderen später immer übelgenommen, wenn sie nicht dahinterkamen, daß Jule das zärtlichste Wort im Vokabular der Liebe ist.

Und dann haben wir uns getrennt, verloren! Es hatte meinen Schiffbruch mit François gegeben, Jeans Heirat, meine Begegnung mit Marianne, unsere Freundschaft und das milde Einvernehmen zu dritt.

Schluß mit den Ausflügen in die Vergangenheit, Schluß mit den vielsagenden Blicken, Schluß mit den Geheimnissen. Ich war für niemanden mehr Jule; und ich glaube, ich hatte sogar vergessen, es für mich selber zu sein.

Gestern abend war er da, Jean-meiner-Vergangenheit, mit seinen Locken, seinen Augen, den horizontblauen, diesem kleinen »Troubadour«-Zug, der in ihm intakt geblieben ist, und mit jenem Zauberwort auf den Lippen.

Er hat die Traube sehr behutsam von seiner in meine Hand gleiten lassen, ich habe das Gewicht der frischen Früchte in der Schale meiner Finger empfangen und dabei trotz aller Vorsicht ein paar Früchte zerdrückt. Jean hat sehr feierlich das Seidenpapier aus der Tasche gezogen, in das die Traube eingeschlagen war; er hat sich nach einem Papierkorb umgeschaut, hat das zusammengeknüllte Papier beiseite geworfen, und dann hat er mich, meine beiden Hände zwischen seinen haltend, in die Küche geführt und zu dem Tisch, wo ich meine Last ablegen konnte.

Sein Blick war traurig und ernst. Er hat ganz behutsam meine Hand an seinen Mund gehoben, mein Handgelenk geküßt, dann hat er das kleine Rinnsal aufgeleckt, das sich meinen Arm hinunter schlängelte. Alles ging sehr langsam.

Auch mein Herz schlug im Zeitlupentempo; ich wartete immer auf den nächsten Schlag und hatte jedesmal das Gefühl, als käme er nie.

Jean hat seinen Mund bis in meine Ellenbeuge gleiten lassen, er hat meinen Arm einen Augenblick hochgehalten und gesagt: »Dein Arm ist sehr hübsch.«

Das war seit fünf Minuten der erste Satz, den einer von uns sprach. Sein Bein drückte mein Bein gegen den Holztisch; er tat mir ein bißchen weh, aber ich hatte keine Lust, mich zu rühren. Und dann ging plötzlich alles ganz schnell. Wie in einem alten Stummfilm jagte eine Szene die andere, so daß ich kaum noch weiß, was eigentlich geschah.

Ich glaube, in diesem Augenblick nahm er mein Gesicht zwischen seine Hände. Ich erinnerte mich an diese Geste, die er schon vor fünfzehn Jahren gemacht hatte, wenn er mich im Krocket oder Tennis von irgend etwas überzeugen wollte:

»Ehrlich, du schiebst die Kugel wie eine Alte, du Küken«, oder:

»Jule, du hast es nur deinen Aus-Bällen zu verdanken, daß du dieses Spiel gewonnen hast.«

Gestern hat er nichts gesagt. Sein rechteckiger Mund, der sich breit auseinanderschiebt, wenn er lacht, hat sich einen Spaltbreit geöffnet, und sein Blick war zärtlich mit einer solchen Intensität und Macht, daß ich am liebsten geweint hätte.

Er roch gut; sein Gesicht, das mich immer an eine ausgebeulte Medaille erinnerte, rührte an meins. Ich habe die Augen zugemacht, und ich habe mich hingegeben.

Wir sind sekundenlang so stehengeblieben, wortlos aneinandergeschmiegt.

Mariannes Bild war einen Augenblick lang durch meinen Kopf geflattert wie ein verrückter Vogel, der gegen eine Mauer fliegt und zurücktaumelt, dann war sie weg. Ich wußte nicht mehr, daß Marianne existierte; es war, als sei alles schon geschehen und als sei es zu spät, um noch nachzudenken.

Er hat gesagt: »Liebste, meine Liebste.« Ich habe seine Hände auf meiner Brust gefühlt, er hat seine heißen und festen Lippen vor die meinen gelegt, er küßte mich nicht, wir waren nur ein Gesicht am andern. Seine Lippen waren ähnlich wie die meines Jean-von-Gestern und riefen die Erinnerung an die sorglosen Küsse wach, die mir mein Jean-von-Vorgestern gab. Ich überließ es allen meinen Jeans, für mich zu entscheiden.

Ich fühlte, daß ich woanders war, wo es keine Wahl mehr gab, und ich war ohne Widerstand. Durch die Wimpern sah ich das Ohr des Fauns und die Koketterie seiner Locken. Sieh an, er hat schon graue Haare!

Warum haben wir es einer Zeit zwischen gestern und heute erlaubt, diese Falten in deine Stirn zu graben? Und was habe ich während all dieser Jahre anderes getan, als diese Süßigkeit zu suchen?

Ich hatte das Gefühl, ein Schiff zu sein, das nach langer Irrfahrt endlich in den Hafen zurückfindet, den es jahrelang vergebens suchte.

Ich war glücklich und still.

Jean hat seine Hand an meine Wange gelegt:

»Ich denke an dich, seit du nach Pendruc gekommen

bist! Ich bin glücklich, daß du mich eingeladen hast, ich wollte dich sehen. Und als ich dann die Treppe emporstieg, fiel mir ein, daß wir uns lieben. So ist es doch, oder? Weißt du noch, daß wir uns seit eh und je lieben?«

Ich wußte es, endlich!

Ich habe immer noch Lust zu weinen. Ich habe die unpassendsten Tränen, die es gibt! Sie kommen immer im falschen Augenblick.

Jean hat gesagt: »Setz dich dahin«, und zeigte auf seine Füße.

Ich habe mich zu seinen Füßen niedergelassen, wie damals in Eastbourne, den Kopf an seinen Knien. Ich habe die Augen geschlossen und die Zeit vergessen. Vielleicht hatte ich sie auch nur zurückgeschraubt, und wir waren wieder die beiden jungen Leute von gestern, die zärtlichen, zuversichtlichen, die Hand in Hand von der Zukunft träumten?

Jean würde gleich mit dem Zeigefinger mein Kinn heben und wie vor zwölf Jahren beschließen:

»Wir werden im Strandhotel heiraten. Alle werden eingeladen, unsere Freunde aus Menneval und all die alten Damen von Eastbourne, auch die toten. Und weil du ihn mir gestohlen hast, werde ich von dir verlangen, daß du meinen Regenmantel über dein Hochzeitskleid ziehst.«

Er würde mit seinem ernsten, ein wenig ironischen Blick zu mir sagen:

»Jule, willst du Jean zu deinem Ehemann nehmen?« und aus seinen Locken ein Haar ziehen, um es mir als symbolischen Ehering um den Finger zu wickeln.

Alles fing an, alles fing wieder an, und eine Marianne gab es nicht. Wozu auch?

Ich kam mir wie eine Sklavin vor, ich hätte am liebsten meine Stirn auf den Boden gelegt: »Sahib.«

Mit einem Blick, der beinahe verzweifelt war, hat Jean mich ganz sanft hochgezogen, und dann hat er angefangen, langsam mein Kleid aufzuknöpfen. Ich war fassungslos, als wäre ich nicht neunundzwanzig, sondern immer noch das Kind von damals, das vor Zärtlichkeit zerfloß und doch *nein* sagte, nicht nur aus Angst vor dem Mann, den es liebte, sondern mehr noch vor seinem eigenen Verlangen. Diesmal leistete ich keinen Widerstand. Wortlos haben wir uns auf meinem blauen Sofa zueinandergelegt.

Es war das Einfachste, was ich je in meinem ganzen Leben getan habe. Ich erwachte in meinem eigenen Körper zum Leben, endlich wurde ich wahr. Nicht eine Sekunde war ich einem dieser hohlen Augenblicke ausgesetzt, in denen man in dem Gesicht des Mannes an seiner Seite plötzlich nur noch etwas Animalisches oder Dummes sieht und in denen man sich fragt, was man da überhaupt macht.

Ich habe nicht eine Sekunde gezweifelt.

Alles ging von selbst, alle die ›Ich-liebe-Dich‹ unserer Jugend schlangen ein Band um uns, und wir lauschten stumm den Erinnerungen, die uns einholten. Ich hielt den Jean-vom-Tennis mit seinem kurzärmeligen Polohemd in den Armen, den Jean-vom-Strand, an dem wir Messerwerfen übten, den Jean-von-Eastbourne, der mich immer lieben sollte und der mich immer noch liebt.

Bis zur Morgendämmerung haben wir ohne ein einziges lautes Wort wach gelegen, ausgestreckt auf dem Bett wie auf einer Barke, die im Zeitlosen treibt. Wir brauchten kein Morgen, und was uns an Zukunft fehlte, gab uns das Gestern.

Eingebettet in Zärtlichkeit waren wir glücklich, reglos Körper an Körper zu liegen und ganz leise dasselbe zu denken.

Dann ist er nach Hause gegangen. Es war sechs Uhr. Ein göttlicher Tag, ein neues Leben brach an. Ich sehe ihn heute abend.

Wir sind in ein Restaurant am Parc Montsouris gegangen. Ich liebe Erinnerungen! Wir haben Erinnerungen-Fricassées gegessen. Konserviert, frisch eingetroffen, zu herabgesetzten Preisen, als Appetitanreger, zur Stärkung, für den Schlemmer. Wir haben uns vollgestopft mit Vergangenheit. Auf der Suche nach uns selbst, bei der neue Entdeckungen und das ›Weißt du noch!‹ einander ablösten, haben wir rückwärts die Etappen durchlaufen, endlich wiedergefundene Länder. Wir sprangen von der Jugend zur Kindheit und blieben immer wieder stehen, um zu lachen oder melancholisch zu sein. Im Fluge fingen wir unsere jungen Tage ein und zeigten sie einander wie Vögel: »Und der da!« – »Und der da!« Die ganze Voliere wurde betastet und bestaunt.

Das Hübsche an gemeinsamen Erinnerungen ist, daß sie nicht gleich sind. Jedem seine Wahrheit: Es waren manchmal andere Jeans, andere Juliettes, die der eine oder andere aus der Erinnerung hervorzog. Auch andere Situationen! Jean versicherte mir, die Schuld an unserm Bruch nach England trüge ich. Er hatte das Gefühl, daß meine Großmutter ihn nicht mochte und die Entfremdung ganz bewußt in die Wege geleitet hatte. Ich würde eher sagen, daß unsere Liebe wie eine Alge, die außerhalb des Wasser welkt, unfähig war, sich dem Alltag anzupassen, die schwere Kost der Gewohnheit zu verdauen.

»Aber nein, Mamybel mochte dich sehr gern, Jean, sie sagte immer: ›Dieser Dastier, dieser Spitzbub, kann einen mit seinem Charme ganz verrückt machen!‹«

»Nein, sie musterte mich mit eisigen Blicken, wenn ich

dich abholte; und am Telefon hieß es immer, du seist nicht da.«

»Weißt du noch, als du dich als Professor Kuß vorstelltest und sagtest, du gäbst mir Unterricht hinter den Spindelbäumen der großen Allee?«

»Und damals, als wir beschlossen hatten, die Nacht in einer Mühle zu verbringen und deine Großmutter uns überall suchte?«

»Weißt du, daß ich deinen Regenmantel noch jahrelang getragen habe? Ich habe nie wieder ein Kleidungsstück besessen, in dem ich mir so verführerisch vorkam.«

»Ja, du sahst aus, als wolltest du gleich in *Quai des Brumes* mitspielen.«

»Glaubst du, daß die alte Dame in Weiß, bei der ich wohnte, noch lebt? Weiß du noch, sie trug immer Musselintücher, und du nanntest sie die Duchesse Dupont-Dufort, wie in dem Stück von Anouilh?«

»Ich hatte ihr versprochen, sie in die Schar unserer Brautjungfern aufzunehmen.«

»Wir beide sind stundenlang im Regen spazierengegangen.«

»Es hat stundenlang geregnet, willst du sagen.«

»Der Sand war so grau! Und es war so kalt! Die Leute liefen in Mänteln und Hüten über den Strand!«

»Wie hübsch du warst! Ich habe sogar noch ein kleines Foto von dir; denk mal, das hätte ich dir in Pendruc zeigen können. Du siehst darauf aus wie ein verlorenes Engelchen oder wie eine kleine Waise, so, daß man Lust hat, dich in die Arme zu nehmen.«

»Ich bin eine Waise!«

»Nein, du hast doch mich – deinen Bruder!«

Das ist wahr, mein über alles geliebter, mein wiedergefundener Schatz, du bist mein Bruder, mein süßer Gedanke, mein Gefährte, und es ist köstlich inzestuös, dich zu lieben.

Wir hielten uns über dem Tisch die Hand, unsere Knie suchten sich unter der Decke, unsere Füße schachtelten sich ineinander; und manchmal schob Boudin, mein Hund, seine kalte Schnauze zwischen unsere Beine. Jean lächelte mit den Augen und strich sich mit einer Geste, an die ich mich plötzlich wieder erinnerte, die Brauen glatt. Dieses Wiedererkennen war wie eine neue Bestätigung, daß wir uns liebten, gab jedem Ding wieder den exakten Ort, den es verloren hatte, als erhelle plötzlich ein sehr starkes Licht unser Leben bis in seine dunkelsten Ecken. Ich lehnte mich an Jean, ich lernte, ich schuf erneut das Gesicht meiner Liebe.

Boudin trottete hinter uns her, und wir sind, eingehüllt in unsere eigene Wärme, eine ganze Weile ziellos durch die Straßen gewandert, ehe wir uns entschließen konnten, ein Taxi heranzuwinken.

Und dann haben wir endlich den Hafen meines Bettes erreicht. Wir haben mit Leidenschaft die schon vertrauten Gesten vollzogen und ganz leise kleine Dinge gesagt, die sehr wichtig wurden.

Nachdem Jean gegangen war (warum habe ich dich gebeten, zu gehen, Jean, Liebster? Welche dummen altjüngferlichen Hemmungen haben mir verboten, dich bis zum Morgen dazubehalten?) und ich in das zurücktauchte, was mir von der Nacht noch blieb, habe ich lange reglos dagelegen, fassungslos vor Glück, aber auch ein wenig beunruhigt: In fünf Tagen kommt Marianne zurück.

Es ist schrecklich, ich denke nur noch an mich! Ich bin so sehr damit beschäftigt, Jean zu lieben, daß alles andere unwichtig wird. Deshalb bleibe ich nur Minuten bei Mamybel. Ich weiß, daß sie das Gefühl für Zeit verloren hat und daß meine Besuche sich in Vergessen auflösen, sobald ich die Tür hinter mir schließe, dennoch schäme ich mich meiner Interesselosigkeit ein wenig.

Bei Roxane ist es noch schlimmer. Ich langweile mich zu Tode. Ich gähne wie eine schlechte Schülerin und warte ohne Fantasie und Talent darauf, daß der Arbeitstag ein Ende findet und daß ich meinen Jean wiedersehe.

Mein Jean, ein Jean, ihr Jean! Da haben wir das Drama! In zwei Tagen wird er nicht mehr mir allein gehören. Ich werde ihn nicht mehr mitten in der Nacht anrufen können, nur um zu sagen: »Bist du gut heimgekommen, Liebster?« Vor seiner Haustür auf ihn warten, einen ganzen Sonntag mit ihm verbringen und ihn nachher zum Abendessen mit zu mir nehmen – all das wird nicht mehr gehen. Und Marianne wage ich nicht einmal in Gedanken in die Augen zu sehen. Wir haben nicht ein einziges Mal von ihr gesprochen seit jenem Abend, an dem... Ich weiß nicht einmal, was wir darüber denken.

Bisher habe ich den Kopf in den Sand gesteckt, aber heute abend, mein Schatz, wenn du mich bei Roxane abholen kommst, wenn du mich bei der Hand nimmst und ich dich zu mir nach Hause führe, dann – so habe ich beschlossen – werde ich dir Fragen stellen. Und durch meinen Arbeitstag hindurch, während ich »ja« sage, »das hat Pfiff!« oder »nein, das ist zu lang«, während ich eine Stickerei entwerfe oder (mit halbem Ohr) der Verkäuferin zuhöre, die sich über die neuesten Modetendenzen verbreitet, sitze ich da und denke und denke und denke. Ich ertrinke im Zweifel, die Reue versucht, sich in mir breitzumachen, die Gewissensbisse nagen. Ich bin im Käfig meiner Bedrängnis gefangen und drehe mich wie ein blinder Bär im Kreis.

Die »Das hättest du nicht tun dürfen«, die »Deine beste Freundin!« liefern sich eine ewig unentschiedene Schlacht mit den »Ich liebe ihn über alles« und den »Es war unvermeidlich.«

Trotzdem hat es – das weiß ich genau –, gestern abend einen sehr kurzen Augenblick gegeben, in dem ich noch die Wahl hatte. Ich habe sie vorbeistreichen sehen, diese eine leere Sekunde, in der man die Dinge noch in andere Bahnen hätte lenken können.

Als wir, einer gegen den andern gedrückt, auf dem Sofa saßen wie zwei Kinder, die sich ein wenig fürchten, die vor dem nächsten Schritt noch zögern, hätte ich aufstehen und die wiedererwachende Liebe mit einem Wort hinschlachten können.

Und das ungebetene Gespenst hätte sich auf ewig ins Geisterreich zurückgezogen.

Jean wäre trotzdem zum Essen geblieben, wir hätten über Pendruc gesprochen, über Delphine, über ihre letzte Eroberung, als sei nichts geschehen. Oder, nein, ich glaube, daß Jean gegangen wäre, er wäre sehr schnell über meine Wendeltreppe verschwunden; und ich, den Hauch seines Kusses noch auf der Wange, wäre am liebsten hinter ihm hergelaufen. Aber ich hätte ihm von oben nur nachgelächelt, arm geworden, vielleicht auch stolz wie ein Pfadfinder, der bei der Aktion ›Gute Tat‹ soeben das doppelte Soll erfüllt hat. Ich hätte meinen letzten, unvollendeten Jean zu den anderen Andenken in die Schublade geräumt und nie mehr gewagt, sie zu öffnen. Und dann, dann hätte ich meine Kleider abgelegt und geheult.

So wie die Dinge liegen, bin ich froh, meinen Bedenken nicht nachgegeben zu haben; meine Liebe zu Jean erscheint mir empfehlenswerter als jede ›Gute Tat‹. Mir ist wohl bei meinem Tun. Aber alles andere, alle Bedenken existieren trotzdem und lassen sich nicht verdrängen. Wir müssen uns damit abfinden.

Noch atemlos, aber vergnügt hat Jean in der Eingangstür die Arme ausgebreitet, er hat mich in den Schraubstock seiner Zärtlichkeit gepreßt und gesagt:

»Gib mir einen riesengroßen Whisky, ich komme um vor Durst.«

Ich habe ihm ein Glas gebracht, und meine Hände müssen trotz aller guten Vorsätze sehr gezittert haben, denn das Klicken der Eiswürfel im Glas war dreimal so laut wie sonst. Ich mußte reden, und ich hatte Angst. Ehe wir zueinanderglitten, ehe meine Liebe mich vollends schwächte, mußte ich wissen, mußte er erklären.

Jean hat sich mit einem zufriedenen Seufzer in einen Sessel fallen lassen, und ich habe mich neben ihn gestellt, linkisch und nervös, den Augenblick fürchtend, in dem ich meine eigene Stimme hören würde.

»Jean, Liebster, Marianne kommt morgen zurück, ich kann an nichts anderes mehr denken. Erstens liebe ich sie und weiß gar nicht, ob ich auf sie verzichten kann; zweitens und vor allem weiß ich genau, daß ich auf dich niemals verzichten will. Was sollen wir machen?«

»Wir werden nichts machen, im Augenblick jedenfalls noch nicht. Marianne und ich sind durch sehr tiefe und sehr kostbare Gefühle miteinander verbunden, und wir verstehen uns. Ich kann dir nicht sagen, daß ich sie gleich bei ihrer Rückkehr mit der Sensationsmeldung überfallen werde, daß ich dich liebe. Natürlich wird sie es erfahren, ich werde es ihr irgendwann erzählen, aber die Probleme, die für uns daraus erwachsen, sind nicht unlösbar. Unser Leben basiert auf einer gewissen Form gegenseitiger Aufrichtigkeit, und unsere Ehe existiert jenseits aller Banalität.«

»Glaubst du, daß sie mich dann nicht mehr sehen will, daß sie mich hassen wird? Das wäre schließlich normal, ich würde mich verabscheuen, wenn ich an ihrer Stelle wäre.«

»Dramatisier nicht, mach aus unserer Geschichte kein billiges Boulevardstück. Unsere Liebe, unsere Lieben sind aus einem anderen Stoff. Laß die Dinge auf dich zukommen, verhärte dich nicht, erfinde keine Entwicklungen. Warten wir ab. Die Hauptsache ist, daß sich zwischen Marianne und mir nichts Wesentliches ändert. Und darauf kannst du dich verlassen. Sie ist souverän und stark; wenn du glaubst, sie reagiert wie irgendeine spießige kleine Hausfrau, dann kennst du sie schlecht. Aber sei du es auch nicht.«

»Du hast recht, aber es wäre soviel einfacher, wenn ich Marianne nicht liebte!«

»Und es wäre noch einfacher, wenn ich sie nicht liebte«, sagte Jean ein wenig melancholisch. »Aber irgendwie wird das Ganze gerade dadurch einfacher, daß Marianne dich gern mag. Komm mein Engel, bastele dir keine Sorgen zusammen, das ist meine Sache. Rück näher, Jule, und lach wieder.«

Sein Mund schließt den meinem, er umfängt mit beiden Armen meinen Leib und hält mich. Ich denke an nichts, nur noch an uns.

Gestern ist Jean nicht gekommen; er holte Marianne, Delphine und Jean-Marie samt Gepäck vom Bahnhof ab. Ich kam mir verlassen vor und war traurig. Um nicht zu denken, bin ich mit meinem Teller über den Flur zu Mamybel gegangen und habe bei ihr gegessen. Ich habe ihr den Schinken geschnitten, extra fein, habe ihr von Happen zu Happen immer wieder gezeigt, wie sie die Gabel zu halten habe, und ich habe hundertmal auf dieselbe Frage geantwortet. Mamybel war so selig, mich da zu haben! Sie nahm meine Hände zwischen ihre, nannte mich »Bibiche«, ich lächelte ihr zu, und mein Herz war woanders. Ich sah im Geiste Marianne im Eingang, ihr sonnengebräuntes Gesicht, ihr zuversichtliches Lächeln. Ich sagte mir: Sie winkt ihn heran, sie küßt ihn, er nimmt sie beim Arm; und jedesmal gab es mir einen Stich ins Herz.

Marianne in Paris zu wissen, nur ein paar Straßen weiter, lag wie ein böser Zauber über meinem Schlaf. Jetzt ist es neun Uhr morgens, Jean ist sicherlich schon aus dem Haus! Das ist die Stunde der Frauen: Marianne wird mich anrufen, wie sie es vor den Ferien fast jeden Morgen tat.

Wir brauchten beide diese kleinen Vertrauensbröckchen, die das Mosaik der Freundschaft bilden. Ich brauche sie immer noch. Aber ach! Ich horche und wage zugleich nicht, zu hören.

Da ist es, das Telefon!

»Tag Liebling«, sagt Marianne mit ihrer schönen, ziemlich dunklen Stimme. »Wie geht's? Ja, wir sind gut heimgekommen. Nein, Jean-Marie hat seinen Knet nicht wiedergefunden. Delphine? Ist schon fort, sie hat heute ihre Prüfung in Mathematik.

Sag mal, kannst du mir deinen Bridgetisch leihen? Sie will nächste Woche ein Abendessen geben. Und Mamybel? Und Roxane? Und Tania? Und Boudin? Ist sie immer noch so ein Quälgeist, deine Boudin?

Gehst du heute morgen zum Supermarkt? Ich muß hin, ich habe kein Körnchen Salz mehr im Schrank. Soll ich dir was mitbringen?

Nett von dir, daß du Jean eingeladen hast. Er schaut gut aus, nicht?

Wann kommst du zum Abendessen? Heute abend? Dann also morgen? Du kannst nicht? Na schön, dann komm am Sonntag nach Vertville. Dein Wagen ist in der Werkstatt? Hör, Maité will 'runterfahren, um ihren Patensohn zu sehen, komm mit ihr, oder sonst könnten wir vielleicht auch Franca mobilisieren… Auf jeden Fall wird sich immer jemand finden, der dich mitnehmen kann. Gut, wir erwarten dich, sei geküßt, ich muß sausen, ich habe einen Berg Koffer auszupacken, und wo man in dieser Wohnung hintritt, knirscht der Sand von Pendruc.«

Ich muß im richtigen Augenblick die richtigen Sachen gestammelt haben, ich muß »Ja« gesagt haben und »Liebling« und »Nein« und »Ah«, wenn das andere Ende danach verlangte, da Marianne von meinen Nöten nichts gespürt hat, nicht einmal, als ich, von ihren wiederholten Aufforderungen in die Enge getrieben, nachgab und mich bereit erklärte, übermorgen nach Vertville zu kommen.

Jean hat gestern gesagt: »Aber ja, meine kleine Jule, komm und hab keine Angst; ich liebe dich, und alles ist gut.«

Ich liebe ihn, ich habe keine Angst, und ich weiß nicht, was ich von all dem halten soll.

Ich fahre mit Maité, Mariannes Sandkastenfreundin, die jetzt malt. Der Zwang zur Harmlosigkeit, der gute Ton unserer Unterhaltung bringt mir zunächst eine Art Frieden. Aber je näher wir dem Ziel kommen, je kleiner die Zahl der Kilometer wird, die uns von ihm trennen, desto schneller schwindet mein Wohlsein; ich bin wie ein Eis, das schmilzt; ich werde weniger, ich verschwinde, ich habe das Gefühl, bei meiner Ankunft für nichts garantieren zu können, weder für das, was ich tue, noch für das, was ich sage. Maité, die mit sportlicher Sicherheit fährt, erzählt mir ohne Punkt und Absatz von diesem ›reizenden Ehepaar‹, sie jongliert mit den Sätzen: »Sie sind füreinander wie geschaffen!« »Jean hat sich unter Mariannes Einfluß sehr verändert!« »Ach, was für eine phantastische Frau!« »Wie nett er mit ihrer Delphine ist«, und »Jean-Marie, der ist seinem Vater wie aus dem Gesicht geschnitten!« Ich stimme schwach zu.

Sie muß mich mit meinen einsilbigen Antworten und meinen lahmen Ausrufen ein bißchen unterbelichtet finden. Sie wird meines Schweigens schließlich überdrüssig, beißt sich auf die Lippen und tritt auf das Gaspedal.

Ich betrachte mich im Spiegel, ordne mein Haar, lege Lippenstift auf. Ich versuche mit allen Mitteln, meine Unruhe durch Ablenkung zu überlisten. Plötzlich finde ich mich zu adrett. Marianne wird wieder sagen: »Du siehst aus wie eine Stadtmaus!« Ich hätte lieber meine alte lange Hose anziehen sollen als mein Kamelhaarkostüm. Plötzlich hasse ich mich.

Wir sind da: Ich sehe am Ende des Hohlwegs, in Rasen gebettet, das Bauernhaus. Es stehen schon zwei Wagen vor dem Tor, um so besser! Viele Menschen halten warm! Die Räder des 4 CV graben sich in den schlammigen Weg. Steigen wir aus, es muß sein! Ich betrete den Parcours.

Jean, der sich auf dem Rasen von der spärlichen Herbstsonne bescheinen läßt, springt nicht gleich auf. Wer uns entgegenkommt, ist Marianne. »Tag Juliette, mein Liebes, schon wieder ein neues Kostüm! Aber du siehst schlecht aus! Du hättest länger in Pendruc bleiben sollen.«

Sie hängt sich warmen Herzens bei mir ein und führt mich rund um den Rasen. Franca ist da, eingezwängt in einen hautengen Spielanzug und mit Beinen, die wie braune Schuhwichse glänzen, und auch zwei junge Burschen sind da, die Delphine mitgebracht hat. Jean, der sich endlich aus seinem Liegestuhl herausgehangelt hat, kommt zwanglos auf uns zu und küßt mich brüderlich:

»Guten Tag, Juliette, Liebes!« (hier gibt es keine Jule!)

Meine Wange preßt sich kurz gegen seine. Ich liebe dich über alles, hätte ich gern gesagt. Ich sage es nicht, ich setze mich in das Gras und gebe mich – gebe mich nur – vergnügt.

»Komm, trinken wir einen Aperitif«, sagt Marianne, und wir gehen in das große Wohnzimmer.

Vertville gehört ein bißchen auch mir, ich habe dort viele unkomfortable und reizende Wochenenden verlebt. Wenn ich ankam, hatte ich eine große Pastete von Fauchon oder einen riesenhaften Kuchen unterm Arm: Wir waren immer viel zahlreicher als erwartet, und Delphine flitzte im letzten Moment zum nächsten Hof, um noch ein Dutzend Eier zu kaufen. Das Wasser war nie warm; ich brachte jeden Sonntagabend eine normannische Erkältung mit nach Hause, denn die Betten waren feucht und die Decken rar! Aber unsere Freundschaft hat sich während dieser langen gemeinsam verbrachten Tage bestätigt. Wir hatten Zeit, viel zu reden und manchmal auch zu trinken, behaglich, die Füße vorm Feuer. Marianne und ich lieferten uns heiße Wortgefechte, um uns am Ende besser denn je zu verstehen; und Jean vergnügte sich damit, unsere Differenzen zu orchestrieren. Als blinde Weise schien Marianne der Verpflichtung enthoben, angesichts herumliegender Pullover und zunehmenden Staubs zu leiden, und richtete so in unserem Leben eine friedliche Unordnung an; als ideal großzügige, weil total gleichgültige Gastgeberin ließ sie jeden tun und machen, was er wollte. Gelegentlich ließ ich einen Versuchsballon los:

»Soll ich die Küche aufräumen?« Oder: »Hast du einen Putzlumpen, ich will die Fliesen schrubben?«

»Laß, es ist zu schön draußen, das wird die Nachbarsfrau schon irgendwann machen.«

Die Nachbarsfrau dachte nicht daran, aber ich genoß dieses unbekümmerte Leben in vollen Zügen und bewunderte die Souveränität meiner Gastgeberin.

Nichts hat sich hier verändert, höchstens ich! Auf dem Kaminsims dieselben, unter dem weißen Staub ein wenig pelzig schimmernden Maiskolben, an den Wänden Maités abstrakte Bilder, auf dem Sofa vor dem Kamin das verblichene Blumenmuster des Chintzüberzugs. Der kleine mopsige Sessel verliert immer noch seine Eingeweide und Federn, und dieselbe indische Stola verhüllt gnädig seinen Verfall. Munter wie eh und je gluckert der Weißwein in die vielen verschiedenen Gläser. Marianne, die in Jeans Pullover gekrochen ist, trägt immer noch ihre alten, immer abenteuerlicher geflickten Blue jeans und verbreitet sich genüßlich über Kunstdünger und Kuhmist.

»Was essen wir?« sagt Jean und gähnt.

»Warte, Francas Freund ist noch nicht da.«

Delphine legt eine Platte auf und tanzt mit ihren zwei Galanen Bossanova, und Franca, die immer überall mit von der Partie sein muß, eilt hinzu: »Oh, das müßt ihr mir zeigen!«

Ich merke, wie in mir wieder das alte Behagen einzieht; ich liebe das Leben mit ihnen, mit den Dastiers, mit allen beiden. Ich spüre, wie sich unvereinbare Wünsche in mir bilden: Ach, wenn wir ganz gemütlich zu dritt so weitermachen könnten und auch wir beide, du und ich!

Marianne wirft mir einen zärtlichen Blick zu:

»Ich freue mich, dich wiederzusehen, Spatz.«

Das Tränenwasser steigt mir unter die Augendeckel

und zwackt mich, verflixt. Ich freue mich auch, ich liebe sie auch. Ich möchte zu ihr sagen: Komm, halten wir einen Plausch; und auspacken, alles. Da, das habe ich gemacht, aber das ändert nichts, sag, daß das nichts ändert.

Sie würde mit mir weinen, und wir würden wie früher alles wieder in einen Topf werfen und mischen, unsere Tränen, meinen Kummer, ihr Mitleid.

Unser Jean erhebt sich. Er geht zu seinem selbstgebastelten Barbecue, um den Spieß umzudrehen, geht vor dem Feuer in die Hocke, pustet, dreht den Spieß, läßt Sachen in die Asche fallen, verbrennt sich und sagt »Scheiße«. Marianne, ganz zärtliche Besitzerin, beugt sich über ihn:

»Laß, Liebling, du weißt doch, daß du der ungeschickteste Mensch von der Welt bist.«

In meinem Hirn gehen Dinge vor, und zwar sehr schnell. Wie ich die beiden da sehe, dicht beieinander, komme ich mir blaß vor; ich bin nicht mehr so sicher, daß sich dadurch nichts ändert; ich habe im Gegenteil das Gefühl, daß sich dadurch alles ändert. Ich hätte nicht übel Lust, aufzustehen und wie ein kleines Mädchen zu sagen:

»Finger weg, er gehört mir!«

Ich umklammere meinen eigenen Arm und rede mir gut zu wie einem Pferd, das scheut: Komm, Julie, schön brav! und meine Unruhe legt sich.

Francas Herr trifft ein; er ist weder jung noch alt und klammert sich noch fest, ehe es endgültig bergab geht. Er seibert mir auf die Hand, die er umständlich an seine Lippen hebt; er läßt seinen Blick einen Augenblick auf meinem Busen verweilen und heftet ihn dann auf meinen Mund. Er ist ein Bursche, der bei Bedarf sehr schnell arbeiten dürfte, wenn Franca ihm die Gelegenheit dazu gibt, denn sie scheint entschlossen, die Zügel nicht schleifen zu lassen und schießt einen verächtlichen Blick zu mir herüber, weil ich die Stirn habe, wie eine Frau auszusehen.

Ein Essen bei Marianne ist nur wie ein Essen bei Marianne: Was sie auftischt, ist beinahe gut und immer bizarr. Marianne hat die Küche im Kopf, aber nicht in den Händen. Deshalb essen wir schließlich immer irgendwelche seltsam gekochten exotischen Phantasien oder ganz neue chinesische Rezepte, die sie »ausprobiert«, denen aber der »Reiswein, ich habe nirgends welchen gefunden«, fehlt. Von einem Tischende zum anderen wird Jean angerufen: »Findest du das gut, Chéri?« Jean-Chéri findet es gut, immer. Die anderen manchmal, aber die werden nicht gefragt.

Es ist so eigenartig, das Gefühl, das ich heute bei Tisch empfinde; Marianne und ich, wir waren zwei Schwestern und hatten einen sehr kostbaren gemeinsamen Besitz: einen Mann. Diebstahl gibt es nicht zwischen Schwestern, und nach dem kurzen Anfall von Besitzgier, der mich eben, als Marianne vor dem Feuer ihre Hand auf Jeans Schultern legte, überkam, habe ich mit Erfolg versucht, die Bombe zu entschärfen:

Natürlich können wir ihn sehr gut alle beide lieben, natürlich gibt er mir nicht, was er ihr gibt, aber das will ich auch nicht, und außerdem – Marianne und ich ergänzen uns so perfekt, daß wir beide im Grunde ein Ganzes bilden.

Ich erkannte, wenn auch noch durch einen Nebelschleier, die großen Umrisse einer sentimentalen Vereinigung von der Art, die Jean hatte durchblicken lassen. Und da er gesagt hatte, daß seine Frau nicht leiden würde, schien sie die Sache schließlich ganz ähnlich zu sehen. Komm, ich wollte nicht die einzige Spießerin im Trio sein, sonst hätte ich gar nicht erst einsteigen dürfen. Komm, ich werde die Zweitfrau sein, ein wenig im Schatten, aber innig geliebt.

Ich bin jetzt so sicher, daß Jean mich ›echt‹ liebt. Wir haben eine so tiefe Zärtlichkeit erreicht, daß wir nichts mehr zu fürchten brauchen. Ich betrachte Marianne am anderen Ufer des Tischs, sie wirkt ruhig und gelassen. Vielleicht weiß sie es schon? Nein, das hätte er mir gesagt. Ach, ich hoffe, daß es nicht der Beaujolais ist, dem ich meine Euphorie verdanke; ich hoffe, daß sie das Essen überdauern wird; ich hoffe, daß wir – da wir nicht wie die andern sind – auch anders leben können.

Marianne sagt:

»Jean, wenn du nächste Woche in die Bourgogne fährst und ich nicht mitkommen kann, vergiß nicht, in Vézelay bei dem Antiquitätenhändler reinzuschauen und ihn zu fragen, ob er noch das Kopfteil von diesem alten Bauernbett hat. Ich wünschte, ich hätte es neulich gleich mitgenommen.«

(Ah, das heißt, daß Jeans Reise jetzt sicher ist! Wie günstig, denn ich, ich kann mitkommen!)

Jean sieht mich über den Tisch hinweg an und lächelt. Es gibt kein Problem. Was hatte ich nur auf der Herfahrt, daß ich so bange war?

Marianne wendet sich wieder ihren *Minima Chrysanthema* zu, Franca manövriert ihren Beau auf das Sofa und nötigt ihm eine ›Play-Bach‹-Sitzung auf.

»Das muß dir gefallen! Wenn du willst, können wir nachher einen Spaziergang machen.«

Maité verschwindet mit ihrem Skizzenblock im Wald, Delphine zupft in Gedanken Gänseblümchen, um herauszukriegen, welchem von ihren zwei Galanen sie den Vorzug gibt, und Jean sagt zu mir:

»Komm, ich zeige dir meine Magnolie.« (Ich komme, Liebster.)

»Siehst du, mein Schatz, es geht ja! Als du ankamst, sahst du aus wie ein am Schlafittchen erwischtes Karnikkel. Ich habe dich während des Essens beobachtet, und ich habe gesehen, daß du langsam ruhiger wurdest. Du bist nicht mehr traurig? Ich bete dich an. Wunderbar der Gedanke, daß wir nächste Woche zusammen verreisen. Glaubst du, du schaffst am Freitag den Fünfuhrzug?«

Jean-mein-Leben, Jean-meine-Seligkeit, ich überrolle die Roxanes, und ich stampfe ganze Armeen von Tanias aus dem Boden, um zwei Tage mit dir allein zu sein.

Die Operation »Tee« glückt ihnen immer. Goldbrauner Toast, Alpenhonig, Schwarzwaldhonig, Honig aus dem Gâtinais, *buns, scones* und andere Anglizismen.

»Es gibt keinen bequemeren Mann als Jean«, sagt Marianne. »Aber er braucht jeden Tag einen fürstlichen Tee.«

Ich hätte gern mein kleines Merkbuch vorgezogen und notiert: »Fürstlicher Tee für meinen Geliebten.« Aber im Grunde habe ich es nicht nötig, mir Notizen zu machen, ich weiß alles über diese Liebe meines Lebens, ich weiß zehnmal mehr über sie als Marianne, sie könnte bei mir in die Lehre gehen!

Wie gut, meine Euphorie hält an, in meinem Herzen drückt kein Knoten mehr; ich liebe Marianne immer noch; ich hätte sogar Lust, sie beiseite zu nehmen, um mit ihr allein zu sein. Ich nehme ihr nicht übel, was ich ihr antue. Dieses Glück – ich liebe! Ich brauche meinen Jean nur anzusehen, wie er vor dem Kamin sitzt und ganz ernst sein Brot mit Butter bestreicht – schon fühle ich eine Flut von Zärtlichkeit in mir hochsteigen; ich laufe über! Es geht ja, es geht – ich höre seine Stimme. Es geht ja – er existiert. Ich berühre ihn mit dem Blick, ich atme ihn ein.

Maité übernachtet in Vertville, Franca will nicht, daß ich mit ihrem Herrn zurückfahre. Schließlich gibt es Leute, die sehr gut mit einer Hand zu fahren verstehen, und sie weiß genau, was dieser Herr da mit der anderen macht.

Sie hat auch keine Lust, allein zurückzufahren, und sagt mit großer Geste und verlogen brüderlichem Elan:

»Nehmen Sie meinen Wagen, Juliette. Stellen Sie ihn an der Place de l'Odéon vor dem *Méditerranée* ab, der Besitzer kennt mich. Ich muß morgen ohnehin zum Luxembourg, dann hole ich ihn ab.«

Zündschlüssel, Handbremse, dies und das, sie zeigt mir, wie die Kutsche funktioniert – noble Kutsche, wirklich – und läßt mich ohne Bedauern am Steuer Platz nehmen.

Ich könnte Franca mögen, wenn ich es mir nicht angewöhnt hätte, sie nicht zu mögen. Sie ist frei und großzügig; leider hält sie sich für das Weib schlechthin und wählt, da sie Konkurrenz nicht erträgt, ihre Freunde in der Kategorie der guten Kameraden. Ich, ich bin in ihren Augen nur eine »schicke Person«, und damit ist mein Schicksal besiegelt. Wenn ich sie auch im Köcher halte, so blitzen meine Waffen doch und bleiben gefährlich. Ich weiß mich anzuziehen; ich wage manchmal, meine Meinung zu verfechten; und ich bin Junggesellin – drei Handikaps, die der Partie im Wege stehen; folglich verurteilt sie mich, ohne erst ein Spiel zu riskieren. Dagegen liebt sie Marianne auf eine beinahe animalische Art und Weise. »Endlich eine Frau, die keine ist!« Franca schützt sie gegen Unbilden, läßt ihr alles durchgehen, verzeiht ihr.

Marianne drückt mir einen warmen Kuß auf die Stirn. »Auf Wiedersehen, Liebling, wann sehen wir uns? Vergiß den Bridgetisch nicht.«

Jean haucht mir einen symbolischen Kuß auf die Wange, Delphine ruft aus dem Birnbaum »Ciao«, und Jean-Marie, der gerade ein bißchen brabbelt, sagt »Zuliette«, als er mich zum Abschied umarmt. Ich habe immer schon eine Schwäche für Jean-Marie gehabt, er ähnelt jemandem, den ich einmal sehr liebte. Ich sehe Jean hinter seinem kleinen flächigen Gesichtchen, über das fünf, sechs – nicht mehr – Sommersprossen verstreut sind. Er sieht aus wie eine Zeichnung von Cocteau, retouchiert von Marianne, die ihm ihre wasserblauen Augen vererbt hat. Wenn ich ihn küsse, verstehe ich die Psychopathen, die hinter den Schulhöfen Kinder stehlen. Er hat Kartoffelknie, die Haut eines Mädchens, und er ist immer hellwach. Marianne zieht ihn schlecht an; wenn ich ein »Fall« wäre, würde ich – nachdem ich ihn gestohlen hätte – Anziehpuppe mit ihm spielen. Ich würde ihm eine Flanellhose kaufen, die bis zu den Knien reicht, dicke Wollstrümpfe und einen Pullover in der Farbe seiner Augen.

Es ist merkwürdig, vor den meisten Kindern graust es mir. Es genügt, daß sie einen Marmeladenfleck oder ein Gerstenkorn haben, schon spreche ich ihnen jedes Bürgerrecht ab. Ich finde sie weniger menschlich als Boudin, aber die, die mir gefallen, Jean-Marie und noch ein paar andere, die liebe ich bedingungslos.

Ich kehre langsam nach Paris zurück, glücklich, allein zu sein, glücklich mit meinem Tag, vom Zweifel befreit und in Gedanken bei ihm.

ALINA REYES

Lust

Keiner von uns beiden sagte einen Ton. Ich sah die Scheibenwischer hin- und herschwenken, dösend nahm ich den Geruch meiner nassen Haare auf den Wangen wahr.

Er öffnete die Tür, nahm mich bei der Hand. Meine Sandalen waren völlig vom Wasser durchtränkt, meine Füße klatschten auf der Plastiksohle. Er führte mich ins Wohnzimmer, ließ mich Platz nehmen und brachte mir einen Kaffee. Dann schaltete er das Radio ein und bat mich, ihn für fünf Minuten zu entschuldigen. Er müßte duschen gehen.

Ich ging ans Fenster, zog den Vorhang ein wenig beiseite und schaute zu, wie der Regen fiel. Der Regen rief in mir Lust aufs Pinkeln wach. Als ich von der Toilette kam, stieß ich die Tür zum Badezimmer auf. Der Raum war heiß, voller Dunst. Ich entdeckte seine massige Silhouette hinter dem Duschvorhang. Ich zog ihn einen Spalt weit auf und betrachtete ihn. Er streckte die Hand nach mir aus, aber ich entzog mich und bot ihm an, seinen Rücken einzuseifen. Ich stieg auf die Kante, hielt die Hände unter das Wasser, nahm die Seife, rieb sie in meinen Handflächen, bis diese mit einer dicken Schicht eingeseift waren.

Ich begann ihm den Rücken zu reiben, erst den Nakken, die Schultern, in kreisenden Bewegungen. Er war breit und blaß, muskulös und straff. Eine Hand auf jeder Seite strich ich die Wirbelsäule hinunter. Ich rieb seine

KRAUSS

Seitenpartien, wobei ich ein wenig zum Bauch hin glitt. Die Seife bildete einen zarten, duftenden Schaum, ein hauchdünnes Netz aus kleinen weißen Bläschen, die auf der nassen Haut herumtrieben, eine sanfte Decke, die sich zwischen meinem Handinnern und seinen Hüften hin- und herschob.

Mehrere Male strich ich die Wirbelsäule hoch und runter, tief unten vom Rücken bis zum Nackenansatz, da, wo die ersten feinen Haare wachsen, die der Friseur für Kurzhaarschnitte ausrasiert, mit seinem so köstlich vibrierenden Rasierer.

Ich fing von neuem bei den Schultern an und seifte einen Arm nach dem andern ein. Obwohl seine Muskeln entspannt waren, spürte ich die harten Muskelwölbungen. Der Unterarm war mit schwarzen Haaren bedeckt, ich mußte die Seife gut verteilen, damit der Schaum haften blieb. Ich massierte zu den Achseln hoch, behaarte Höhlen.

Erneut schäumt ich mir die Hände ein, legte beide auf seine Pobacken und rieb sie mit kreisenden Bewegungen ein. Trotz ihrer beträchtlichen Größe war die Form seiner Pobacken harmonisch, eine anmutige Wölbung schwang sich aus den Hüften, verband sich, überhaupt nicht schlaff, mit den unteren Gliedmaßen. Immer wieder strich ich über diese Rundungen, um mir die Gestalt mit den Handflächen wie mit den Augen vertraut zu machen.

Dann fuhr ich die festen, stämmigen Beine entlang. Die Haut war behaart und bedeckte Muskelstränge. Ich hatte den Eindruck, tiefer in eine andere Körpergegend vorzudringen, von größerer Wildheit, bis hin zum fremd anmutenden Schatz seiner Fesseln.

Nun wandte er sich mir zu. Ich hob meinen Kopf und

erblickte seine angeschwollenen Säcke, seinen steifen Schwanz, senkrecht über meinen Augen.

Ich stand auf. Er rührte sich nicht. Noch einmal nahm ich die Seife in meine Hände, fing an, die Brust zu waschen, breit und kräftig, nur mäßig behaart.

Dann fuhr ich langsam seinen Bauch entlang, aufgebläht und von kräftigen Bauchmuskeln umschlungen. Ich brauchte lange, um den Schaum auf der ganzen Haut zu verteilen. Der Bauchnabel ragte heraus, eine kleine weiße Kugel, um die herum sich die rundliche Masse legte. Ein Gestirn, um das meine Finger kreisten, wobei sie sich Mühe gaben, den Augenblick hinauszuzögern, in dem sie der verlockenden Tiefe nachgeben würden, dem Kometen, der sich gegen die wohlgestaltete ringförmige Magengegend aufrichtete.

Ich kniete mich hin, um den unteren Teil des Bauchs zu massieren. Langsam strich ich um den Genitalbereich herum, ganz sanft, bis hin zu den Innenseiten seiner Schenkel.

Sein Geschlechtsteil war furchtbar geschwollen und steif.

Ich widerstand der Versuchung, es zu berühren, indem ich die Liebkosungen des Schambergs und die zwischen den Beinen länger dauern ließ. Jetzt stand er dicht an die Wand gedrückt, die Arme ausgestreckt, beide Hände gegen die Duschwand gestützt, den Bauch nach vorn geschoben. Er stöhnte. Ich spürte, daß er gleich zum Orgasmus kommen würde, noch bevor ich es berührt hätte.

Ich schritt zurück, setzte mich mitten unter den Wasserstrahl und wartete darauf, die Augen unablässig auf sein unheimlich angeschwollenes Glied gerichtet, daß er sich ein wenig beruhigen würde. Das warme Wasser rann über mein Haar, drang unter mein Kleid; dampfend umschäumte uns die Luft, verwischte alle Formen und Laute.

Er war auf dem Höhepunkt der Erregung angekommen, und trotzdem hatte er nichts unternommen, um die Erlösung schneller herbeizuführen. Er wartete auf mich, er würde so lange auf mich warten, wie ich die Lust, den Schmerz, andauern lassen wollte.

Erneut kniete ich vor ihm nieder. Sein immer noch praller Schwanz schnellte hoch.

Ich strich mit meiner Hand über seine Säcke, von der Wurzel, dicht am Anus, aufwärts. Sein Schwanz richtete sich noch heftiger auf. Ich nahm ihn in die andere Hand, drückte ihn, begann eine langsame Hinundherbewegung. Der Seifenschaum, mit dem ich eingeschmiert war, erleichterte das Gleiten herrlich. Meine beiden Hände waren mit einer warmen, lebendigen, zauberhaften Substanz gefüllt. Ich fühlte sie wie das Herz eines Vogels pochen, half ihr, ihrer Befreiung entgegenzueilen. Auf und ab, immer dieselbe Handbewegung, immer derselbe Rhythmus, und über meinem Kopf das Stöhnen; und ich, ich stöhnte auch, durch das Wasser klebte mein Kleid an mir wie ein enger seidiger Handschuh, auf meiner Augenhöhe stand die Welt still, auf der Höhe seines Bauchs, bei den Geräuschen des Wassers, das an uns hinabströmte, und seines Schwanzes, der zwischen meinen Fingern flutschte, all diese warmen, zarten und festen Dinge in meinen Händen, der Geruch der Seife, der pitschnassen Haut und des Spermas, das sich in meinem Handinnern ausbreitete...

Die Flüssigkeit schoß in Schüben empor und bespritzte mein Gesicht und mein Kleid.

Er kniete sich auch nieder, leckte die Spermatränen auf

meinem Gesicht ab. Er wusch mich nach Katzenart, emsig und zärtlich.

Sein weißer, runder Kopf, seine rosa Zunge auf meiner Wange, seine blaßblauen Augen, die Augenlider noch schwerer, als stünde er unter Drogen. Sein sehnsüchtiger, schwerer Körper, sein fülliger Körper...

Ein regennasses zartgrünes Feld, umspielt vom Wind, den die Äste herübertragen... Es ist Herbst, es regnet, ich bin ein kleines Mädchen, ich gehe durch den Park, und mir dreht sich der Kopf wegen der Gerüche, des Wassers auf meiner Haut und meinen Kleidern, dort auf einer Bank sehe ich einen behäbigen Herrn, der mich ansieht, mich so durchdringend anschaut, daß ich pinkeln muß, im Stehen, ich laufe und pinkle, ich bin es, die warm auf den Park regnet, auf die Erde, in meine Hose, ich regne, ich gefalle...

Er zog mir das Kleid aus, ganz langsam.

Dann legte er mich auf den warmen Kachelboden, ließ die Dusche weiter rieseln und bedeckte meinen ganzen Körper mit Küssen. Seine starken Hände hoben mich hoch und drehten mich mit äußerstem Feingefühl herum. Weder der harte Boden noch die Kraft seiner Hände taten mir weh.

Ich ließ mich völlig gehen. Das Fleisch seiner Lippen preßte mich, und die Feuchtigkeit seiner Zunge benetzte meinen Körper, in den Armhöhlen, unter den Brüsten, am Hals, in den Kniekehlen, zwischen den Pobacken, sein Mund wanderte überall hin, den ganzen Rücken, die Innenseite der Beine entlang bis zum Haaransatz hoch.

Er legte mich auf den Rücken, auf die kleinen, warmen, rutschigen Kacheln, hob mich mit beiden Händen am Becken hoch, seine fest in meine Rückenmulde gepreßten Finger umfaßten mich bis hin zur Wirbelsäule, die Daumen packte er auf meinen Bauch; er legte meine Beine auf seine Schultern und steckte seine Zunge in meine Scham. Ich krümmte mich jäh. Der Wasserstrahl traf mich ganz seidig millionenfach auf Bauch und Brust. Er leckte mich gleichmäßig von der Vagina bis zur Klitoris, während sein Mund auf meinen großen Schamlippen klebte. Mein Geschlecht wurde eine ausgewaschene Fläche, aus der Lust strömte, die Welt versank, ich war nichts als dieses lebendige Fleisch, aus dem sich bald riesige Wasserfälle, einer nach dem andern, ergossen, unablässig, Schlag auf Schlag, ohne Ende.

Die Spannung ließ schließlich nach, meine Pobacken sanken auf seine Arme, nach und nach kam ich zu mir, spürte das Wasser auf meinem Bauch, erkannte aufs neue die Dusche, und ihn, und mich.

Er hatte mich abgetrocknet, ins warme Bett gepackt, und ich war eingeschlafen.

Als der Regen an die Fensterscheiben tropfte, wurde ich langsam wach. Die Laken waren weich und mollig, das Kopfkissen flaumweich. Ich öffnete die Augen. Er lag neben mir, sah mich an. Ich streckte meine Hand nach seinem Geschlecht aus. Er bekam wieder Lust auf mich.

Ich wollte nichts anderes. Sich lieben, ohne Unterlaß, ohne Raserei, geduldig, mit Beharrlichkeit und Methode. Bis zum Äußersten gehen. Er war wie ein Berg, den es zu besteigen galt, bis auf den Gipfel mußte ich gelangen, wie in meinen Träumen, meinen Alpträumen. Das beste wäre gewesen, ihn sofort zu entmannen, dieses immer harte, immer aufgerichtete, immer fordernde Fleischstück aufzufressen, hinunterzuschlucken und in meinem Bauch zu behalten, endgültig.

Ich rückte näher, richtete mich ein wenig auf, schlang meine Arme um ihn. Er nahm meinen Kopf in seine Hände, zog meinen Mund an seinen heran und stieß plötzlich seine Zunge hinein, wühlte damit in meinem Rachen, rollte sie zusammen und schlängelte sich um meine Zunge. Ich biß in seine Lippen, bis ich Blut schmeckte.

Dann stieg ich vollends auf ihn, preßte meine Vulva gegen sein Geschlecht, rieb sie an seinen Säcken und seinem Schwanz; mit meinen Händen führte ich ihn in mich ein, und es durchzuckte mich wie ein gewaltiger Blitz, der strahlende Einzug des Erlösers, die augenblickliche Wiederkehr der Gnade.

Ich zog die Knie hoch, umklammerte ihn mit meinen Beinen und ritt ihn energisch. Jedesmal wenn ich ganz oben auf der Welle seinen Schwanz, rot und glänzend, kommen sah, packte ich den, um ihn noch tiefer in mich hineinzustoßen.

Ich war zu schnell. Er beruhigte mich sanft, ich lockerte die Beine und legte mich auf ihn. Einen Augenblick lang rührte ich mich nicht und zog die Muskeln meiner Vagina um sein Glied zusammen.

Ich biß ihn in die ganze Brust; Stromstöße durchzuckten meine Zunge, mein Zahnfleisch. Ich rieb meine Nase am Fettpolster seines weißen Fleisches, sog seinen Geruch zitternd ein. Ich verdrehte die Augen vor Lust, die Welt war nichts als ein schwer verständliches, mitreißendes Bild, ein Aufeinanderprallen fleischfarbener Tupfen, ein Brunnen federweichen Stoffs, in den ich mich mit dem freudigen Überschwang des Sich-Vergessens eingrub. Eine vom Trommelfell ausgehende Schwingung durchdrang meinen Kopf, meine Augen schlossen sich; ein außergewöhnlich scharfer Bewußtseinsstand wuchs mit den Wellen, die meinen Schädel durchzogen, es war, als ob eine Flamme hochschnellte, und mein Gehirn kam zum Orgasmus, allein und still, wunderbar allein.

Er rollte auf mich, und nun ritt er mich, indem er seine Hände aufstützte, um mich nicht zu erdrücken. Seine Säcke rieben meine Pobacken, den Scheideneingang, sein harter Schwanz füllte mich aus, glitt immer wieder an meinen Scheidenwänden entlang, meine Fingernägel gruben sich in seinen Hintern, er atmete heftiger... Zusammen kamen wir zu einem langen Orgasmus, unsere Säfte vermischten sich wie unser Röcheln, das nicht aus dem Rachen kam, sondern von weiter her, aus der Tiefe unserer Brust, Laute, die der menschlichen Stimme fremd waren.

Es regnete. Umhüllt von einem weiten T-Shirt, das er mir gegeben hatte, kniete ich auf einem dicht an der Wand stehenden Stuhl und lehnte mich ans Fenster.

Wenn ich die Sprache des Regens beherrschte, würde ich selbstverständlich in ihr schreiben, aber jeder kennt sie nun mal und kann sie sich ins Gedächtnis rufen. Sich in einem geschützten, verschlossenen Raum befinden, wenn draußen unaufhörlich Wasser rinnt, Nieselregen, Sturzbäche... In der reizlosen Enge eines Autos Liebe machen, wenn an die Scheiben und aufs Dach eintönige Tropfen trommeln. Der Regen entspannt den Körper, macht ihn völlig weich und naß... Geifern und sich wie Schnecken ablecken...

Auch er trug ein T-Shirt, lag auf dem Kanapee, nackt sein fester Hintern, sein geschwollenes Geschlechtsteil und seine strammen Beine.

Er kam auf mich zu, drückte seinen harten Schwanz an meinen Hintern. Ich wollte mich umdrehen, aber er packte mich an den Haaren, zog meinen Kopf nach hinten und drang dann gewaltsam in meinen Anus ein. Es tat mir weh, ich war auf meinen Stuhl gezwängt, dazu verdammt, den Kopf gen Himmel zu drehen.

Schließlich war er ganz in mir, und der Schmerz nahm ab. Er fing an zu stoßen, ich war voll von ihm, tief in mir fühlte ich nur sein riesiges reißendes Glied, während draußen der Regen in Schauern niederschoß, reines, flüssiges Licht.

Während er fortfuhr, in mir zu rütteln, mich wie ein Straßenarbeiter zu bearbeiten, meinen Kopf weiter nach hinten zu biegen, steckte er zwei Finger in meine Vagina und zog sie wieder heraus. Daraufhin steckte ich meine Finger in sie, spürte sein hartes Glied hinter der Muskelwand hämmern, und gewann, mich im gleichen Rhythmus zu reiben. Er fing an, schneller zu stoßen, meine Erregung nahm zu, Schmerz vermischt mit Lust. Mit jedem Beckenstoß klatschte sein Bauch gegen meinen Rücken, und er durchbohrte mich noch mehr, brach weiter in mich hinein. Ich hätte meinen Kopf aus seinem Griff befreien wollen, aber er zog immer stärker an meinen Haaren, mein Hals war schrecklich gespannt, die Augen beharrlich gegen Himmel gewandt, der leer wurde, und dabei versetzte er mir seine Stöße, hämmerte ganz tief in mich hinein, er rüttelte meinen Körper durch und erfüllte ihn mit seinem heißen Saft, der stoßweise hinausschoß und mich weich verletzte, köstlich.

Dicke Regentropfen klopften irgendwo gleichmäßig gegen, gaben ein Geräusch wie hohles Metall von sich. Er ließ meine Haare los, ich senkte meinen Kopf auf den Fenstersims und begann unmerklich zu schwanken.

Ich ließ ihn sich ausziehen, mit dem Rücken auf den Boden legen. Mit den Gummiseilen seines Expanders band ich seine Arme an den Sesselbeinen fest, seine Beine an die des Tischs.

Wir waren beide müde. Ich setzte mich in den Sessel, sah ihn regungslos, alle viere von sich gestreckt, eine Weile an.

So gefiel mir sein Körper, offen dargebotene Fleischfülle, gefangen, in seiner herrlichen Unvollkommenheit strahlend. Entwurzelter Mensch, abermals an den Boden genagelt, sein Glied wie ein empfindlicher Bolzen, aus der Dunkelheit vertrieben und dem Licht meiner Augen ausgesetzt.

Alles hätte geschlechtlich sein sollen, die Vorhänge, der Teppichboden, die Gummiseile und die Möbel, an Stelle meines Kopfes hätte ich ein Geschlecht haben wollen und eines an Stelle seines Kopfes.

Wir hätten beide an einem Fleischerhaken, einer dem anderen gegenüber, in einem roten Kühlraum hängen sollen, am Kopfende und an den Fersen aufgespießt, den Kopf nach unten, Beine gespreizt, unser Fleisch, von Angesicht zu Angesicht, war machtlos dem Messer ausgeliefert, unsere wie rotes Eisen glühenden, offenen, gezückten Geschlechtsteile. Wir hätten uns unter der Tyrannei unserer Geschlechter zu Tode brüllen sollen, was sind denn unsere Geschlechter? Letzten Sommer, der erste LSD-Trip, erst habe ich meine Hände verloren, dann folgte mein Name, dann der Name meiner Gattung, die Menschheit ist meinem Gedächtnis entfallen, dem Wissen meines Kopfes und Körpers, verloren jede Vorstellung vom Mann, von der Frau, und selbst vom Tier; ich suchte herum, wer bin ich? Mein Geschlecht. Der Welt blieb mein Geschlecht, ohne Namen, und die Lust, zu pinkeln. Der einzige Ort, wohin sich meine Seele geflüchtet hatte, zusammengeschrumpft, der einzige Ort, an dem ich existierte, wie ein Atom, zwischen Himmel und Erde umherirrend, zwischen Grün und Blau, nur mit dem Gefühl eines reinen Sex-Atoms, genauso, gerade mal so, gepeinigt vom Drang zu pinkeln, verirrt, selig, im Licht, Halbinsel Saint-Laurent, an einem Sommertag, oder nein, es war Herbst, ich brauchte noch eine Nacht und einen Morgen, um wieder herunterzukommen, aber danach verlor ich mich noch monatelang, immer wenn ich pinkelte, ein Anflug von Schwindelgefühl, und schon ist es wieder da, ich ziehe mich völlig zurück wie in meinen Bauchnabel, mein ganzes Wesen liegt in diesem Gefühl in der Körpermitte, der Rest des Körpers ausgelöscht, ich kenne mich nicht wieder, form- und gattungslos, jedesmal der totale Trip, und manchmal noch immer, nur einen Augenblick lang, wie mit dem Kopf nach unten aufgehängt sein in der großen Spirale des Universums, aber ich finde doch selbst heraus, was diese Augenblicke wert sind, danach sage ich mir »Ist es wirklich, das, wer bin ich?« und »Schau, wie schön die Welt ist, mit all ihren dunkeln Weintrauben, wie schön es ist, im Süden den Wein zu ernten, die Sonne fängt sich in den Trauben und den Augen der erntenden Leute, die Rebstöcke sind gekrümmt, wie gern würde ich am Ende einer Reihe pinkeln gehen!«, und der Körper ist voller Albernheiten, nur so, man fühlt sich so wohl nach diesem eigenartigen Schwindelgefühl, das einem trotzdem bereits ein wenig fehlt.

Ich erhob mich, kniete mich, mit geöffneten Beinen über seinen Kopf. Ohne mich in Reichweite seines Kopfes zu halten, zog ich mit beiden Händen meine großen Schamlippen auseinander, zeigte ihm meine Vulva, ganz lange.

Dann streichelte ich sie langsam, mit kreisender Bewegung, vom Anus zur Klitoris.

Ich hätte mir graue Himmel gewünscht, wo Hoffnung sich ballt, wo Bäume zitternd ihre Feenarme ausstrecken, launische Träume, vom Wind geküßt, ins Gras geweht, zwischen meinen Schenkeln hätte ich den ungeheuren Atem von Millionen Erdbewohnern spüren wollen, ich hätte gewollt, schau, schau dir gut an, was ich will...

Ich führte meine linken Finger tief in meine Vagina ein und rieb mich weiter. Meine Finger sind nicht meine Finger, sondern ein schwerer Barren, ein massiver, eckiger, in mich gesteckter Barren, blendendes Gold in der tiefsten Finsternis meiner Träume. Mit beiden Händen rieb ich mich immer schneller; zuckend ritt ich in der Luft, warf den Kopf nach hinten, kam schluchzend über seinen Augen zum Orgasmus.

Ich ging zum Sessel zurück. Sein Gesicht war gerötet, er war wieder erregt, nur leicht. Er war schutzlos.

Als ich klein war, wußte ich nicht, was Liebe war. Liebe machen, das magischste aller Wörter, die Verheißung der unglaublichen, wunderbaren Sache, die sich jeden Augenblick ereignen könnte, sobald wir groß wären. Von dem Akt des Eindringens hatte ich keine Vorstellung, nicht mal von dem, was die Männer zwischen den Beinen haben, trotz gemeinsamen Duschens mit meinen Brüdern. Man kann noch sooft hinschauen, was weiß man schon, wenn man eine Vorliebe für das Geheimnisvolle hat?

Als ich noch kleiner war, gerade mal vier Jahre alt, redet man in meiner Anwesenheit und glaubt, daß ich nichts verstehe, Papa erzählt, daß ein Verrückter nachts brüllend durch den Wald läuft. Ich öffne die Gartenpforte meiner Großmutter, und ganz allein ziehe ich mit meiner

Wolfshündin in den Wald; in der ersten Schneise zwischen den Bäumen lege ich mich mit meiner Hündin auf einen Erdhügel, ganz eng an ihre warme Flanke, einen Arm um ihren Hals; sie läßt die Zunge hängen und wartet, wie ich. Niemand kommt. Die Kiefern drängen sich aneinander und neigen sich mit einer zärtlichen und beunruhigenden Bewegung zu uns hinab. In der Mitte des Waldes gibt es eine lange, von Brombeersträuchern völlig überwachsene Betonmauer, wo man Brombeeren pflükken kann, und wo eines Tages ein Gocartfahrer, als er jäh vom Weg abgekommen ist, vor mir sein Augenlicht verloren hat. Es gibt einen unterirdischen Bunker mit einer schwarzen Öffnung als Tür, und ganz am Ende einen Waschraum, von Moos und Gräsern überwuchert. Die Rennstrecke hat den festen Abdruck eines riesigen Fußes zurückbehalten.

Ich streckte mich nah bei ihm auf den Boden aus, legte den Kopf auf seinen Bauch, meinen Mund an sein Glied, eine Hand auf seine Säcke, und schlief ein. Ein großer, blonder, starker und vielleicht schöner Soldat hatte sicherlich seinen Schuhabdruck im nassen Zement hinterlassen.

Als ich an seinem Glied aufwachte, nahm ich es in den Mund, saugte mit der Zunge an ihm, spürte es anschwellen, an meinen Rachen stoßen. Ich strich über seine Säcke, leckte sie, und wandte mich wieder seinem Schwanz zu. Ich drückte ihn an meine Augenhöhlen, meine Stirn, meine Wangen, meine Nase, den Mund, das Kinn, den Hals, legte meinen Hals darauf, klemmte ihn zwischen mein Schulterblatt und meinen zur Seite geneigten Kopf, unter einer Achsel, dann die andere, streifte ihn mit meinen Brüsten, bis sie fast zum Orgasmus gekommen wären, rieb meinen Bauch daran, meinen Rücken, meine Pobakken, meine Schenkel, preßte ihn an die Innenseite meiner Arme und Beine, setzte meine Fußsohle darauf, bis sein Abdruck an meinem ganzen Körper haftete.

Dann nahm ich ihn wieder in den Mund und lutschte sehr lange, so wie man am Daumen lutscht, an der Mutterbrust, am Leben, während er, immerzu, stöhnte und keuchte, bis er dann, mit einem spitzen Klagelaut, kommt, und ich sein Sperma, seinen Saft, seine Gabe trinke.

LORE LICHTENSTEIN

Zwischenspiel

Das *New Oriental Hotel* ist ein altes mehrstöckiges Gebäude im Innern des Stadtkerns, gleich hinter der von den Holländern erbauten Stadtmauer. Mit seinem üppigen Garten liegt es ziemlich entfernt vom Meer. Es ist zwar schon etwas heruntergekommen, aber der Glanz der Kolonialzeit dringt in feinem Teeporzellan und blitzendem Silberbesteck immer wieder durch, auch wenn das Dinner selbst zu einem faden Konzentrat aus Ost-trifft-West verkommen ist. Die breite Veranda wird mit schweren, ausstellbaren Holzjalousien vor tropischer Hitze und grellem Mittagslicht geschützt. Alte Rattansessel mit ausklappbaren Lehnen für die Beine laden ein zu Ruhe, Siesta und Zeitunglesen. Die Haupthalle ist dunkel und muffig. Verstaubte Palmenstauden, in riesigen Keramiktöpfen, schwerfällig surrende Ventilatoren an der Decke und Jagdszenen aus England in gewaltigen Holzrahmen über den Sitzgruppen, erinnern an bridgespielende Damen in hochgeschlossenen Spitzenblusen, begleitet von pfeifenrauchenden Herren in gestärkten Khakianzügen.

Ich liebe alte Kolonialhotels. Ich hätte gerne in dieser Zeit gelebt und die Kontinente bereist, mit Bahn, Schiff und Kalesche wochenlang die Klimazonen durchquert, um endlich auf einer von Sindbads Inseln zu landen, wo mich Überfluß erwarten und ein junger Teeplantagenbesitzer mit gewichstem Schnurrbart.

Das *New Oriental* habe ich gewählt, weil seine verstaubte Eleganz, seine Verschrobenheit und antiken Überbleibsel meine Fantasien im trägen Nachmittagslicht so heftig in Bewegung setzen. Seit drei Wochen schon bin ich hier und würde gerne noch länger bleiben, doch das Geld geht zur Neige. Ich werde die große Hochzeit nicht mehr erleben, die hier im Hotel ausgerichtet wird und seit Tagen das Inselgespräch ist. Der Bräutigam, ein bekannter englischer Verleger, ist schon eingetroffen. Füllig ist er, fast fünfzig und hier wie dort bekannt für seine Neigung zu Männern. Seine Braut ist blutjung, gertenschlank wie ein Knabe und äußerst blaß. Im Gefolge des Paares langweilt sich ein Troß Reporter von der Regenbogenpresse durch die schwülen Tage.

Ich hatte den Abend bei einem Dinner verbracht, wie Mr. Meredith sie jeden Montagabend zu geben pflegt. Mr. Meredith ist einer der bekanntesten und reichsten Geschäftsmänner der Stadt. Seine Geschäfte sind undurchsichtig, was seinem Ansehen keinen Abbruch tut. Seine Montagsdinners sind berühmt. Es ist eine Ehre, eingeladen zu werden, auch wenn der Preis für das Essen am Tag zuvor diskret zu bezahlen ist. Die Frauen des Hauses bereiten allerlei köstlichen Curry zu, mild und scharf. Man trifft viele Europäer bei Mr. Meredith. An diesem Abend war ein verkrachter Kameramann aus Hamburg der Stargast, der seit Wochen versuchte, eine deutsch-singalesische Koproduktion in Gang zu bringen und dringend die Hilfe von Mr. Meredith benötigte. Nach dem üppigen Dinner hatten wir uns auf die Veranda in die kühle Nachtluft gesetzt, die vom Meer herüberwehte. Die Rattansessel bei Mr. Meredith sind, wie fast alle Rattanstühle in Ceylon, Brutstätten für Wanzen. Es wäre aber ein unverzeihlicher

KRAUS

Affront gewesen, sich, wie sonst üblich, eine Zeitung unterzulegen. Es wäre auch mit Sicherheit die letzte Einladung zu Mr. Meredith, der mit buddhistischer Ruhe behauptete, bei ihm gäbe es keine Wanzen. Ich hatte mir also rechtzeitig einen Holzschemel gesichert und kehrte nun mit heiler Haut ins Hotel zurück.

Ein schreiendes Rot mit einer riesigen strohgedeckten Creation auf dem Kopf lehnte an der Rezeption. Giftige rote Krallen trommelten nervös auf das dunkle Mahagoniholz. Scharf wie eine Trillerpfeife zischte es über den Tresen: »Sie werden doch wohl nicht behaupten wollen, daß Sie nicht in der Lage sind, eine Telefonverbindung mit Colombo herzustellen? Was für ein Hotel ist dies? Holen Sie sofort den Manager!«

War der Strohhut zu dieser vorgerückten Abendstunde schon gewagt, so war der weiße Sommerpelz, der über ihrer Schulter hing, bei dieser Hitze schlicht deplaziert. Unter dem Schatten des Hutes verzerrte sich ein riesiger, weit über die Lippen geschminkter Mund, die Mundwinkel zuckten. Der junge Mann hinter dem Tresen verbeugte sich höflich:

»Aber Madame, bitte haben Sie noch ein wenig Geduld. Wir bemühen uns nach besten Kräften.«

Hinter ihm lächelten, wie zur Beruhigung, Königin Beatrix und Prinzgemahl Claus von der Wand herab.

»Geduld? – Hören Sie, mein Wagen hat eine Panne, eine von Ihren dämlichen Kühen ist uns vor den Kühler gelaufen. Ich muß heute noch nach Colombo. Beeilen Sie sich, Mann!«

Wütend klatschte sie ihre rote Krokotasche auf den Tresen. Der Raum schien geladen mit negativer Elektrizität. Die Luft vibrierte, und ich vergaß, mir den Zimmerschlüssel geben zu lassen. Ich starrte sie an. Sie drehte sich zu mir, und der leuchtend rote Mund zog sich ungnädig zusammen: »Was wollen Sie?«

»Oh, Verzeihung, ich wohne hier.«

Sie war etwas größer als ich, und eine Woge schweren dunklen Parfüms wallte herüber. Ich drehte mich um und ging in die dunkle Halle zurück. Dort setzte ich mich so, daß ich die Rezeption im Auge behalten konnte und bestellte einen Drink. Schwitzend kam der kleine, rundliche Manager herbeigeeilt. Die Verbindung mit Colombo kam endlich zustande, doch die gewünschte Person meldete sich nicht. Nun begehrte die Dame im roten Seidenkostüm ein Einzelzimmer mit Bad. Dies wiederum war unmöglich, weil das Hotel wegen der bevorstehenden Hochzeit völlig ausgebucht war.

»Geld spielt keine Rolle«, unterbrach sie die in perfektem Englisch gestammelten Entschuldigungen des Managers.

Die Dame in Rot klapperte ungeduldig mit den mörderisch hohen Absätzen ihrer Sandaletten, zischte und schimpfte und schäumte vor Wut. Aber sie zischte leise. Ihr Körper verriet eine ungeheure Anspannung, den Hals reckte sie wie eine aufgescheuchte Kobra. Ich sah ihrem Rücken die Beherrschung an, jetzt nicht zuzuschlagen, in das lächelnde Gesicht des Managers zum Beispiel. In sicherem Abstand hatten sich bereits einige Bedienstete des Hotels versammelt. Ich nippte an meinem Gin-and-Tonic, dem einzigen Getränk außer Tee, das sie hier im Hotel ordentlich zubereiten konnten, und wartete.

»Erwarten Sie etwa, daß ich auf der Straße schlafe? Ich werde mich mit meiner Botschaft in Verbindung setzen.«

Ich stand auf und ging mit meinem Glas zur Rezeption. Das aufdringliche Rot, die spitzen Krallen, ihr Schlangengezische – all dies und etwas anderes, Unergründliches, reizten mich.

»Entschuldigen Sie, wenn ich mich einfach so einmische. Ich wollte ihre Unterhaltung nicht mithören, aber es ließ sich nicht vermeiden.«

Zum erstenmal sah ich ihre sehr dunkel geschminkten Augen, die jetzt, zu Schlitzen verengt, einen gelben Blitz zu mir schickten.

»Haben Sie wirklich keine Möglichkeit, hier zu übernachten?«

Es schnappte zurück:

»Hören Sie, Kleine, mir reicht's. Diese Insel ist ein einziges Chaos. Ich habe die Nase voll. Kommen Sie mir jetzt nicht auch noch…«

»Oh«, lächelte ich unschuldig in ihre Schlitze, »ich wollte Sie nicht belästigen. Ich wollte Ihnen mein Zimmer anbieten. Es ist sehr groß. Es könnte zur Not…«

Ohne ein Wort des Dankes drehte sie sich auf ihren Absätzen um, daß es knirschte, griff ihre Tasche, zog den Pelz auf der Schulter zurecht, warf den Kopf herrisch nach hinten und ging Richtung Treppe. Ihre Hüften drehten und dehnten sich unter dem engen Seidenrock.

»Wo ist es?«

Ich ging voran; auf halber Treppe mußte ich umkehren, weil ich den Schlüssel vergessen hatte. Schließlich standen wir vor der Tür zu Nr. 6. Ich schloß auf, und sie stakste hinein, schleuderte den Pelz auf einen Sessel, die Tasche knallte auf die Kommode. Mit ihren spitzen roten Krallen löste sie die Diamantgehänge von den Ohren, ein weiteres vom Handgelenk. Achtlos ließ sie die Kostbarkeiten auf die Kommode fallen, ein Ohrring fiel hinter die

Kommode. Sie hatte sich umgedreht und maß das Zimmer mit abweisendem Blick. Ein großes Bett, das Moskitonetz war noch nicht ausgebreitet, sondern hing leicht geknotet von der Decke, in sicherem Abstand von dem altmodischen Ventilator, der sich müde drehte. Ein großer Kippspiegel mit dunklem, polierten Holzrahmen, ein Schrank, ein Tisch, Stühle, das Badezimmer, in dem die Farbe von der Decke platzte.

Sie sagte nichts zu der Tatsache, daß nur ein, allerdings außergewöhnlich breites Bett im Raum stand. Sie sagte überhaupt nichts. Ich hatte die Tür geschlossen und stand nun verlegen mitten in diesem großen Zimmer. Die nackte Birne an der Decke warf ein hartes Licht auf uns. Eine ihrer künstlichen Wimpern begann sich zu lösen.

»Ich heiße Helga Blume, wollen Sie nicht ablegen?«

Sie nahm ihre Strohcreation vom Kopf und schüttelte das pechschwarze Haar aus. In dem kalkweiß geschminkten Gesicht leuchteten die Rougestreifen auf den Wangen jetzt besonders grell.

»Ich bin Alexis.«

»Oh, Sie sind Alexis?«

Meine Verlegenheit drohte in Panik umzuschlagen. Ich griff mir eine Zigarette und machte mich am Moskitonetz zu schaffen.

Alexis begann, ihre Seidenjacke aufzuknöpfen, warf sie zum Pelz auf den Sessel. Die Seide glitt am Pelz entlang und rutschte zu Boden. Der Reißverschluß ihres Rockes surrte kurz in die Stille. Als ich mich umdrehte, saß sie in graphitgrauer Seidenwäsche auf einem Stuhl, streifte die Sandalen ab und löste die Strümpfe, die sie, ganz Dame, bei dieser Hitze über erstaunlich glattrasierten Beinen trug. Dabei streckte sie mir das Bein aufreizend entgegen, die Krallen zogen an dem feinen Strumpf und die Augen, graphitgrau wie die Wäsche, tasteten mich ab, von oben nach unten und wieder nach oben.

»Darf ich Ihnen ein Bad einlassen?« Und schon war ich im Badezimmer verschwunden und ließ Wasser in die alte Wanne laufen. Mit einem großen Frotteetuch ging ich zu ihr zurück und sagte:

»Sie finden alles im Badezimmer, auch Abschminke.«

Sie hatte sich inzwischen eine Zigarette angezündet und griff nun nach dem Badetuch, wickelte es gekonnt um Hüften und Brüste und verschwand im Badezimmer. Dort klapperte und hantierte sie lange am Waschbecken, benutzte die Toilette und stieg schließlich ins Bad.

Ich legte mich auf das Bett und merkte erst jetzt, wie erschöpft ich war.

»Hätten Sie wohl etwas zu trinken?« kam eine relativ freundliche Stimme aus dem Badezimmer. Ich goß aus der Karaffe, die immer neben dem Bett stand, Wasser in ein Glas und ging zu ihr.

Diese Frau war für Überraschungen gut. Was da in der Badewanne lag, hatte keinerlei Ähnlichkeit mehr mit dem roten Gift von der Rezeption. Ein fettglänzendes rundes Gesichtchen, die Haare naß aus der Stirn gestrichen, muntere dunkle Knopfaugen mit kurzen Wimpern, den Rest von Augenbrauen, ein kleiner Mund, Fältchen um die Augen und am Kinn, großporige Haut von zuviel Schminke. Der Busen wogte im Wasser, die Schamhaare waren so schwarz, wie man sie nur färben kann, die Strapse und der Slip hatten Spuren im Fleisch hinterlassen. Unter dem Spiegel, auf der Ablage lagen zehn rote Fingernägel, im Becken und auf dem Boden zahlreiche Kleenextücher in allen Rot- und Schwarzschattierungen.

»Sie sind Deutsche, nicht wahr?«, und sie nahm mir das Glas aus der Hand. »Ob Sie auch eine Zigarette für mich hätten?«

Ich ging und holte ihr eine Zigarette, eine von jenen Zigaretten, die ich von einem Taxifahrer in Colombo gekauft hatte. Angezündet reichte ich sie ihr, sie nahm einen Zug, der würzige Duft verbreitete sich im Bad. Sie gab mir die Zigarette zurück und sah mir dabei in die Augen. Schweigend rauchten wir sie abwechselnd zu Ende. Ich ging ins Zimmer zurück, steckte das Moskitonetz fest, zog mich aus und legte mich unter den luftigen Baldachin ins Bett. Mit geschlossenen Augen hörte ich noch eine Weile auf die Geräusche aus dem Badezimmer und döste ein.

Der schwere Duft ihres Parfüms und nasse Finger an meiner Schulter weckten mich.

»Erlauben Sie…?«

Sie streckte sich neben mir aus. Neben mir, also in der Mitte des Bettes, nicht etwa auf ihrer Seite, denn dann wäre noch viel Platz zwischen uns geblieben. Die Beine geöffnet wie eine Schere, lag sie auf dem Rücken, ihre Brüste waren weich und etwas welk zur Seite gefallen, die Augen hielt sie geschlossen.

Noch heute bin ich davon überzeugt, daß sie alles genau so wollte, wie es dann passierte. Ich bekam heftiges Herzklopfen, mußte schlucken, mir war sehr trocken in Hals und Mund. Der erste Kuß schmeckte noch unsicher. Ich küßte weiter, ich küßte sie sehr lange, ich küßte sie sehr, sehr tief. Meine Hände auf ihrer schneeweißen Haut, die schon etwas müde war. Ich drehte sie hin und her.

Schweißtropfen glänzten in ihren Achselhöhlen. Ich kratzte sie und streichelte sie. Ich griff weich in sie hinein und hart. Ihr wohliges Gemurmel, ihr spitzes Gekicher, ihr verhaltenes Stöhnen wurden zu einem Gesumme, das noch lange in meinem Ohr blieb. Wenn ich zögerte, drängte sie sich wortlos fordernd an mich. Sie kam nicht aus dem Takt, wurde nicht atemlos. Sie hatte nichts getan, mich tun lassen. Schließlich hatte sie tief geseufzt und war zur Seite gerollt, kugelte sich zusammen wie ein Igel und war eingeschlafen.

Ich blieb hellwach und hatte großen Durst, aber die Karaffe war leer. Ich stahl mich vorsichtig aus dem Bett, zog mir Hose an und Hemd. Im Kippspiegel konnte ich sehen, wie sich hinter dem Moskitonetz eine zufriedene Kugel unter dem Laken abzeichnete. Ich löschte das Licht und schlich barfuß über den Gang die Treppe hinunter in die ausgestorbene Hotelhalle. Es war sehr still im Haus, nichts regte sich, die Lichter waren gelöscht, die Ventilatoren abgestellt, kein Boy war zu sehen. Ich würde also nichts Trinkbares finden.

Ein winziger, glühender Punkt in der Ecke der Halle unter einer großen alten Palme überraschte mich. Langsam ging ich auf diesen Punkt zu. Es roch nach Rauch. In einem Sessel saß sie und rauchte. Das Licht einer Stehlampe flammte auf. Ihr Schein fiel auf silberblondes Haar, pfirsichrote Lippen, niveablaues Seidenkostüm. Die Augen der Dame waren tiefblau. Vor ihr stand eine Karaffe mit Wasser und ein Glas.

»Möchten Sie?«

Hastig goß ich das Glas voll und trank es aus.

»Nun, haben Sie sich gut amüsiert, Schätzchen?«

Wie kam sie dazu, mich Schätzchen zu nennen? Ich war selbständig, berufstätig und fast vierzig. Wer war sie überhaupt?

»Ich heiße Helga Blume.«

»Oh, Helga Bloume, sehr deutsch, wirklich, sehr deutsch«, kam es aus dem Pfirsichmund. Das gleiche schwere Parfüm zog herüber, diesmal vermischt mir dem Aroma blonder Haut. Schweres, starkes Parfüm.

»Ich bin Krystle, Schätzchen – und ich möchte Ihnen sehr raten, sich aus der Sache zwischen mir und Alexis herauszuhalten. Alexis braucht so was ab und zu. Sie werden das heute nicht verstehen. Es spielt auch keine Rolle. Für heute haben Sie Ihre Sache gut gemacht.«

Eisblaue Augen musterten mich, von oben bis unten und wieder nach oben. »Vielleicht komme ich noch einmal auf Sie zurück. Aber jetzt ist Schluß. Verstanden? Gehen Sie und lassen Sie mich in Ruhe. Es war ein anstrengender Tag.«

Der Pfirsichmund wurde zum Strich, die Mundwinkel zu scharfen Dreiecken. »Good bye.«

Am nächsten Morgen weckte mich das blutrünstige Gesirre der Moskitos. Ich hatte Kopfschmerzen. Die andere Seite des Bettes war leer. Nur eine Kuhle und schwarze Haare auf dem Kissen waren von ihr geblieben. Das Moskitonetz war achtlos zurückgeschlagen. Langsam setzte ich mich und starrte in das kahle Zimmer. Ein schwerer Duft hing noch über dem Bett. Ich stand auf und öffnete die Jalousien. Dann ging ich zum Kommode und rückte sie zur Seite. Hart und weiß funkelten die Diamanten in der Morgensonne.

RITA MAE BROWN

Paul und Polina

Drei volle Wochen wahrte Polina Distanz. Keine Donnerstagsbesuche im Büro, keine Telefonanrufe, nichts. Nur blankes Schweigen. Ich war entschlossen, sie nicht anzurufen. Sie hatte mir erzählt, daß sie einen Liebhaber hatte. Paul Digita, der an der New Yorker Universität Englisch lehrte. Aus Neugier wollte ich ihn mir ansehen. Ich wußte schon vorher, daß er verkrüppelt war: Er zog das linke Bein nach und mußte einen Gehstock benutzen. Er hatte 1949 beim Stabhochsprung in Exeter einen Unfall gehabt, und sein Bein hatte für immer einen Knacks abbekommen. Trotzdem war ich nicht vorbereitet auf das, was ich erblicken sollte. Das Bein war noch das geringste seiner Probleme. Er war kurzsichtig, hatte schlimme Kopfschuppen, und dann sah er so aus, als ob er eine Algenkolonie auf seinen Zähnen beherbergte. Paul war eine lebende Studie menschlichen Verfalls. Wie war sie nur an ihn geraten? Was konnten sie miteinander gemein haben? Nach seiner Vorlesung über Yeats' Gebrauch des Semikolons zwang ich mich, zu ihm hinaufzugehen und ihm zu sagen, wie sehr es mir gefallen habe. Meine Schmeicheleien ließen ihn fast aus den Pantinen kippen; er hielt sich an der Seite des Podiums fest, oder sein Bein machte vielleicht gerade nicht mehr mit. Jedenfalls lud er mich irgendwo zum Tee ein, und ich nahm an, obwohl man Nerven aus Stahl brauchte, um ihm ins Gesicht zu sehen, mit den Algen und allem.

Bei einer viel zu teuren Tasse Tee erzählte mir Paul, er sei ein unverstandenes Genie. Er ersparte mir keine Einzelheit seines Lebens. Nach mir erkundigte er sich nicht mit einer einzigen Frage. Zwei Stunden später fragte er mich, erschöpft von seinem endlosen persönlichen Gequatsche, ob er mich wiedersehen dürfe.

Und ich sagte zu diesem Klumpen Protoplasma doch tatsächlich ja. O Gott. Wir verabredeten uns für die darauffolgende Woche. Polina hatte keine Ahnung, wie weit ich gehen wollte, und ich auch nicht.

Vor meiner Verabredung mit Paul rief Polina mich an. Es tat ihr leid. Natürlich sollte es keine Rolle spielen, daß ich lesbisch war, und nach vielen Besuchen bei ihrem Psychiater, der immerhin schon 1963 ihr Gefühlsleben gerettet hatte, war sie zu der welterschütternden Schlußfolgerung gekommen, daß es okay für mich war, zu sein, was ich sein wollte, solange ich mich wie ein reifes, gesundes menschliches Wesen verhielt. Sie machte mir das Kompliment, ein reifes und gesundes menschliches Wesen zu sein, und fragte, ob ich Lust hätte, am Freitag mit ihr ins Kino zu gehen? Wir sahen *Warte, bis es dunkel wird,* und der Film jagte uns beiden eine panische Angst ein. Meine Wohnung war ganz in der Nähe des Kinos, und so fragte ich sie, ob sie Lust auf einen Drink habe, ehe sie nach Hause fahre. Polina zögerte einen Moment, dann aber siegte ihr Mut, und sie sagte, ja, das wäre sehr schön. Sie war entsetzt, aber zu höflich, um es auszusprechen, als sie die wacklige, unbeleuchtete Treppe hinaufächzte. Und als sie meine Wohnung sah, in der nur eine Matratze auf Milchkartons lag und sonst überall bloß weitere bunt bemalte Milchkartons herumstanden, war sie wie vom Donner gerührt.

»Wie einfallsreich Sie sind! Sie haben da ja bezaubernde kleine Bücherregale und Stühle aus Milchkartons gemacht.«

»Danke. Ich habe eine ungeöffnete Flasche Lancer-Wein, die ich für eine besondere Gelegenheit aufbewahrt habe – wollen wir sie nicht öffnen?«

»Fein.«

Der Wein ging sofort in Polinas Zunge, und sie erzählte mir, wie verstört sie sei und daß sie insgeheim glaube, daß die lesbische Liebe jede Frau gleichzeitig anziehe und abschrecke, weil jede Frau eine Lesbierin sein könne, es sei nur alles überdeckt und unbekannt. Ob mich der Reiz des Verbotenen dazu gebracht habe? Dann erzählte sie mir, was für eine wunderbare Beziehung sie zu ihrem Mann gehabt habe. Wegen Paul hätten sie sich verständigt, und ob die Heterosexualität nicht einfach großartig sei?

»Mich langweilt sie, Polina.«

»Sie langweilt Sie – was meinen Sie damit?«

»Ich meine, Männer langweilen mich. Wenn einer von ihnen sich mal wie ein Erwachsener benimmt, ist das ein Grund zum Feiern, und selbst wenn sie menschlich handeln, sind sie immer noch nicht so gut im Bett wie Frauen.«

»Vielleicht haben Sie nicht den richtigen Mann getroffen?«

»Vielleicht haben Sie nicht die richtige Frau getroffen. Und ich wette, daß ich mit mehr Männern geschlafen habe als Sie, und sie ziehen alle dieselbe Show ab. Manche sind besser darin als andere, aber es ist langweilig, wenn man erst einmal weiß, wie Frauen sind.

»Sie können doch nicht einfach da sitzen und so etwas über Männer sagen!«

»Okay, dann sage ich nichts. Lieber halte ich den Mund, als daß ich drum herumlüge.«

Sie schwieg verwirrt. Dann: »Was ist so anders, wenn

man mit Frauen schläft? Ich meine, worin liegt der Unterschied?«

»Zunächst einmal ist es intensiver.«

»Sie glauben nicht, daß es zwischen Männern und Frauen intensiv sein kann?«

»Sicher, aber es ist nicht dasselbe, das ist alles!«

»Wieso?«

»O Lady, dafür gibt es keine Worte. Ich weiß nicht, es ist wie der Unterschied zwischen Rollschuhen und einem Ferrari – ah, es gibt keine Worte.«

»Ich habe das Gefühl, die Dame demonstriert zu sehr. Sie würden nicht so lautstark lesbische Reklame machen, wenn Sie sich Ihrer selbst und Ihrer sexuellen Identität wirklich sicher wären.«

»Reklame? Ich habe mir ein paar Minuten Zeit genommen und versucht, eine Frage, die Sie mir gestellt haben, zu beantworten. Wenn Sie lautstarke Reklame sehen wollen, dann schauen Sie sich die Werbung in der Untergrundbahn, in den Zeitschriften, im Fernsehen an. Die dicken Schweine benutzen die Heterosexualität und den weiblichen Körper, um alles in diesem Land zu verkaufen – sogar Gewalt. Verdammt, ihr seid so schlimm dran heutzutage, daß ihr einen Computer braucht, um einen Partner zu finden.«

Polina wurde wütend, doch dann dachte sie in Ruhe darüber nach, was ich ihr da an den Kopf geworfen hatte. »Das ist mir nie so aufgegangen, ich meine, das mit der Werbung und dem allen.«

»Mir schon. Sie sehen nie Anzeigen mit sich küssenden Frauen, die Sie dazu bringen sollen, daß Sie Salem-Zigaretten kaufen, oder?«

Sie lachte: »Das ist komisch, das ist wirklich komisch. Die ganze Welt muß für Sie ja anders aussehen!«

»Sieht sie auch. Sie sieht zerstörerisch, krank und zersetzt aus. Die Leute haben kein Ich mehr (vielleicht haben sie ja nie eines gehabt), und so ist ihre Basis ihr Sex – ihre Genitalien, mit denen sie ficken. Da lachen doch die Hühner!«

»Ich – sind alle Homosexuellen so klarsichtig wie Sie?«

»Das weiß ich nicht. Ich habe nicht mit allen Homosexuellen geredet.«

Polina hatte Verstand genug, um wegen dieser letzten Frage verlegen zu sein. Schweigend leerte sie ihr Glas, dann lud sie wieder nach. Sie wurde allmählich betrunken. »Vielleicht sollten Sie zu Sodawasser übergehen. Ich möchte nicht, daß Sie sich volltanken.«

»Nein, nein, mir geht's gut. Ich trinke jetzt nur noch kleine Schlucke.« Und sie kippte das halbe Glas hinunter. Sie begann mich offen anzustarren. Ich mochte Polina, vielleicht liebte ich sie sogar etwas, aber dies war schwer zu ertragen. Ich hatte nicht erwartet, daß eine so intelligente Frau auf eine so klassische Weise heterosexuell bigott sein konnte. Ich kam mir vor wie ein Käfer unter dem Vergrößerungsglas. Wer weiß, vielleicht liegt die einzige Schönheit, die es in den großen Städten noch gibt, in den Öllachen auf der Straße, und vielleicht ist in den Menschen, die in solchen Städten leben, kein Fünkchen Schönheit mehr.

Polina unterbrach mich bei diesen grimmigen Gedanken. »Molly, haben Sie mit vielen Frauen geschlafen?«

»Hunderten. Ich bin unwiderstehlich.«

»Seien Sie ernst.«

»Ich bin ernst. Ich bin unwiderstehlich.« Ich streckte die Hände aus, legte sie auf ihre Schultern und gab ihr einen Kuß, der uns beide in die Glieder fuhr. Sie wollte sich schon losreißen, entschied sich aber, auszuharren. Edel und mutig von ihr. Wie zu erwarten mußte sie nach dem Kuß protestieren.

»Das hättest du nicht tun sollen. Du bist in meinen Augen nicht anders als ein Mann, wie du da herüberkommst und mich einfach, ohne zu fragen, küßt.«

»Wenn ich dich gefragt hätte, hättest du mich nicht geküßt. Hier, laß mich dir noch einen Kuß geben, damit dir der Unterschied bewußt wird. Es wäre mir unerträglich, wenn du mich weiterhin mit dem entgegengesetzten Geschlecht verwechseln würdest.«

Ihre Augen weiteten sich, und sie begann sich zu sträuben, aber ich war in keiner mitfühlenden Stimmung. Ich hielt sie fest und verabreichte ihr einen langen französischen Kuß. Sie fand es herrlich. Sie fand es herrlich und haßte mich, weil ich sie dazu brachte, es herrlich zu finden. Wutentbrannt riß sie sich los. »Wie kannst du es wagen! Wie kannst du es wagen – ich bin alt genug, um deine Mutter zu sein.«

»Ich bin alt genug, um zu wissen, daß das nichts ändert. Warum kletterst du nicht von deinem geheiligten Schwanz herunter? Du magst es doch. Jede Frau, die noch eine halbe Vagina hat, würde das mögen. Sich unter Frauen zu küssen ist schön. Und unter Frauen miteinander zu schlafen ist Dynamit. Warum läßt du dich nicht einfach los und probierst es aus?«

»Das ist ungeheuerlich. Du bist verrückt geworden!«

»Das ist unzweifelhaft eine Möglichkeit, aber zumindest weiß ich, wovon ich spreche, aus praktischer Erfahrung. Du kennst nur die eine Seite der Geschichte…«

Das kränkte sie. Es traf zu sehr den Nagel auf den Kopf. Ich war gute fünfzehn Zentimeter kleiner als Polina, aber das hielt mich nicht davon ab, zu ihr hinüber zu gehen und sie auf meine Matratze zu legen. Bevor sie ihre weichen Hände ballen konnte, um auf mich loszuprügeln, gab ich ihr wieder einen Kuß. Und ich berührte ihre Brust, preßte ihre Schenkel, und Polina kam zu dem Schluß, daß sie tatsächlich die andere Seite der Geschichte nicht kannte, und 41 Jahre sind eine lange Zeit im Dunkeln. Da lag sie nun, und wie angenehm, daß ich sie halb gezwungen hatte! Auf diese Weise konnte sie die Verantwortung dafür, daß sie sich mit einer anderen Frau liebte, von sich weisen; auch der Wein trug sein Teil dazu bei. Doch aus welchen Gründen auch immer, sie küßte mich zurück. Sie streckte sich auf der Matratze aus und drängte sich an mich. Da war nicht viel zu sagen. Sobald wir unsere Kleider aus hatten und unter der Decke waren, sah sie mich mit schlauen Augen an und sagte: »Wo sind wir?«

»Was?«

»Wo sind wir?«

»Wir sind im Bett, in meiner Wohnung. Wo sollten wir sonst sein?«

»Nein, nein, wir sind in einem Männerpissoir.«

»So, sind wir das?«

»Ja, wir sind beide im Männerabort am Times Square.«

»Polina, man würde uns gar nicht reinlassen ins Männerpissoir.«

»Bei mir mußt du diese Geschichte erzählen. Du mußt diese Fantasie ausspinnen, sonst kann ich nicht kommen. So, bitte, jetzt sind wir am Pißbecken, und du suchst herum und bemerkst meinen Schwanz und sagst: ›Das ist ein feiner Schwanz, groß und saftig.‹ Los, sag's!«

»Das ist ein – feiner Schwanz.« Husten. »Groß und saftig.«

Sie wand sich erregt auf der Matratze. »Los, weiter, erzähl weiter.«

»Was sage ich dann?«

»Erzähl mir irgend etwas, erfinde was.«

»Oh – das ist der saftigste Schwanz, den ich je gesehen habe. Ein Riesending.«

Grob: »Frag mich, ob du ihn anfassen darfst.«

»Darf ich, bitte, deinen Schwanz anfassen?«

Polina gab ein leises Stöhnen von sich. »O ja, faß ihn an und küß ihn und lutsch ihn.« Und in dem Augenblick, als ich sagte, ich wollte ihn festhalten und ihn küssen und ihn lutschen, kam sie.

Nach einer zehnminütigen Denkpause rollte sie sich herum und sagte: »Willst du, daß ich dich liebe? Ich habe es noch nie gemacht, aber ich kann es bestimmt.«

»Ja, ich möchte gern, daß du mich jetzt liebst.«

»Was für Fantasien hast du?«

»Ich glaube, ich habe keine.«

»Aber wie kannst du ohne Fantasien lieben? Jeder hat sexuelle Fantasien. Ich wette, du denkst, es ist zu schlimm, als daß man es erzählen darf. Aber du kannst es mir ruhig sagen. Es wird mich noch einmal erregen.«

»Tut mir leid, aber ich möchte einfach nur lieben. Was mich anmacht, das ist das Berühren, das Küssen und all das. Du brauchst kein Wort zu sagen.«

»Ich glaube nicht, daß heutzutage und in diesem Zeitalter jemand ohne Fantasien leben kann.«

»Nun, ich hab da etwas, aber ich weiß nicht, ob es einen Fantasie ist.«

»Sag es, sag es!« Sie legte ihren Arm um meine Hüfte.

»Wenn ich Frauen liebe, stelle ich mir ihre Genitalien als... als einen rubinroten Dschungel vor.«

»Als einen rubinroten Dschungel?«

»Ja, Frauen sind dick und üppig und voller verborgener Schätze und außerdem schmecken sie gut.«

»Das ist kaum eine Fantasie. Du hast ein äußerst unreifes Sexualleben, Molly. Kein Wunder, daß du eine Lesbierin bist.«

»Wenn es dir nichts ausmacht – ich glaube, ich könnte auch auskommen, ohne geliebt zu werden.«

»Oh, du bist verlegen, weil du keine Fantasien hast. Bitte nicht. Ich werde schon eine für dich erfinden. Ich *möchte* dich gern lieben. Dein Körper ist sehr sexy – er ist schmal und weich und fest. Du bist Platons perfektes Androgen. Nein, das ist nicht richtig – du bist eine Frau ohne Fehl. Aber du bist so stark. Du bist nirgendwo schwabbelig. Ich... ich möchte in dich eindringen. Es muß aufregend sein, in eine andere Frau einzudringen, wo sie naß und offen ist.«

»Okay, okay, du denkst dir die Geschichte aus, und ich höre zu, während du mich liebst.«

Polina erfand eine Geschichte: Wir waren Schüler in einem Jungeninternat. Und dort trieben wir es im Umkleideraum. Es brachte sie so in Fahrt, daß sie mich mit stürmischer Wildheit liebte. Aber ich spürte, daß Polina und ich keine starke Beziehung haben würden. Ich konnte die Geschichten nicht ertragen, und ich verstand nicht, warum sie von Männern handelten.

Sie blieb nicht über Nacht, obwohl ich es gern wollte. Es ist schön, sich neben einem warmen Körper zusammenzurollen und dann am nächsten Morgen zu erwachen und sich mit einer Umarmung zu begrüßen. Aber sie sagte, sie müsse in ihrem alten blauen Pullover schlafen und mit einem großen Kissen unter den Knien. Außerdem sei es ihr unmöglich, mit einem anderen Menschen im selben Bett zu schlafen. So fuhr sie nach Hause, und ich konnte die ganze Nacht nicht schlafen. Ich versuchte herauszufinden, ob ich geträumt hatte, oder ob es

Wirklichkeit war. Es war Wirklichkeit. Als am nächsten Morgen ein winziger Sonnenstrahl sich seinen Weg durch die rußige Luft zu meiner Matratze bahnte, fand ich ein paar lange schwarze Haarsträhnen und ein paar graue.

Meine Verabredung mit Paul rückte heran, und aus einem Gefühl brennender Neugierde heraus ging ich hin. Was konnten die zwei miteinander machen? Erzählte er ihr diese absurden Geschichten? Es gab nur einen Weg, dies herauszufinden.

Paul ging mit mir in ein italienisches Restaurant. Dann knackte er am nächsten Schritt herum. Offensichtlich war er weibliche Aufmerksamkeit nicht gewohnt und wußte nicht weiter. Ich schlug vor, noch etwas im Riverside Park spazierenzugehen. Ich sagte, ich würde ihn nach Hause begleiten, er wohne ja gleich am Park. Wir brauchten eine halbe Stunde, um die vier Häuserblocks bis zu seinem Haus zu gehen. Dort angelangt, wollte er schon hineinhoppeln, drehte sich dann aber plötzlich um, als hätte ihn ein Blitzstrahl getroffen. »Hätten Sie Lust, mit hinaufzukommen und sich meine Doktorarbeit anzusehen? Sie wurde in Harvard sehr gerühmt.«

»Ich würde mir sehr gern Ihre Doktorarbeit ansehen.«

Paul verbrachte die nächsten anderthalb Stunden damit, mir die hohe Bedeutung der Interpunktion in der Dichtkunst des frühen 20. Jahrhunderts zu erklären. Als er auf die schreckliche Vorstellung zu sprechen kam, daß die Dichtkunst die Interpunktion aus dem Gleis bringe, bekam er fast Schaum vor dem Mund. Nach dieser Schmährede trank er einen kräftigen Schluck Wodka mit Limonade und begann eine Tirade gegen Edmund Wilson. Ohne Vorwarnung hielt er plötzlich inne, rutschte von seiner Sofaseite runter und küßte mich – mit diesen

Zähnen! Jesus! Bevor ich Zeit hatte, selber auch nur in Gang zu kommen, tauchte er wie ein Stuka in meine Möse und sabberte überall an mir herum. Vom Anwärmen hielt Paul offensichtlich nichts.

»Paul, wollen wir nicht in dein Schlafzimmer gehen?«

»Ach ja, richtig.«

In seinem Schlafzimmer begrüßten mich neue Scheußlichkeiten. Jeder Zoll an ihm war mit Haaren bedeckt. Als plumpste er direkt aus den Bäumen in meine Möse. Ich mußte in Polina verliebt sein, wenn ich diesen Orang-Utan ertrug. O Gott! Paul plapperte vor sich hin und rollte die Augen. Ich dachte, entweder bekommt er einen Anfall oder er setzt wieder zum Sturzflug an, als er plötzlich vornüber kippte, seinen annehmbar großen Schwanz in der Hand hielt und seine andere Hand auf meinen Nakken legte und mich an sich zog.

»Wo sind wir?«

Das war mein Stichwort. »Wir sind im Männerpissoir am Times Square.«

»Nein, nein!« schrie er. »Wir sind in der Damentoilette im *Four Seasons,* und du bewunderst meine wollüstigen Brüste.«

»Leb wohl, Paul.«

MAYRA MONTERO

Der Geschmack nach mir

Liebste,

ich unterhalte mich noch einmal mit Dir, die Nacht verbreitet eine Stille, die mich einlädt, zu Dir zu sprechen, und ich frage mich, mein Liebling, ob auch Du Dich an die Träume dieser sonderbaren Liebe erinnerst… Mein Schatz, auch wenn das Leben uns niemals vereinen wird, auch wenn wir, weil es uns so bestimmt ist, immer getrennt sein werden, so schwöre ich Dir, daß meine Seele ewig Dein sein wird, all meine Gedanken, mein Leben, ewig Dein, so wie mein Herz nur Dir gehört,

Abel

Es gibt eine psychologische Erklärung dafür, ich bin des Themas ein wenig überdrüssig geworden, habe darüber haufenweise Artikel in medizinischen Zeitschriften gelesen, erstaunliche Reportagen, sogar eine Umfrage ist in der Zeitschrift *Psychology Today* (eine der vielen Ami-Zeitschriften, die Fernando bezieht) erschienen, und jedesmal entdecke ich ein neues Detail, das mich der Lösung näherbringt: Die Nähe zum Tod – dem Tod eines anderen, versteht sich – verstärkt bei vielen Menschen das sexuelle Verlangen. Ich spreche von einer außergewöhnlichen Steigerung des Sexualtriebs, in diesen Zeitschriften waren Hunderte von Fällen belegt: der eines Zahnarztes, der an keiner Totenwache teilnehmen konnte, ohne in dem Moment, in dem er sein Beileid auszusprechen begann, ver-

KRAUSS

schämt eine heftige Erektion zu spüren. Er führte es auf den Geruch der Lilien zurück, aber in Wirklichkeit verschlimmerte sich die Sache, wenn sein Blick zufällig auf das Gesicht der Leiche fiel, denn dann ejakulierte er, er entleerte sich, dort, vor dem Sarg, wie ein Kind, das den Drang zu urinieren nicht mehr unterdrücken kann. Ein anderer Fall war der einer jungen Witwe, gute vierzig Jahre alt, der kurz hintereinander erst ihr Ehemann und dann ihre Mutter gestorben waren. Und die Folge davon war, daß sie sich, mitten bei der Trauerfeier, als der Pfarrer gerade das Dies irae murmelte, den Rock zwischen die Beine schob und sich vor aller Augen masturbierte. Von diesem Zeitpunkt an – es hatte sich um einen akuten Anfall gehandelt – konnte sie keine Zeitung durchblättern, ohne beim bloßen Anblick der Todesanzeigen geradewegs an den Rand des Paroxysmus zu geraten. Eine der Geschichten, die mich am tiefsten bewegt haben, war die eines fast zweiundachtzigjährigen Greises, dessen Frau in einem Krankenhaus mit dem Tode rang. Dieser arme Greis, der mehr als zehn Jahre lang an Impotenz gelitten hatte, nutzte eines Nachts, als die Krankenschwester eingenickt war, die Gelegenheit, um Laken und Sonden herunterzureißen, sich brutal auf die Sterbende zu stürzen und sie mehrmals zu vergewaltigen, wodurch er ihren Tod durch Ersticken, und ich nehme an, ebenso durch Schock, verursachte. Es ist nicht abwegig, das, was in mir vorging, mit dem zu vergleichen, was diesen Menschen widerfahren ist. Seit Papas Tod sind vierzehn Jahre und sieben Monate vergangen. Eine lange Zeit, eine viel zu lange Zeit, besonders, wenn man sie in Morgen mißt, denn jeden Morgen, ohne Ausnahme, denke ich an ein und dasselbe, steigt vor mir das erste Bild des Tages auf, das den weiteren Tagesablauf bestimmt. Ich schlage die

Augen auf, sehe Fernandos erschöpftes Gesicht neben mir, und mit einem Gefühl der Beklommenheit schließe ich die Augen wieder. Dann sehe ich mich selbst, in einem anderen Bett, in dem Bett, in dem ich in dem Haus meines Vaters zu schlafen pflegte, ich höre, wie leise an meine Tür geklopft wird. Ich antworte, ohne die Tür zu öffnen, und Marianito sagt mit flüsternder Stimme, daß sich Vaters Zustand während der Nacht verschlimmert und er bereits den Arzt verständigt habe. Ich versicherte ihm, daß ich sofort kommen werde, und ich höre, wie sich seine Schritte entfernen; ich wage es nicht, das Licht anzumachen, beginne, mich im Dunkeln anzukleiden, so leise wie möglich, horche gespannt auf das geräuschvolle Schnarchen, das aus dem Bett dringt, neben Agustín Conejo zu liegen war immer ein wenig so gewesen, als würde man neben einem Drachen liegen.

Er erwacht in dem Moment, als ich dabei bin, mir die Schuhe anzuziehen, er fragt mich, ob er gehen müsse, und ich antworte ihm, nein, das sei nicht nötig, doch dann berichtige ich mich und sage zu ihm, daß es besser sei, wenn er ginge. Der Zustand meines Vaters habe sich während der Nacht verschlimmert, und vielleicht werde er sterben. Ich schalte das Licht an und sehe ihn daliegen, wie ich ihn nur selten gesehen habe, träge und entspannt, behaart und, bis zu einem gewissen Punkt, verletzbar. »Schau es dir nicht an«, murmelt er. Und ich nehme an, daß er sich meint, sein ruhendes Geschlecht, aber er fügt hinzu: »Schau dir nicht an, wie er stirbt.« Ich kleide mich weiter an, ohne ihm zu antworten. Er richtet sich auf und ruft mir aus dem Bett zu: »Bleib hier!« Der Klang seiner Stimme verwirrt mich, morgens klingt seine Stimme volltönend und fremd. Ich wiederhole, daß ich gehen müsse, daß mein Vater, mein Va-ter, im Sterben liege. Er springt mit einem Satz aus dem Bett, schüttelt zwei-, dreimal sein Geschlecht und zischt mir ins Ohr: »Der hier liegt auch im Sterben.« An der Tür ringen wir eine Weile miteinander, und mit Gewalt zerrt er mir den Rock herunter, zerreißt meine Bluse, eine meiner Lieblingsblusen, und das Geräusch, das sein Prankenschlag verursacht, überzeugt mich mehr als jede Zärtlichkeit. Schließlich ziehe ich selbst meine Fetzen aus und halte sie ihm vor sein Gesicht. »Die wirst du jetzt hinunterwürgen müssen.« Marianito klopft erneut an die Tür, diesmal hat er sicher etwas gehört, denn er flüstert: »Celia, Celia«, und dann verschwindet er, ohne eine Antwort abzuwarten. Und ich bin weit weg, sehr weit weg, liege wieder im Bett, presse mein Gesicht in die Fetzen, die von meiner Kleidung übriggeblieben sind, erhebe mich ein wenig, damit er ein Kissen unter meinen Bauch schieben kann. Ich denke an Papa, der seit zwei Tagen im Koma liegt, mit absurd geöffnetem Mund, schreckliche Kanülen ragen aus seiner Nase heraus, und ich vernehme die übelriechende Stimme meines Folterknechtes, »Bereite dich vor, du Schlampe«, und ich spüre, wie er seinen behaarten Oberkörper an meinem Rücken reibt, seine Hand, wie die Pranke eines Gorillas, bahnt sich ihren Weg, Papa erstickt, er erstickt, und Marianito wird nicht wissen, was er tun soll, die Spitze seines Geschlechts durchbohrt mich, Papas Lippen verfärben sich bläulich, Marianito ist vor Schreck wie gelähmt, ein stechender Schmerz, grellrot, ich sterbe, er stirbt, »Hier hast du deinen Toten, du Schlampe«, und nicht schreien zu können, ihn nicht anflehen zu können, daß er sich nicht bewegen möge, daß jede Bewegung ein zusätzlicher Schmerz bedeutet, eine unerträgliche Stichwunde, ein gewichtiger Grund, ihm zu sagen, daß es aus und vorbei ist, daß Papa schon nicht mehr atme, daß ich nicht mehr in die Klinik und auch nicht mehr in Papas Haus kommen müsse, »Das Beste kommt noch«, daß ich mich nicht mehr seinetwegen zu schämen brauche, »ich habe ihn noch nicht ganz hineingesteckt.« Marianito wird sich nach und nach von seinem Schrecken erholen, und ich, ich ebenso, »So gefällt es mir, du Schlampe«, gleich würde ich seine Schritte hören, »Celia, bitte, mach die Tür auf«, Agustín Conejo wird seinen Arm um meine Taille legen, »Celia, dein Vater ist gestorben«, er wird sich unter meinen Bauch schieben, zwischen meinen Bauch und das Kissen, »Beweg dich«, er wird seinen schmutzigen Finger ausstrecken, emsig zwischen meinen Beinen wühlen und mich schließlich finden, »Er ist friedlich gestorben, Celia«, auch ich werde auf meinem Sterbebett um Verzeihung bitten, »Beweg dich schneller«, möge Gott mir verzeihen, Papa, die arme Elena, möge Fernando mir verzeihen, aber so gefällt es mir, ja, so, schneller, halt nicht inne, »Das Beste kommt noch«, aber noch nicht gleich.

Ich öffne die Augen und bin wieder dort, wo ich hingehöre, es sind vierzehn Jahre und sieben Monate vergangen, aber die Erinnerung daran ist noch lebendig. Ich sehe mich, wie ich die Treppe hinunterlaufe, mit dem Arzt zusammenstoße, der in demselben Moment wie ich Papas Zimmer betritt. Ich sehe den weinerlichen, beleidigten, leicht spöttischen Marianito, »Ich bedaure, Ihnen mitteilen zu müssen, daß jede Hilfe zu spät kommt.« Papa ist mit einem Laken bedeckt, und ich blute, ich spüre eine klebrige Flüssigkeit zwischen meinen Schenkeln, und ich weiß genau, daß es mein eigenes Blut ist. Elena liegt in einem anderen Zimmer und schläft, meine Kleine, sie ist so unschuldig, weder der Tod ihres Großvaters noch die Leidenschaftlichkeit ihrer Mutter berühren sie. Das Blut rinnt mir die Schenkel hinunter, und ich presse die Beine zusammen, damit es niemand bemerkt. Marianito schluchzt, schaut mich aus den Augenwinkeln an, und ich argwöhne, daß er mich beneidet, er weiß, daß ich blute, ich bin sicher, daß er die Ursache für meine Steifheit kennt. Dieser hinterlistige Bursche vermutet, daß ich heimliche Wonnen erlebt habe, hier, wo auch er gerne heimliche Wonnen erleben würde.

Nach der Beerdigung verbringen Agustín Conejo und ich unsere letzte gemeinsame Nacht, mir bleiben nur einige Stunden, um ihm mitzuteilen, daß wir uns nie wiedersehen werden. Ich würde das Haus meines Vaters verkaufen, ich hätte keinen Grund mehr, hierher zurückzukommen, und selbst wenn ich das Haus behielte, würde ich wahrscheinlich nicht zurückkommen. Er kratzt sich wie besessen am Bauch, streichelt von Zeit zu Zeit seine kraftlose Schlange, der man nie zu sehr vertrauen sollte. Ich versuche unterdessen, ihn zu provozieren, ihm den Trennungsschmerz bewußt zu machen, und ich bemerke nicht, daß ich damit nur mir selbst Schmerzen zufüge. Ich richte mich auf, um seine Brust abzulecken, rutsche hinunter, um an seiner schlafenden Schlange zu lutschen. »Wonach schmeckt er, du Schlampe?« fragt er mich. Ich lutsche ihn, und meine Augen füllen sich mit Tränen, wonach kann er schmecken, wenn nicht nach meinen eigenen Pobacken, nach meinem eigenen Schoß, nach meiner wunden Haut. »Du wirst es schon wissen«, zischte er mit wässrigen Augen. »Du wirst schon wissen, ob du dir das entgehen lassen willst.«

Sie nennt sich Julieta. Ein faszinierender Name, besonders für eine reifere Frau, auch ich hätte gerne so geheißen. Dennoch hatte ich, seit sie mir ihren Namen genannt hatte, das Gefühl, daß sie log; es lag an der Art, wie sie sprach, wie sie sich benahm, so als erzähle sie mit einer gewissen Distanz von sich selbst. Vielleicht bilde ich mir das alles nur ein, denn zufälligerweise will ich seit geraumer Zeit eine Erzählung über eine Frau wie sie schreiben, über eine Frau, die alleine eine Schiffsreise unternimmt. Ich bin keine hervorragende Schriftstellerin, in meinem ganzen Leben habe ich nur drei oder vier Gedichte geschrieben, aber für diese Erzählung hatte ich mir eine sehr interessante Handlung ausgedacht. Diese Frau, ungefähr fünfzig Jahre alt, backt Torten, um sie zu verkaufen, Torten für Hochzeitsfeiern, Geburtstagsfeiern, Tauffeste, ein reiner Einfraubetrieb. Eines schönen Tages entschließt sie sich, Urlaub zu machen. Sie wählt eine Schiffsreise aus, eine Kreuzfahrt durch die Karibik, und sie bucht eine Luxuskabine. Sie wird all ihre Ersparnisse ausgeben, alles, was sie durch jahrelange Arbeit zusammengespart hat, aber sie ist davon überzeugt, daß sich diese Investition lohnen wird. In dem Moment, in dem der Dampfer die Anker lichten wird, wird sie eine andere sein. Sie wird sich einen anderen Namen zulegen, sich einen anderen Beruf ausdenken (um nichts in der Welt würde sie erzählen, daß sie Bäckerin ist), und sie wird sich hemmungslos in eine Reihe von spektakulären Abenteuern mit älteren Mitreisenden stürzen, tadellos gekleidet, ältere Herren, die das Plauderstündchen ihrer Gattinnen dazu nutzen, sie in der Abenddämmerung heimlich zu besuchen. In ihrer Abenteuerlust lernt sie einen gleichaltrigen Mann kennen, der ebenfalls einen sehr gewöhnlichen Beruf hat: Er verkauft Eintrittskarten in einem Kino. Ebenso wie sie hat auch er seine gesamten Ersparnisse ausgegeben, um mit diesem Schiff reisen und Lügenmärchen erzählen zu können. Sie verlieben sich hoffnungslos ineinander, entbrennen in krankhafter Leidenschaft zueinander; er überredet sie dazu, sich den

Schädel zu rasieren – von diesem Zeitpunkt an wird sie immer mit einem olivgrünen Turban in der Öffentlichkeit erscheinen –, und jeden Morgen tauft er sie im Namen des Vaters mit einem Strahl seines eigenen Urins. Die eine oder andere Nacht pflegt er, auf den lieblichen, kleinen Apfelsinen ihres Hinterns nicht etwa die gewöhnliche Zigarette der Folterknechte, sondern echte Montecristos aus Pinar del Río auszudrücken, authentische Havannas, die knistern, wenn sie ihre Haut berühren. Eines Morgens vollbringt er eine wahrhaftige Heldentat, zu der ihn das Leben auf dem Schiff inspiriert hat: Er führt einen Kompaß in ihre Vagina ein, eine sorgfältig geölte, polierte und zuvor in Kampferwasser angewärmte, metallische Kugel. Sie, ihrerseits, geht mit ihren Züchtigungen ebenfalls bis zum Äußersten, vom einfachen Peitschenhieb ist sie, innerhalb weniger Tage, zu sehr viel raffinierteren Foltermethoden übergegangen: Sie sammelt die Gräten des Fischs, der gewöhnlich zum Abendessen serviert wird, zupft die dicksten ab, die sie dann in eine pikante Soße einlegt – *Dornenreich wird der Weg sein...* –, und steckt sie, eine nach der anderen, in das bläßliche Hinterteil ihres Angebeteten. Während dieser Zeit treten sie in der Öffentlichkeit ganz normal auf, sie schmusen im Kino und am Rand des Schwimmbeckens miteinander, spazieren Hand in Hand durch die verschiedenen Hafenstädtchen, in denen das Schiff anlegt, und kehren mit Paketen beladen zurück, wie ein altes Ehepaar, das seinen zweiten Frühling erlebt. Das einzige beunruhigende Anzeichen ist, wenn überhaupt, das plötzliche Abmagern der beiden, und des Nachts, wenn sie sich in der Kabine treffen – meistens in ihrer – vergnügen sie sich auf recht makabre Weise miteinander, indem sie auf der Haut die Linien ihrer Knochen nachzeichnen, so daß sie, wenn sie aufs Bett fallen, zwei lebendigen Skeletten ähneln, verstrickt in einen ziellosen Kampf, der schließlich seinen miserablen Höhepunkt erreicht, wenn das aufgemalte Gerippe vom Schweiß ihrer Heldentaten verwischt wird.

Als die Kreuzfahrt zu Ende geht, sind auch die beiden am Ziel ihrer Pilgerfahrt im Zentrum der Perversion angelangt. Sie sind abgemagert, sie sind so weit gegangen, sich kleine Schnitte in den Fingern zuzufügen, aus dem einfachen Grund, weil es ihnen Vergnügen bereitet, das Blut aufzulecken, das aus den Wunden quillt. Sie gehen gemeinsam zur Toilette, um sich gegenseitig beim Defäkieren zuzusehen, und mit einem Pinsel, den sie zuvor in Kot eingetaucht haben, bemalen sie ihre Rücken, schreiben kurze Botschaften darauf, in denen alles zusammengefaßt ist: ›Cristóbal, zusammen mit dir will ich sterben‹ oder ›Ich werde deine Scham verschlingen, Valentina.‹

Als das Schiff im Heimathafen einläuft, fühlt sie sich so krank, daß sie von einem Krankenwagen abgeholt werden muß. Auch er ist sehr erschöpft, aber er wird in der Lage sein, auf eigenen Füßen den Hafen zu verlassen, um sich zum Kino zu begeben, noch in derselben Nacht wird er seine Arbeit wieder aufnehmen. Sie tauschen weder Adressen noch Telefonnummern aus. Valentina, die eigentlich Consuelo heißt, wird eine Woche lang im Krankenhaus liegen, an Dehydration, Schwächeanfällen und nächtlichem Fieber leidend. Wenn sie wieder nach Hause kommt, wird sie eine lange Liste mit bestellten Torten vorfinden. Zwei-, drei-, vier- und sogar siebenstöckige Hochzeits- und Geburtstagstorten. Mit Sahne-, Erdbeer- oder Zitronenfüllung. Cristóbal, dessen wirklicher Name Eduardo ist, wird in der ersten Zeit unter Angstzuständen und Schlaflosigkeit leiden, Schuld daran ist die

Angst, sich durch die Stiche mit den Fischgräten Wundstarrkrampf zugezogen zu haben.

Ich hatte mir für diese Geschichte mindestens zwei verschiedene Lösungen ausgedacht. In der ersten erhält die Frau eine Bestellung; ein Mädchen sucht sie auf, um bei ihr eine Hochzeitstorte in Auftrag zu geben, leistet eine Anzahlung und verschwindet. Auf einem Zettel notiert sie die genauen Angaben zu Farbe und Größe der Torte sowie das Auslieferungsdatum, aber sie vergißt, die Telefonnummer aufzuschreiben, etwas ganz Wesentliches, um sich wegen bestimmter Details rückversichern zu können – (es wäre nicht das erste Mal, daß eine Torte ihren Bestimmungsort nicht erreicht, nachdem eine Hochzeit ins Wasser gefallen ist) –, und in Anbetracht der Tatsache, daß sich der Auslieferungstermin nähert, beschließt Consuelo, die auf dem Zettel angegebene Adresse aufzusuchen. Sie klingelt an der Tür, der Mann vom Schiff öffnet ihr, und beide erstarren vor Schreck. Nach einer Weile zeigt sie ihm den Bestellzettel. Mit einem Kloß im Hals erklärt ihr der Mann, daß es sich um die Hochzeitstorte seiner Tochter handle, die am darauffolgenden Samstag heiraten würde. Er bittet sie nicht herein, spricht flüsternd, so als wolle er nicht, daß ihn jemand höre. Ihr Haar ist inzwischen nachgewachsen, sie trägt den olivgrünen Turban nicht mehr, die Schnittwunden an ihren Händen sind vernarbt, und ihr Körper hat sich erholt, nicht aber ihre Seele. Verwirrt geht sie fort, ihr Gesicht brennt, so als habe sie Fieber. Zu Hause angekommen, erlangt sie ihre Selbstbeherrschung wieder und beginnt mit der Herstellung der Torte. Sie hält sich an die gewünschte Farbe und Größe, gibt sich die größte Mühe bei der Verzierung, und als Krönung des Ganzen plaziert sie obendrauf das unvermeidliche Brautpaar aus Porzellan. Nur in einer winzigen Kleinigkeit wird sie die Regeln durchbrechen: Bevor sie die Torte ausliefert, wird sie die Sahnespritze mit einer purpurroten Gelatine füllen und eine Botschaft schreiben, die die Hochzeitsgesellschaft in Erstaunen versetzen wird: ›Cristóbal, zusammen mit dir will ich sterben.‹

Die zweite mögliche Lösung wäre die, daß sie eines Tages zufällig ins Kino geht und ihn an der Kasse entdeckt. Es ist Mittwoch, der sogenannte ›Damentag‹. Da sie eine Frau ist, kostet ihre Eintrittskarte nur die Hälfte, aber Cristóbal kassiert von ihr den vollen Preis. Im Kino sucht sie sich einen einsamen Platz, in der Hoffnung, daß er ihr folgen und sich neben sie setzen würde. Statt seiner kommt ein junger Mann, setzt sich breitbeinig neben sie, streift mit seinem Ellbogen ihren Arm, und nach einigen Minuten öffnet er den Reißverschluß seiner Hose und entblößt sich. Unter normalen Umständen, das heißt, bevor sie diese Kreuzfahrt unternommen hatte – sie teilte ihr Leben nunmehr in zwei Abschnitte: vor und nach der Kreuzfahrt –, hätte sie sich auf einen anderen Platz gesetzt. Diesmal aber bleibt sie nicht nur sitzen, sondern lehnt sich lasziv in ihren Sitz zurück, knöpft sich die Bluse auf und fährt einige Male mit ihrer Zunge über ihre Lippen. Der Mann versteht die Botschaft und legt seine Hand auf ihr Knie, schiebt sie unter ihren Rock und streichelt ihre Schenkel. Auch sie streichelt ihn; nur mit Mühe kann sie diesen riesigen Spargel, der sich ihr darbietet, umfassen, aber sie umfaßt ihn, bezwingt ihn, bewegt ihre Hand auf und ab und erahnt allmählich seine Begeisterung. Plötzlich ergreift er sie am Nacken und zwingt sie, sich hinunterzubeugen. Consuelo gibt sofort nach, öffnet ihren Mund und beginnt, gierig zu saugen, sie streckt ihre Zunge heraus und beschreibt einen minuziösen Kreis um seine Eichel, gleitet hinunter und wieder hinauf, öffnet ihren Löwenschlund und läßt diese feindliche Lanze, die keine Niederlage kennt, in sich eindringen. Dann macht sie sich daran, sie zu verschlingen, es wird ein langsamer und schmerzvoller Vorgang werden, wie bei einer Boa constrictor, die sich um ihren Gegner legt und ihn erdrückt, auch wenn sie selbst dabei zu ersticken droht. Der Mann stöhnt, windet sich auf seinem Sitz, stammelt wütende Worte, eine lange Reihe schmutziger Verwünschungen und Versprechen, und jault klagend, als er spürt, daß er kommen wird, aber Consuelo läßt sich nicht beirren, nicht einmal, als sie bemerkt, daß die Lichter im Saal eingeschaltet worden sind, und plötzlich wird ihr Rachen von einem unterirdischen Strom überschwemmt, ein fruchtbarer und heftiger Platzregen, den sie, um Atem ringend, hinunterschlucken wird, und ihre Brust scheint jeden Augenblick zerspringen zu wollen. Als sie sich aufrichtet, bemerkt sie die beiden Männer, die vor ihnen stehen und sie auffordern, das Kino zu verlassen. Sie erhebt sich schreitet würdevoll zur Tür, vor dem Kassenschalter bleibt sie stehen, nur eine Glasscheibe trennt sie von Cristobál, der sie entzückt anstarrt, sie macht den Eindruck, als sei sie toll geworden, sie hat sich nicht einmal den weißen Faden abgewischt, der aus ihrem Mundwinkel heraushängt, aber sie lächelt, zückt ihren Lippenstift und schreibt, Buchstabe für Buchstabe, auf die Glasscheibe: ›Ich werde deine Scham verschlingen, Valentina‹.

Als ich Fernando diese Idee erzählte, fand er die beiden Lösungen enttäuschend und fing an, mir andere Vorschläge für den Schluß der Geschichte zu machen. Seiner Meinung nach wäre es am besten, wenn die beiden Hauptfiguren noch auf dem Schiff sterben würden. Sie könnten wie die Männchen der Beutelratten sterben, sagte er zu mir, mit zerfetzten Eingeweiden, als Folge der wilden Paarung. Oder wie die russischen Antilopen, die bei der herbstlichen Brunft das Fressen vergessen und dann, bei Einbruch des Winters, wie die Fliegen sterben. Oder sie könnten sich gegenseitig verschlingen, wie die Gottesanbeterinnen, die um so grausamer werden, je näher sie dem dunklen Strudel ihres Deliriums kommen. Offensichtlich hat mir keine der drei Alternativen zugesagt, denn ich habe die Erzählung nie geschrieben. Und ich habe auch nie mehr daran gedacht, bis zu dem Moment, als ich Julieta am Schwimmbecken getroffen habe und mir durch den Kopf schoß, daß dies möglicherweise nicht ihr richtiger Name sei, daß sie sich mit den Ersparnissen eines ganzen Lebens auf und davon gemacht habe, ihrem Schicksal entfliehend; in einem Backofen, den auszuschalten sich niemand mehr die Mühe machen würde, die letzte Hochzeitstorte, die sie niemals fertigstellen würde.

Auf jeden Fall habe ich bemerkt, daß Fernando diese Frau gefällt, seit langem hat er keine Frau mehr so angeschaut, er verstellt seine Stimme, wenn er mit ihr spricht, schiebt seine Unterlippe vor und hebt die Augenbrauen wie ein mexikanischer Kinoheld, Arturo Fernando de Córdova, und meine letzten Zweifel wurden in der Nacht, als wir aus San Juan ausliefen, durch eine verdächtige Bemerkung, die Fernando machte, als wir uns schlafen legten, endgültig zerstreut. Das Muttermal zwischen Julietas Schenkeln, ob ich es gesehen hätte? Es sei gar kein Muttermal, sondern Hornhaut, verursacht durch die ständige Reibung der Haut an der Harfe. Ich fragte ihn, woher er das wisse, und er antwortete mir, daß er am Morgen, als ich Einkäufe erledigte, am Schwimmbecken mit ihr geplaudert habe, daß sie auf das Thema Musik zu sprechen gekommen seien und sie ihm von den Unannehmlichkeiten, die das Spielen eines solch schweren Instrumentes mit sich bringt, erzählt habe. Ich war drauf und dran gewesen, ihm Vorwürfe zu machen, erstens, weil er mich nicht in die Stadt begleitet hatte, und zweitens, weil er sich für die Muttermale einer Mitreisenden interessierte. Aber ich konnte mich noch rechtzeitig beherrschen, er hatte sich aufgerichtet, um mich zu küssen, während er sich auf allen vieren über mich beugte und sein steifes Glied über meinem Gesicht baumeln ließ. Ich schloß die Augen, und eines meiner Lieblingsbilder stieg vor mir auf, die unbewegliche Silhouette eines Toten, der von einem Tuch bedeckt wurde, das ihm kaum bis zu den Knöcheln reichte. Nichts konnte mich so erregen wie dies: Fernando, zum einen, den ich mit meiner Zungenspitze empfing, und ich, zum anderen, die ich darauf wartete, daß sich mein Mund mit Pulsieren erfüllte, um gleichzeitig mit den nutzlosen Füßen eines Toten meine Fantasie anzuregen. Danach, wenn alles vorbei sein würde, würde ich mich schämen, solche Phantasien zu haben, aber vorerst war es mir unmöglich, auf sie zu verzichten.

Als wir fertig waren, drehte Fernando sich um, legte sich neben mich und murmelte, daß ich, wenn ich wolle, wie ein Engel blasen könne. Ich wartete ab, bis er das Nachtlämpchen ausgeschaltet hatte, um es ihm mit gleicher Münze heimzuzahlen: Die Engelchen, mein Herz, würden so etwas nicht tun, das müsse er sich ein für alle Mal hinter die Ohren schreiben, Sache der Engelchen sei es, Harfe zu spielen.

Angela, bitte, hör mich an,

sie ist nur eine Verwandte, eine entfernte Verwandte meiner Mutter. Sie ist keine Ausländerin, aber sie hat lange im Ausland gelebt. Sie wird nur für ein paar Monate hierbleiben (das verspreche ich dir), die Zeit, die sie braucht, um ihr Buch fertigzustellen, denn sie schreibt ein Buch, eine Studie über das Sexualleben der Tiere, sie verbringt den lieben langen Tag damit, zuzusehen, wie es die Skorpione treiben, die Pimmel der Hunde zu befummeln und die Hintern der Stuten zu beschnüffeln. Wie Du siehst, ist Deine Eifersucht gänzlich unbegründet. Vor kurzem erzählte sie mir die Geschichte einer Mottenart, die kopuliert und stirbt, ohne die Welt gesehen zu haben, das Männchen befruchtet das Weibchen, solang dies noch eine Raupe ist, es verführt sie im zarten Kindesalter, und die Raupe stirbt, nachdem sie Eier gelegt hat, noch bevor ihr Flügel gewachsen sind, noch bevor sie, wie man so schön sagt, überhaupt gelebt hat. Falls man so etwas leben nennen kann, Angela, meine Liebste, ist das leben?

Abel

Bei Morgengrauen fing es an zu blitzen. Durch das Bullauge sah ich, wie das Licht aufblitzte und wieder verschwand, und mir fiel ein, daß wir zu dieser Stunde im Hafen von Saint Thomas einlaufen sollten. Ich zog mich geräuschlos an und ging an Deck. Die Insel Charlotte Amalie lag bereits in Sichtweite, die roten Dächer der Stadt glänzten, und das Meer war ruhig und glatt, so als könne ihm das Gewitter nichts anhaben. Ich machte es mir in einem Liegestuhl bequem und dachte an die Menschen, die unter diesen Dächern schliefen. Schwarze Männer, die ihre schläfrigen und zufriedenen Frauen umarmten. Schwarze Frauen, entzückt von den wunderbaren Lanzen, mit denen ihre Männer sie beglückten. Liebend gerne hätte ich mit einer von ihnen getauscht, wäre überglücklich gewesen, diesen eiskalten, amerikanischen Liegestuhl gegen eine wilde Lagerstatt auf dieser Insel eintauschen zu können. Mich in ein geblümtes rotes Laken einzuwickeln und in dem mit so vielen Gerüchen erfüllten Halbschatten die fernen Donnerschläge zu hören und davon zu träumen, daß just in diesem Augenblick ein Passagierdampfer in die Bucht einlief und daß an Bord noch alle schliefen, außer einer Frau, die in aller Frühe aufgestanden war, um das Meer, die glänzende Küste, die Dächer der Häuser zu betrachten. Und in diesem angenehmen Liebesnest, den Kopf in den Schoß eines farbigen Mannes gebettet, festzustellen, daß ich nicht mit ihr tauschen würde, daß ich mit niemandem tauschen würde, daß ich mein beflecktes Laken niemals gegen ihren Liegestuhl eintauschen würde, daß ich niemand anderes zu sein wünschte, als die, die ich bin: eine von Glück verwöhnte, zufriedene Schwarze, eine schwarze Frau, verzückt von so vielen sorglosen Nächten.

Daran dachte ich, als es anfing zu nieseln. Ich fühlte mich erleichtert, und mir war kalt, aber ich beschloß, an Deck zu bleiben, um noch ein wenig nachzudenken. Morgens stieg immer die Erinnerung an Agustín Conejo in mir hoch, und seit Elena geheiratet hatte, dachte ich manchmal auch nachts an ihn. Das eine hatte eigentlich nichts mit dem anderen zu tun, aber seit geraumer Zeit sann ich häufig über meine Beziehung zu diesem Mann nach, betrachtete sie nun von einem anderen Standpunkt aus, stellte mir Fragen, die zu beantworten ich damals nicht den Mut gehabt hatte. Für Marianito, Papas Vetter, war alles von Anfang an sehr klar gewesen: ›Ihr beide versteht euch.‹ Ich stritt das natürlich ab, viele Monate lang stritt ich es ab, bis er ihn eines Morgens dabei überraschte, als er mein Zimmer verließ. Er ließ einige Tage verstreichen, dann suchte er mich auf und fragte mich, ob ich nicht ein wenig zu weit ginge, wenn ich ihn in das Haus meines Vaters mitbrächte. Ich habe ihm weder damals noch später eine Antwort gegeben, denn wahrlich, ich war wirklich zu weit mit dem gegangen, was ich ihm erlaubt hatte, nicht nur weil er mit uns unter einem Dach schlief, sondern auch wegen all dem, was er im Krankenhaus mit mir gemacht hatte, eine Verrücktheit, die ich mein Leben lang bereuen werde.

Alles fing damit an, daß wir uns über Boleros unterhielten. In diesem einen Punkt hatte er Ähnlichkeit mit Fernando: Er war ein leidenschaftlicher Fan dieser Musik. Er betrat das Zimmer, um Papa sein Essen zu bringen – sein Arbeit bestand darin, im Krankenhaus das Essen auszuteilen –, sah mich aus den Augenwinkeln an und fing an, leise zu singen. Er hatte eine rauhe Stimme, eine von jenen Stimmen, die einem ewig im Ohr bleiben. Er sang nie falsch, ab und zu veränderte er den Text, stimmte den Refrain an, wie und wann es ihm gefiel, fügte dem Originaltext Sätze hinzu, die er selbst erfand, unflätige Sätze voller Gemeinheiten.

Zu Anfang flößte Agustín Conejo mir Widerwillen ein. Ich überraschte ihn dabei, wie er auf meine Beine starrte – Fernando meint, das Beste an mir seien meine Beine –, und ich setzte mich in Pose, um ihn noch mehr zu provozieren, ich spreizte meine Beine ein wenig, nur ein ganz klein wenig, nur so weit, um ihm klarzumachen, daß er, um oben anzukommen, noch ein großes Stück Weges zurücklegen müsse, was er selbst mit allen Boleros dieser Welt nicht schaffen würde. Im Krankenhaus wird die Zeit zu einer Falle, man fällt in sie hinein, und gleichzeitig hat man das Gefühl, daß man ab und zu aus ihr heraustritt. Um zu essen, um ein Bad zu nehmen, um eine Zeitschrift zu kaufen. Aber in Wirklichkeit wird das Zeitgefühl auf den Kopf gestellt, nie zeigt die Uhr die Zeit an, die man vermutet hat oder die man sich wünscht. Die Zeit verstreicht langsam, und ein jeder füllt sie aus, so gut er kann; ich, zum Beispiel, beschäftigte mich damit, mit dem Ekel zu kämpfen, den ich empfand, wenn ich mir Agustín Conejo nackt vorstellte, ein Mann wie ein Gorilla, über und über behaart, zwanzigmal dieselbe alte Melodie trällernd (›Tausend Jahre und noch viel mehr werden vergehen‹), nach Brathuhn, nach Fischsuppe, nach dem faden Brei für die Herzkranken riechend. Kurzum: Nach all dem scheußlichen Fraß riechend, den er im Krankenhaus austeilte. Bei der Arbeit trug er grüne Gummihandschuhe und eine weiße Kappe, manchmal auch einen Mundschutz. An den Tagen, an denen er einen Mundschutz trug, sang er anders, seine Stimme klang weicher, er verschlang mich mit seinen Blicken, er erregte mich und machte mich gegen meinen Willen gefügig.

Eines Abends erschien er früher als gewöhnlich mit dem Abendessen. Papa schlief, und ich machte ihn darauf aufmerksam, daß ich nicht daran denke, ihn aufzuwekken. Dann fragte er mich, ob ich nicht etwas zu mir nehmen wolle, und wenn es auch nur ein Glas Milch wäre, das würde mir bestimmt guttun, denn wie er sähe, sei ich dünn geworden. Ich antwortete ihm, daß ihn das nichts angehe, aber ich erklärte mich einverstanden, ein Glas Saft zu trinken. Ich stand auf, um ein Glas zu holen, und ehe ich mich versah drückte er sich an mich, alles ging ganz schnell, er stellte sich mir in den Weg, drängte mich ins Badezimmer, leckte an meinen Ohren, quetschte meine Rippen, drohte mir, mich bei der erstbesten Gelegenheit zu zerdrücken. Ich hatte plötzlich das Gefühl zu ersticken, schnappte verzweifelt nach Luft, aber das einzige, was ich einatmete, war sein übelriechender, säuerlicher Atem und seine Zunge, die er mit Gewalt zwischen meine Zähne stieß. Ich murmelte »nein, nein«, aber

Agustín Conejo – in jenem Moment wußte ich noch nicht einmal, daß er so hieß – fuhr fort, mein Gesicht abzulekken, er knöpfte meine Bluse auf, saugte an meinen Brüsten und zwang mich, mich niederzuknien. Er hatte immer noch seine Gummihandschuhe an, nur flüchtig nahm ich wahr, wie sich seine grünen Finger vor meinen Augen bewegten, in meinen Mund eindrangen, meine Zunge festhielten, und das alles nur, um mit seinem Mut zu prahlen, um mir zu verstehen zu geben, daß ich um nichts auf der Welt auf die Idee kommen solle, ihn zu beißen. Er hielt mich an den Haaren fest und rieb sein Geschlecht an meinem Gesicht, salbte meine Stirn mit seinem wohltuenden Saft, der auf meine Lider tropfte, ein, bis ich aus eigenem Antrieb anfing, ihn zu lecken; behutsam nahm ich ihn zwischen die Lippen, küßte ihn langsam, lutschte ihn liebevoll und ließ ihn wieder hinausgleiten, erwischte ihn von neuem und spürte, wie er tief in meinen Rachen ruderte. Er erschrak, trat einen Schritt zurück und schaute mir in die Augen. Und dann, als er meinen Blick sah, so erzählte er mir später, wußte er, daß er nichts zu befürchten hatte, denn es sei der verdammte Blick einer Frau gewesen, die aus vollem Herzen zu genießen weiß.

Und wir vergaßen die Lieder und begannen, unseren eigenen Bolero zu leben. Er betrat das Zimmer, vergewisserte sich, daß Papa schlief, machte mir ein Zeichen, daß ich ihm ins Badezimmer folgen solle, und ich erkannte mich kaum wieder in der Haltung dieser unterwürfigen, erblühenden Frau, die ihm, ihren Rock hochhebend, folgte. Einige Male hörten wir, während wir im Badezimmer waren, wie die Krankenschwester das Zimmer betrat, um das Serum des Kranken auszutauschen. Beim ersten Mal erschraken wir heftig. Agustín Conejo hielt inne, verriegelte die Tür und nahm seine vorherige Tätigkeit lautlos wieder auf, aber diese Stille war viel gefährlicher, unendlich viel erregender als sein Stöhnen. Ich beugte mich über das Waschbecken und ließ mich sanft penetrieren, während ich die Luft anhielt und die schrille Stimme der Krankenschwester hörte, die den Patienten grüßte und sich nach mir erkundigte, hörte die weit entfernt klingende Stimme meines Vaters, der antwortete, daß ich sicher im Badezimmer sei, hörte die nahe, die erschrekkend nahe Stimme von Agustín Conejo, die mir den Höhepunkt ankündigte, diese Stimme, die sich für immer in mein Gedächtnis einprägte, die sich in meinen Ohren auflöste, um in meiner Kehle wiedergeboren zu werden, ein einziger Schrei, der seine und der meine, ein gemeinsamer, lautloser Schrei, mit dem wir beide zugleich kamen.

Aller guten Dinge sind drei, und beim dritten Mal bemerkte die Krankenschwester, daß im Badezimmer etwas Sonderbares vor sich ging. Ich war, meine Bluse zuknöpfend, aus dem Badezimmer getreten, und sie hatte sofort Verdacht geschöpft, es stand ihr im Gesicht geschrieben. Vorerst sagte sie nichts – Agustín Conejo war im Badezimmer geblieben –, aber nachdem sie ein paar Fläschchen zurechtgerückt hatte, drehte sie sich um und lächelte, ein schiefes, ich glaube, leicht ärgerliches Lächeln. Von diesem Zeitpunkt an trafen wir uns in dem Haus meines Vaters. Gegen neun Uhr brachte ich die Kleine zu Bett, dann rief ich im Krankenhaus an und lauschte dem traurigen Geschwätz von Marianito. Dann nahm ich ein Bad, parfümierte mich mit Veilchenwasser und wartete auf Agustín Conejo. Ein paar Mal rief ich Fernando an, erzählte ihm, daß es Papa bessergehe und daß ich in ein oder zwei Wochen nach Hause zurückkehren werde. Er erkundigte sich nach Elena, ich dachte mir irgend etwas aus, denn ohne es zu wollen, verlor ich sie immer mehr aus den Augen, tagsüber brachte ich sie in den Kindergarten, und abends, wenn ich sie abholte, war die Arme so erschöpft, daß ich kaum Zeit hatte, ihr etwas zu essen zu geben und sie zu Bett zu bringen. Monatelang wußte ich von Elena nur zu sagen, daß sie mit dem Löffel im Mund mit dem Kopf nickte und danach verlangte, mit ihrem Teddybär ins Bett zu gehen. Eine halbe Stunde später fühlte ich mich wie die schlimmste Rabenmutter der Welt, auf Gedeih und Verderb Agustín Conejo ausgeliefert, mich ebenfalls an mein Lieblingstier klammernd, einen trotzigen, rachsüchtigen Bären, vor dem ich mich schon allzuoft in den Staub geworfen hatte. Einmal sahen wir uns fast ein ganzes Jahr lang nicht. Papa ging es gesundheitlich wesentlich besser, und ich hatte keinen Anlaß zu verreisen. Als wir uns wiedersahen, war Agustín Conejo tief bewegt.

Es waren neun Monate und siebenundzwanzig Tage vergangen, er habe die Tage gezählt, und ich, ich könne mich sicherlich schon nicht mehr an seinen Geschmack erinnern; der Erguß eines jeden Mannes, das solle ich mir ein für allemal hinter die Ohren schreiben, habe einen unverwechselbaren Geschmack. Seine Behauptung schien mir höchst unglaubwürdig, aber auf alle Fälle versicherte ich ihm, daß ich mich ganz genau daran erinnern könne und daß ich diesmal zu allem bereit sei. Nicht einmal ich wußte, was ich ihm damit hatte sagen wollen, aber Agustín interpretierte es auf seine Weise, und das bewies er mir noch in derselben Nacht.

In neun Monaten und siebenundzwanzig Tagen hatte sich auch im Haus meines Vaters vieles verändert. Marianito empfing nächtlichen Besuch, er selbst gestand es mir, als er mir half, meinen Koffer auszupacken. Er bat mich um Verständnis, ich müsse ihm diese Vertraulichkeit verzeihen, aber so viele Jahre der Einsamkeit könne niemand ertragen... Wir schwiegen eine Weile lang, und schließlich antwortete ich ihm, daß ich die Letzte sei, die über sein Leben Gericht halten würde. Da ergriff er meine Hand, drückte sie voller Verzweiflung, und ich befürchtete das Schlimmste. Er sei zweiundzwanzig Jahre alt und arbeite nachts als Fahrer eines Krankenwagens, er legte eine Pause ein. Er heiße Gustavo und mache eine Krankenpflegerausbildung. Aber man nenne ihn Tavito, er senkte die Augen, für seine Freunde Tavi.

CATHERINE TEXIER

Warten auf Johnny

Johnny steht auf. Zwölf Uhr durch, fast eins. Er ist verkatert. Mr. Coffee, aufgehellt mit einem Tropfen Milch. Er hat gerade das Rauchen aufgegeben, schon zum fünfzehntenmal, und es geht ihm schlecht, in seinem Körper stecken immer noch die alten Rituale, Zigarette/Feuerzeug/Finger/Mund/Aschenbecher. Sein ganzer Organismus ist daneben, er geht auf und ab, sucht nach etwas, das er zwischen den Fingern halten kann, greift zum Telefon, steckt seinen Finger in die Wählscheibe, dreht sie wütend. Er plant seinen Tag, was davon noch übrig ist, den Abend, die Nacht. Sachen erledigen, Leute treffen, Termine organisieren, Anrufe beantworten, aber nicht Evas, noch nicht jedenfalls, Probe in einem Lagerschuppen in Brooklyn.

Johnny ist immer in Eile. Er liest den Sportteil der *Daily News* von gestern, trinkt noch eine Tasse Kaffee, wählt drei Telefonnummern, rasiert sich, schneidet sich mit der Klinge, geht in der Wohnung herum, hat ein Handtuch um die Hüften geschlungen und ein winziges Stück Toilettenpapier an sein Kinn geklebt, um das Blut aufzusaugen, sucht nach einem Zettel auf dem Tisch, der mit Briefen und nicht dazu passenden aufgerissenen Umschlägen, Visitenkarten, Zeitschriften, Einladungen zu mehreren Festen und Clubs übersät ist. Fotokopierte Flugblätter, Zeitungsausschnitte, Spiralblöcke, überquellende Musikkassettenständer, einzelne weiße Zettel, mit flüchtig notierten Telefonnummern, Namen, Adressen, Strichmännchen mit schwarzer Tinte oder rosa Filzstift, Gekritzel in Pink, Rot, Grün, meist am Zettelrand oder am letzten Buchstaben eines Wortes, einfache Striche, die sich zu aufwendigen Cartoons entwickeln, Gesichter oder ganze Szenen, und ein gewisses Zeichentalent verraten. Endlich findet er, wonach er gesucht hat, die Adresse eines Kunden für einen Zimmermannsjob, eine obskure Adresse in Downtown, in einer dieser Straßen, die sich am West Side Highway verlieren, kurze Straßen, manchmal nur ein paar Häuserblocks oder Fabrikgebäude, an denen der Wind vorbeipfeift, mit eingesunkenen Bürgersteigen und von Lieferwagen zugeparkten Ecken.

Johnny geht immer zu Fuß in die Stadt, oder er fährt mit dem Fahrrad, wenn es möglich ist. Läßt seinen Studebaker drüben in Jersey stehen, in der Nähe der Wohnung seiner Mutter, er meidet den Zug, den Bus sowieso, zu langsam, Schneckentempo, nichts für ihn. Im Winter, wenn die Straße voller Schnee und Eis ist, läßt er sein Rad im Keller stehen, mit einer Kette und einem Vorhängeschloß wie für eine ganze Büffelherde an den Heizungsrohren angeschlossen. Er verläßt sich lieber auf seine Gummisohlen. Er zieht den Reißverschluß seiner Lederjacke hoch, stellt den Kragen auf, streift sich Lederhandschuhe und Ohrenwärmer über und flitzt auf seinen weißen Baseballschuhen davon. Johnny liebt das Gefühl der Straße unter seinen Füßen, nicht nur den harten löchrigen Asphalt, vor allem die Hektik, die Hektik des Tages, wer ist gerade in der Stadt, wer steht mit wem an welcher Ecke, was gibt es Neues, wer ist der Größte. Gerüchte eilen in Lichtgeschwindigkeit von einer Straßenseite zur anderen, das Schicksal der Menschen ändert sich so

schnell in New York, es geht auf und ab, ein Wirbel saugt sie ein, spuckt sie aus. Die Straße ist das Fieberthermometer der Stadt, es geht ihr gut, es geht ihr besser, es geht mit ihr zu Ende.

Er geht durch die Stadt, ein arktischer Wind bläst ihm ins Gesicht, pfeift ihm durchs Haar, dringt unter die Ohrenschützer. Er spürt, wie die Kraft der kalten Winterluft durch seinen Körper strömt. Als er sich dem Fluß nähert, werden die Windstöße stärker. Sie stürmen in mächtigen Böen an die Küste der Insel und um jede Straßenecke und geben ihm das überwältigende Gefühl, mitten in der Stadt aller Städte Teil der Elemente, eins mit der Natur zu sein. Er ist fast soweit, seine Waffen zu überprüfen, sein Springmesser, das er in der Socke trägt, die Rohrzange in der Innentasche der Jacke, eine gefährliche Waffe, die er erst einmal benutzt hat – zur Abdichtung eines Lecks im Badezimmerabfluß. Dann hat er noch seine Schlüssel und die Messingschnalle seines Ledergürtels, den er in Sekundenschnelle herausziehen und gegen einen Angreifer schwingen kann, wenn alles andere versagen sollt. Man begibt sich nicht in den Dschungel Manhattans ohne einen geeigneten Schutz, obwohl heutzutage der beste Schutz möglichweise ein dünnes Gummi ist, das zu einem flachen Ring gepreßt in einer winzigen Folie steckt. Seine klirrenden Waffen könnten sich als völlig veraltet erweisen, aber es ist trotzdem gut, ihre primitive Oberfläche aus Metall oder Leder zu spüren, die ihm, so dicht am Körper, einen Teil ihrer Magie übertragen. Das gibt ihm etwas Festes, Sicheres, an dem er sich in dem trüben Sumpf, in dem er meistens schwimmt, festhalten kann.

Eva stellt sich vor, daß Johnny auf seiner Matratze liegt, mit über dem Kopf ausgestreckten Armen, oder daß er auf der Straße neue Energien tankt, es eilig hat, mit hundert Leuten bis spät in die Nacht verabredet ist, vor hundert kreativen Ideen übersprudelt, die sich dann doch alle gegen ihn wenden oder in sich zusammenfallen wie alte Geburtstagsluftballons, oder daß er auf einer Baustelle schuftet, davon hat er diese harten muskulösen Schultern. Sie giert nach ihm, wie sie nach einem Glas mit kleinen französischen Cornichons oder einem großen Schokoladenmilchshake gegiert hat, als sie schwanger war, eine Gier, die sich wie Flammen irgendwo im Innern deiner Eingeweide ausbreitet, sie fressen dich auf, geben dir keine Ruhe, färben deine Gedanken rot und umtanzen dich wie Dämonen mit langen Ohren und puscheligen Schwänzen. Es ist die reine Lust, aber die Lust läßt nicht locker und fängt an, sie ernsthaft zu quälen, so daß das Problem mit Frank Jackson in ihrem Kopf verblaßt und einen dumpfen abgestandenen Schmerz zurückläßt, der nicht sofort behandelt werden muß.

Weil Mimi bei Albertine wohnt, hat Eva viel Zeit, sie hängt herum, grübelt, verplempert die Zeit, bis sie es satt hat und losgeht, und genau das macht sie jetzt. Spazierengehen auf dem Broadway mit seinen schäbigen Lichtern und dem Neon, das auf dem nassen Pflaster verblutet. Mr. Macho Man über ihr raucht eine Winston, als ob er seinen Pimmel zwischen den Fingern exhibitionieren würde, und merkt noch nicht mal, daß seine Lunge verrottet. Sie registriert die Pornotheater mit ihren saftigen Stücken und die Peep-Shows und die Kartenspieler mit ihren immer erfolgreichen Tricks, aber sie bleibt nur beim Vogelpfeifenhändler stehen, einem alten Mann, der an der Seventh Avenue Ecke Fünfundvierzigste sitzt, mit einem durchsichtigen Müllsack voller Plastikvögel und einem Eimer Wasser, und er zeigt dir, wie du das Vögelchen ins Wasser eintauchen und den Vogelschwanz in den Mund nehmen und hineinpusten mußt, und dann zwitschert es wie ein richtiges Vögelchen, du hörst es schon von weitem, wenn der alte Mann seine Ware vorführt. Sie bleibt stehen, um zuzusehen, und sie kann nicht widerstehen und kauft für Mimi einen rosa Vogel, nachdem er ihr demonstriert hat, wie man ihn richtig zum Singen bringt. Dann geht sie Downtown zu Macy's, um ein paar Kleider anzuprobieren, sie hat Lust, Geld auszugeben.

Nachdem sie sich ein paar Tage lang bewußt zurückgezogen hat, glaubt sie, es könne nichts schaden, mal nach Johnny in seiner Lieblingsbar zu suchen, dort ein Bier zu trinken und seine Kumpel zu fragen, ob sie ihn gesehen haben oder ob er Pool gespielt hat, ganz nebenbei, nicht drängend, aber Johnny ist nicht da. Einer seiner Freunde, Bruce, ein Mann mit einem Bierbauch und einem dichten gezwirbelten Schnurrbart, liest in einer Nische die *Post*, und sie winkt ihm von der Bar aus zu, gießt Bier in ihr Glas und fängt an, sich mit dem Barkeeper zu unterhalten. So etwas macht sie normalerweise nicht, sie haßt Bier, und sie haßt es, allein in eine Bar zu gehen, aber über dem Bartresen hängt ein Fernseher und feuert eine Salve von Schwarzweißbildern auf sie ab, offenbar eine Episode aus einer alten *Twilight Zone*-Folge, und der Barkeeper macht seine Bemerkungen und verwickelt sie in eine Unterhaltung, was sie ein bißchen ablenkt, und dann muß sie nur noch, ganz nebenbei auf dem Weg zur Toilette, an Bruce, dem *Post*-Leser vorbeigehen, hallo sagen und ihn fragen, ob er mal was von Johnny gehört hat, als ob es sie nicht weiter interessierte. Er brummt tief aus dem Bauch. Ich glaube, er arbeitet viel auf einer Baustelle in Uptown, viel Geld, im Apartment eines Filmstars am

Central Park West, habe den Namen vergessen, egal, nein, ich habe ihn nicht gesehen, er arbeitet zuviel. Dann fragt er, wie es ihr geht, und sie sagt, gut, und sie fragt ihn, wie es ihm geht, und er sagt, okay, glaube ich, und spielt mit der *Post*, und sie sagt, okay dann, bis bald mal und geht wieder zurück an die Bar, mit gespielter Gleichgültigkeit, obwohl er mit dem Rücken zu ihr sitzt, aber man kann ja nie wissen.

Also beschließt sie, Johnny noch ein paar Tage zu geben, ehe sie mehr unternimmt, sie stellt sich vor, daß er wie tot aufs Bett fällt nach seinem Vierzehn-Stunden-Tag, der Schweiß brennt ihm in den Augen, und er hat nicht mehr die Kraft, unter die Dusche zu gehen. Aber jetzt ist es Zeit für ihren Gig im Follies, und sie hofft unwillkürlich, daß er auftaucht, wie das erste Mal hinten am Geländer steht, Zigarette in der geschlossenen Faust, und scharf auf sie wird. Aber sie sieht nur Angelo, er rennt umher, mit einem Budweiser in der Hand, die Bar ist ziemlich ruhig, und später, als sie sich in der Garderobe fertig macht, kommt Felix und sagt, rate, wer heute abend hier ist, und ihr Herz klopft schneller, und eine Sekunde lang hofft sie aufgeregt, daß es Johnny ist, bis er sagt, Mr. Max, meine Liebe, Mr. Geheimnisvoll persönlich sitzt heute in der ersten Reihe. Eva überlegt, ob das irgend etwas bedeuten könnte, und sie würde ihm für diese schlechte Nachricht am liebsten eine reinhauen, aber seine Augen tränen, und seine Wangen sind gerötet, und als sie seine Hand berührt, merkt sie, daß sie heiß wie Feuer ist. Felix, du bist krank, sagt sie.

Ich weiß, mir geht es miserabel. Wahrscheinlich eine Grippe.

Du hättest nicht kommen dürfen. Du mußt dich schonen.

Ich weiß. Ich zähle die Minuten. Und, was ist mit Johnny?

Warum fragst du?

Ich weiß nicht. Du scheinst dir Sorgen zu machen, und ich habe ihn in letzter Zeit hier nicht gesehen. Ist alles okay?

Das ist der falsche Zeitpunkt, um darüber zu reden, denn in ungefähr zehn Minuten muß sie auftreten, und ehe sie auf die Bühne geht, leert sie ihren Kopf, sozusagen ein mentales Staubsaugen, aber sie weiß, daß Felix zu ihr halten wird, und sie kann nicht widerstehen und erzählt ihm, daß Johnny ihr entgleitet. Warum, fragt er, und sie sagt, weil Frank Jackson wieder in der Stadt ist, daß sie damit nicht gut klarkommt und daß Johnny damit oder mit ihr deshalb große Schwierigkeiten hat, und Felix sieht, daß sie fast die Fassung verliert, und er umarmt sie und drückt sie fest an sich, er hat soviel Liebe, fast erschreckend. Er drückt sie noch einmal und schüttelt den Kopf. Johnny ist ein Idiot, sagt er und läßt sie los. Dann schaltet er auf gebrochenes Englisch um und sagt: Johnny nicht wissen, was er hat.

Sie lacht. Nein, das er nicht wissen.

Felix hat recht. Max sitzt genau in ihrem Blickfeld. Er wirkt arrogant, wie er dasitzt und das Kinn in die Hand stützt und sich nach vorn beugt, und sie bekommt eine Gänsehaut. Sie zwingt sich, nicht zu ihm hinzusehen, das stört sie, weil sie immer über ihn hinweg oder um ihn herum oder durch ihn hindurchsehen muß, wenn sie mit jemandem im Publikum Kontakt aufnehmen will, und sie spürt, daß er sie anstarrt. Aber als sie ihn nach der Show sucht, ist er weg.

Spät in der Nacht kommt Johnny, sie wollte gerade schlafen gehen. Er ruft von der Lobby aus an, und sie hört, daß er betrunken ist, in seiner Stimme liegt ein häßlicher Unterton. Und das Drängen.

Johnny, ich habe die ganze Stadt nach dir abgesucht. Wo warst du?

Laß mich rein, okay?

Zusammengesunken sitzt er ihr im Sessel gegenüber, noch in der Lederjacke, die Unterarme liegen auf den geöffneten Knien, die Hände baumeln zwischen den Beinen. Die Haarsträhne fällt ihm wütend in die Stirn.

Sie sieht ihn von der Couch her an, hat sich in ihren Kimono eingekuschelt, spielt mit einem kleinen Plastikuntersetzer, dreht ihn zwischen den Fingern, klopft leicht damit auf den Kaffeetisch.

Also, was bildest du dir ein? Du tust eine Woche lang so, als wärst du gestorben, und plötzlich stehst du vor der Tür, rufst noch nicht mal vorher an...

Er zieht sich die lange Haarsträhne vor die Augen, schiebt sie wieder zur Seite, steht auf, holt ein Bier aus dem Kühlschrank, nimmt einen Schluck aus der Büchse, kommt zurück, lehnt sich an den Türrahmen. Er sieht trotzig und hart und etwas verloren aus.

Wer war der Typ, mit dem du neulich in der Bar warst?

Welcher Typ? Wann?

Tu nicht so, als wüßtest du nicht, was ich meine. Ich habe Pool gespielt. Du hast mich nicht gesehen.

Sie lacht.

Was! In der Bar? Du meinst Frank Jackson!

Vielleicht.

Johnny, mach dich nicht lächerlich.

Er wirft die leere Bierdose auf den Küchentresen.

Ich dachte, es wäre aus mit euch.

Aus mit uns? Spinnst du? Es ist seit sechs Jahren aus,

fast sieben, seit ich mit Mimi schwanger war. Es ist mehr als nur vorbei... es ist antike Geschichte.

Was will er von dir?

Eva steht auf, zieht den Kimono enger um den Körper.

Er will Mimi, das will er. Er will nicht mich. Er hat mich nie weniger gewollt. Und außerdem, Johnny, geht dich das verdammt nochmal nichts an.

Stimmt.

Sie geht zu ihm, nimmt aus seiner Tasche eine Schachtel Zigaretten und ein Feuerzeug, zündet sich eine an.

Ich dachte, du rauchst nicht mehr?

Er tut die Frage mit einem Achselzucken ab.

Laß es doch, es lohnt sich nicht. Du bist so daneben.

Du bist gemein.

Du auch.

Nein, du.

Eva geht mit Fäusten auf ihn los.

Raus hier! Ich lass' mich in meiner Wohnung nicht beleidigen!

Er wehrt ihre Boxhiebe mit dem Unterarm ab.

He, laß das! Du verbrennst mich noch mit deiner Zigarette. Du solltest ein bißchen trainieren, wenn du dich schlagen willst.

Los, sagt sie und zieht an seinem Gürtel, und reißt die kleinen Metalldruckknöpfe auf, knöpft jeden Knopf seiner Hose auf, du schuldest mir etwas. Sie zeiht das T-Shirt über seinem flachen Bauch hoch, steckt die Hand in seine offene Jeans und zieht ihn auf die Erde. Er landet auf dem Rücken, stützt die Ellenbogen in den grünen Teppich. Sie kniet sich über ihn, zieht ihm die Jeans und den Bund seiner Unterhose hinunter, fischt nach seinem Schwanz. Er fällt naß, rot und halbsteif aus seinem gekräuselten rötlichen Nest. Sie sehen ihn beide an. Sie liebkost ihn mit der Zungenspitze, fährt sanft mit den Fingern von den Eiern bis fast zur Eichel und wieder zurück. Er schwillt und wird hart, stolz und fordernd, die Venen dick und dunkelrot. Johnny läßt den Kopf auf seine verschränkten Arme fallen und öffnet die Beine, damit sie machen kann, was sie will. Aber sie setzt sich auf und legt die Hände auf ihre Schenkel. Warum hörst du auf? fragt er mit schwerer Zunge.

Du sollst mich verführen. Du mußt alles machen, was ich will. Du sollst feucht und stark sein, und du sollst machen, daß ich naß werde, daß ich wahnsinnig werde.

Er lächelt betrunken.

Das werde ich.

Er richtet sich halb auf, will nach ihr greifen, aber sie rückt noch etwas weiter weg.

Nein, sagt sie, nicht so.

Wie dann?

Sie steht auf und kommt mit zwei Satinschleifen zurück, die sie ihm gibt.

Bleib so, sagt sie. Zieh dich nicht aus und fessle mich an den Handgelenken an die Tischbeine. Du sollst brutal sein.

Er sieht sie kurz an und weiß nicht, ob sie es wirklich so meint.

Die Anrufe scheinen dich fertigzumachen.

Keine Bange, sagt sie. Du wirst nicht zu kurz kommen.

Er fesselt sie locker an die schmiedeeisernen Tischbeine.

Du hast mich hier auf dem Fußboden gefunden, ich habe nur dieses durchsichtige Nachthemd an, du öffnest meine Beine und dringst in mich ein, und ich kann mich nicht wehren, weil meine Hände gefesselt sind.

Er beugt sich über sie und fängt an, sie zu lecken, sie seufzt und stöhnt, preßt die Beine zusammen, zerrt an ihren Fesseln und stößt ihn zwischen die Beine. Dann öffnet sie sich leicht.

Jetzt, sagt sie.

Er schlägt sie, und sie schiebt ihren Po vor.

Noch einmal.

Noch einmal.

Er schlägt sie weiter und dringt in sie ein.

Sie zuckt unter ihm.

Er dringt tiefer in sie ein.

Sie zerrt an ihren Fesseln.

Binde mich jetzt los, sagt sie.

Er stößt zu, mit seinem ganzen Gewicht hämmert er auf sie ein.

Nein, sagt er.

Bitte, binde mich los.

Nein.

Sie zerrt mit aller Kraft an ihren Fesseln.

Das hellblaue Band spannt sich und schneidet ihr in die Haut, in die dünnen Venen, die wie verblaßte Tinte auf ihren Handgelenken zu sehen sind. Ihr Mund verzieht sich vor Schmerz.

Bitte, sagt sie, locker die Fesseln. Ich möchte dich anfassen, ich brauch' jetzt meine Hände.

Nein.

Er schlägt ihr ins Gesicht. Sie schreit.

Er dringt tief in sie ein. Stößt an den Muttermund. Sie braucht ihre Hände, ihre Ellenbogen, um sich abzustützen. Sie schmeckt das Blut auf ihren Lippen.

Wild stößt er zu.

Johnny, sagt sie. Langsamer.

Aber sie kann ihn nicht mehr erreichen. Er pumpt sie

auf wie ein Schlauchboot. Sie versucht, einen Schenkel freizubekommen, um wegrutschen zu können, aber er hält sie fest, scheuert ihre Haut auf. Sie zieht stärker, mit dem einzigen Erfolg, daß der Couchtisch näherrutscht und ihr Handgelenk nahe an ihren Mund kommt. Sie dreht den Kopf und versucht, das Band mit den Zähnen aufzuziehen. Nein, sagt Johnny und schlägt sie wieder. Laß das. Es gelingt ihr, das Band zu lösen, und sie zieht mit der freien Hand das andere Band auf. Johnny packt ihre Handgelenke. Du Schlampe, sagt er. Sie befreit ihre Hände und gräbt sie in seine Schultern.

Johnny hält ihre Hände fest und schlägt sie wieder. Er sagt, du hast es so gewollt, du hast es herausgefordert, und jetzt ist es zu spät, du kannst jetzt nicht mehr zurück.

Sie sagt: Man kann immer zurück. Ich bin im falschen Zug. Da wollte ich gar nicht hin.

Manchmal gibt es kein Zurück. Du drehst dich um und kannst den Weg nicht mehr erkennen, auf dem du gekommen bist. Fremdartige Pflanzen haben ihn überwuchert. Es gibt exotische Vögel, die du noch nie zuvor gesehen hast, sie schimmern blau, rot, gelb und grün. Sie zwitschern und lassen sich über deinem Kopf auf einem niedrigen Ast nieder. Du streckst die Hand nach ihnen aus, aber sie fliegen höhnisch lachend davon, du bleibst allein zurück und berührst die Blätter eines Trompetenbaums. Du bist mitten im Dschungel. Es gibt den Weg nicht mehr, auf dem du gekommen bist, nur einen schmalen Pfad durch die Wildnis, du kannst ihn nur ein paar Schritte weit erkennen, ehe er sich im Dickicht verliert. Du machst einen Schritt, und schon wendet sich alles gegen dich, ein Mann, den du nicht sehen kannst, packt dich hinten am Mantel und stößt dir in dem dunklen Gang deines Wohnhauses ein Messer zwischen die Schulterblätter und folgt dir in deine Wohnung und vergewaltigt dich, du bist sechzehn Jahre alt und wirst schwanger von einem Freund, den du auf einer Party kennengelernt hast, du kündigst und kannst keine neue Stelle finden, du beziehst eine größere, teure Wohnung und verlierst deine Anstellung und kannst die Miete nicht zahlen, dein Vater stirbt an Krebs, du triffst einen Mann und verliebst dich in ihn und gehst mit ihm nach Hawaii, weil du mit ihm leben willst. Du fängst an zu halluzinieren. Die Falle schließt sich. Die Wände sind aus Gummi. Das Blau des Meeres ist bedrohlich. Du gehst in Waikiki nachts allein am Strand spazieren und siehst die Schatten, die dir folgen. Du fährst nach Marokko und verläufst dich in der Medina von Fes, versuchst, dich an deine Schritte zu erinnern, zeichnest dir im Kopf einen Plan von den Straßenecken und den architektonischen Details, aber die Dämmerung bricht herein, und die Händler schließen die Läden und lassen die Jalousien herunter, sie sind aus Holz gemacht, aus langen Brettern, die in einem langweiligen Grau oder einem verblichenen Blau angestrichen sind, sie sehen alle gleich aus. Du gewinnst einen kurzen Aufschub auf dem Gewürzmarkt, der länger geöffnet ist, aber du weißt nicht, wie du von dort ins Hotel kommst, und die Gewürzregale sehen alle gleich aus, endlose Reihen, voll mit goldgelbem Gilbwurz, rostfarbenem Cayennepfeffer, zinnoberrotem Safran, schieferblauem Mohn, braunem Kreuzkümmel und Zimt, und sie alle werden auch nach und nach von Holzjalousien verdeckt, und der Irrgarten wird kleiner und dunkler, der Himmel ist marineblau, und in den kleinen Flecken, die du über dir siehst, erkennst du den leuchtenden Abendstern, und du setzt dich völlig erschöpft auf die kühlen blauweißen Kacheln einer Türschwelle.

Nein, sagt Johnny, du kannst nicht mehr zurück. Oder ist es Frank? Alles fing damit an, daß sie von Frank schwanger wurde und beschloß, nicht abzutreiben, nun macht das Leben eine Kehrtwendung, kommt zurück und treibt Schulden ein.

Du wirst bezahlen müssen, du wolltest fliehen, jetzt mußt du dich stellen.

Das ist nicht wahr. Ich war nicht auf der Flucht. Ich war hier. Ich bin immer hier gewesen. Ich arbeite. Ich kümmere mich um mein Kind.

Kümmern? Du findest, du kümmerst dich um dein Kind?

Ich tue, was ich kann.

Frauen sind immer die Dummen.

Johnny schlägt sie. Er vögelt sie zu hart. So kann sie nicht kommen. Er zerreißt ihre Möse. Sie fragt sich, ob sie blutet. Sie sieht, daß er seine Cowboystiefel nicht ausgezogen hat. Sie bummern auf den Teppich.

Du hast mit dem Feuer gespielt, sagt er.

Du hast mit mir gespielt, erinnerst du dich, Johnny? Wir haben zusammen gespielt. Unsere Körper haben zusammen gespielt.

Er setzt sich auf die Couch und beugt sich hinunter, zieht seine Jeans über die Stiefel. Du bist kaputt, sagt er. Du hast mich kaputtgemacht, du hast uns kaputtgemacht.

Sie steht in ihrem seidenen Morgenrock vor ihm, die Arme über der Brust gekreuzt. Sie sieht ihn kühl an. Seine Stimme ist laut, und er kann ihr mit seinen Fäusten Nachdruck verleihen, aber dahinter ist nichts als Luft.

Und wie habe ich das geschafft?

Du hast zugelassen, daß Angst dein Leben bestimmt. Du hast zugelassen, daß dieser Frank Jackson dich terrorisiert.

Ich bin durchgedreht. Menschen drehen manchmal durch. Das ist menschlich. Frank Jackson hat mich nicht terrorisiert. Das habe ich nicht zugelassen.

Du bist kaputt, sagt er. Du hast mich verloren.

Quellenverzeichnis:

DIANA RAZNOVICH: Der *Skandal** aus: *Der Freund meines Sohnes.* Frankfurt am Main 1992. Übers. Sonja Kübler. Mit freundlicher Genehmigung des Vito von Eichborn Verlags, Frankfurt am Main.

ALICIA STEIMBERG: *Der Doktor** aus *Amatista.* Frankfurt am Main 1992. Übers. Veronika Schmidt. Mit freundlicher Genehmigung des Vito von Eichborn Verlags, Frankfurt am Main.

ERICA JONG: *Sushi** aus: *Fallschirme und Küsse.* München 1988. Übers. Eva Bornemann und Christa Seibicke. Mit freundlicher Genehmigung des Droemer Knaur Verlags, München.

ALMUDENA GRANDES: *Pablo und Pablito** aus: *Lulù – Die Geschichte einer Frau.* Hamburg 1990. Übers. Christiane Rasche. Copyright © der deutschen Übersetzung by Christiane Rasche. Mit freundlicher Genehmigung von Tusquets Editores, Barcelona.

ANAÏS NIN: *Ein Malermodell* aus: *Die verbotenen Früchte.* Bern und München. Übers. Gisela Stege. Mit freundlicher Genehmigung des Scherz Verlags, Bern und München.

JENNY DISKI: *Dschungelfantasien** aus: *Regenwald.* Stuttgart 1990. Übers. Bettina Runge. Copyright © 1989 by Jenny Diski. Mit freundlicher Genehmigung des Klett-Cotta Verlags, Stuttgart.

BENOÎTE UND FLORA GROULT: *Eine Jugendliebe** aus: *Juliette und Marianne.* München 1988. Übers. Karin Reese. Mit freundlicher Genehmigung des Droemer Knaur Verlags, München.

ALINA REYES: *Lust** aus: *Verführt.* Hamburg 1989. Übers. Sigrid Brinkmann und Marlis Micha. Mit freundlicher Genehmigung des Rowohlt Verlags, Reinbek.

LORE LICHTENSTEIN: *Zwischenspiel* aus: *Sandgeflüster.* Berlin 1985.

RITA MAE BROWN: *Paul und Polina** aus: *Rubinroter Dschungel.* Reinbek 1978. Übers. Barbara Scriba-Sethe. Copyright © der deutschen Übersetzung 1978 by Rowohlt Verlag, Reinbek. Copyright © 1973 by Rita Mae Brown. Mit freundlicher Genehmigung von Bantam Books, New York, und Agence Hoffman, München.

MAYRA MONTERO: *Der Geschmack nach mir* aus: *Bolero der Leidenschaft*. Hamburg 1992. Übers. Marion Lütke. Mit freundlicher Genehmigung von Tusquets Editores, Barcelona .

CATHERINE TEXIER: *Warten auf Johnny* aus: *Von neun bis zwölf.* München 1991. Übers. Gesine Strempel. Mit freundlicher Genehmigung des Südwest Verlags, München.

Jenny Diski

»Die Diski ist eine intellektuelle Autorin, die warm und gefühlvoll schreibt. Das ist selten.« COSMOPOLITAN

01/8173

Außerdem erschienen:

Regenwald
Chaos der Begierde
Roman
01/8458

Wilhelm Heyne Verlag
München